无限五弦

中外五行诗歌研究

艾龙 / 著

敦煌文艺出版社

图书在版编目（ＣＩＰ）数据

无限五弦：中外五行诗歌研究 / 艾龙著. -- 兰州：敦煌文艺出版社，2022.7

ISBN 978-7-5468-2192-4

Ⅰ．①无 … Ⅱ．①艾 … Ⅲ．①诗歌研究－世界 Ⅳ．①Ⅰ106.2

中国版本图书馆CIP数据核字（2022）第 110249 号

无限五弦：中外五行诗歌研究

艾 龙 著

责任编辑：张 桐
装帧设计：李关栋 郝 旭

敦煌文艺出版社出版、发行

地址：（730030）兰州市城关区曹家巷 1 号新闻出版大厦

邮箱：dunhuangwenyi1958@163.com

0931-2131372（编辑部）

0931-8773112 0931-2131387（发行部）

三河市嵩川印刷有限公司印刷

开本 880 毫米 ×1230 毫米 1/32 印张 12.125 插页 2 字数 200 千

2023 年 3 月第 1 版 2023 年 3 月第 1 次印刷

ISBN 978-7-5468-2192-4

定价：69.80 元

前　言

在中外诗歌史上，五句（行）体诗歌是异数，但就诗体建设而言，却是最后一片未被系统探索其普遍性的高地。

众所周知，中外传统诗歌基本上都是在韵律的框架下展开的，诗作多为双数行结构。单数行的诗歌，尤其是五行诗的存在堪称罕见。作者通过系统梳理中外诗歌历史上的五句体诗歌及民间作品，采用定量分析法及口头诗学理论进行探讨，发现五句（行）体诗歌其实有着相当深远的渊源，五句（行）体诗歌的历史，也是一部简要的诗歌史。就诗歌形式和文本本身而言，五句（行）体的应用之广，作品之丰赡，成果之特出，实可与最常用的四句（行）体相提并论，而这一隐秘的传统和事实却鲜为人知。

在中国，自古以来就产生各种"五句体"诗歌。以《诗经》、《离骚》为源头的中国古典诗歌，本身已产生一定数量的五句体，《诗经》中纯五句体的诗歌有十四首，《楚辞》中的"乱曰"以五句为多。以此为源头，经过民间作者和文人的发展完善，促成了五行诗的三大类型：

在同时继承发展其中的五句体因素、骚体因素方面，形成各种五句体乐府、古诗、三十多种词牌以及六十余种曲牌，有些散曲又是在词的基础上演变发展的，其中词牌中以双阙为主，散曲则单片居多。

在继承发展其中的五句体因素方面，促成了现今流传于环湖北圈的五句山歌，主要形式为七言五句山歌（少数为五言），又因地域文化等因素的影响，通过增加衬词垛句等方式产生各种变体。此外，在中国民间诗律中，西北花儿中的"折腰体"即为五句，它同时受汉族及少数民族文化影响。

在继承发展五七言、模仿整体句型方面，促成了日本短歌的定型，形成"五七五七七"三十一音的定型形式，其中又按风格之不同分为"五七调"和"七五调"。

中国文化中的五句体诗歌，与中国传统的辩证思维有关。辩证思维认为事物之间既两两相对，也存在变通转化，这种变通即为单数行诗歌的诞生创造了条件。在中国传统的阴阳、五行观念的影响下，五行诗的诞生就此几乎成为必然。它的不确定性乃是在漫长的等待中迎来何等风格的作者而已。国外传统诗歌尽管并未受五行观念的影响，但变通之理却是相通的，关于数字"五"的研究早在毕达哥拉斯时代就开始了。

在西方及波斯中亚诗歌史上，虽然双数行的押韵诗歌占绝大部分，但也曾经有各种正式命名或非命名的五行诗体，比如Pentastich（五行诗）、Quintet（五行体）、Quintilla（二韵五行诗）、Cinquain（五行诗）、Limerick（五行打油诗）、Mukhammas（穆哈迈斯体）、Mukhammas（五行组诗）、Muhammas（穆海麦斯）等。这两大传统中，五行诗既有非常严肃的宗教意味浓厚的赞美诗，也有诙谐幽默、下里巴人的打油诗，当然，大部分还是诗人的抒情诗作。我国新疆地区少数民族穆罕麦斯体也是五句体，它传承自阿拉伯诗歌传统，格律严谨。

在现代诗歌中，五行诗作为诗歌结构单元并逐渐演变为一种独立诗体有其发展过程。在初始阶段，五行作为诗歌结构的独立单元极少，此后逐渐增多，成为较为常见的基本单元，并经常与其他诗节交叉使用，主要是四行、六行、八行；或者一首诗中前面几节为五行，后面几节是其他行数，或最后一节以其他行收尾。最后，单篇五行诗的出现已经水到渠成，且作品越来越多，五行诗的联章形式也屡见不鲜。几乎每个诗人都写过五行诗，或者其作品中包含五行诗节。就结体安排而言，五行诗的主要形式有不分节、3-2、2-3、4-1、2-2-1、2-1-2、1-2-2、1-3-1等数种。五行诗尽管属于异数，但创作五行诗的诗人却并非异人，中外诗人在五行诗方面的探索颇多，有些五行诗可以视为作者短诗乃至全部诗歌的代表作。

典范五行诗的诗行组合方式符合黄金分割的美学法则，更得益于中国传统哲学阴阳五行的滋养。一首五行诗连同标题共六行，正是"道生一，一生二，二生三，三生万物"的绝妙体现。就其纯粹性而言，可以说即便无意而成，也和自知要写五行一样有其必然性。人类需要并探索、欣赏非对称之美。

本书详细探讨单篇五行诗的不同分节形式，并总结出两种广泛应用的结构范式。作者认为，不同的分节形式并非偶然，而是有其内在的美学法则，其中，阴阳、五行及黄金分割等对五行诗的章法结构影响巨大。

从内容上看，本书包括理论篇、艺术结构篇、作品篇三部分。

理论篇分六章。第一章主要通过定型诗歌考察从两行到十四行等不同行数的诗节及定型诗歌的建立情况，分析"五行诗"出现的必然性。第二章全面系统梳理中国古典文学中的五句体作品，包括《诗经》、楚辞、乐府及古诗、词牌及散曲中的五句体，分析诗人作家笔下的五句体作品及其风格等，对前人关于五句体作品的一些观点进行商榷，提出自己的观点。本章采取定量分析的方法对五句体作品的影响力加以分析。第三章研究中国民间歌谣中的五句体，从歌谣运动入手，并运用"口头诗学"理论的方法，对民间歌谣的传承扩展进行探究，澄清误解及错讹之处，发前人所未言，首次论证五句山歌起源自江西九江山歌。第四章研究"大西北之魂"花儿，从结构、用词等方面对河州花儿与洮岷花儿的不同特点进行分析，就"折断腰"等五句式花儿的形成、其衬句与南方"慢赶牛""抢句子"的异曲同工之妙进行对比。第四章还讨论了我国少数民族的五句体歌谣。本章通过"口头诗学"理论对五句体民歌进行研究分析并指出，与一般文人诗歌相比，五句体歌谣的真情实感是其得以流传的关键所在。第五章重点探讨日本短歌，分析中国古代诗歌对日本短歌"五七五七七"音数律定型所起的关键作用，讨论短歌的两种风格"五七调"和"七五调"，介绍日本歌人创作于中国的短歌作品。第六章介绍东西方诗歌中的"五行诗"，从格律体到打油诗，从严守古典诗歌准则的赞美诗到诗人的情诗及讽喻作品均有涉猎。

艺术结构篇包括第七章、第八章。第七章侧重结构探析，重点从形式方面分析五句体及五行诗的特点，探讨五行诗最为常用的几种结构范式，包括不分节、"3-2"、"2-3"型等。同时，结合中国传统阴阳五行文化，特别是阴阳爻的分布，推演出单篇五行诗的32种断句形式，以及连标题计算在内的"六十四卦五行诗"，指出五行诗行中断句的频率与作品数量成反比的关系。研究发现，五行诗的分节及断句形式并非随意为之，而是与均匀分行及黄金分割比例相关，最后一定会有几种形式脱颖而出，成为主要形式，这对于自由诗以及十四行诗等定型诗也是适用的。第八章包括五行诗札记15则，重点探讨五句体及五行诗的形式结构及内容特点，追溯五行诗从古印度、古希腊、古罗马时代到中世纪直至现当代的绵延数千年的发展历史，探讨丰富多彩、风格迥异的五行诗的特点，也贯穿了作者在搜集研读五行诗过程中的思考与领悟。第七章囊括了中外诗人的50余首五行诗。《西部》杂志2012年第5期《一首诗主义》刊发作者选编的《五行诗选》，介绍五行诗的典型特征，选录25位中外诗人创作的五行诗，部分内容即源于此章。

通过对古今中外五句体诗歌及五行诗的搜罗分析，本书首次全面描绘了世界诗歌史上五句体诗歌及五行诗从古至今的悠远历程和全貌，完整地构建了独一无二的五句体诗歌及五行诗的体系架构，而这是诗歌史及民歌史的重要组成部分。《西部》杂志2012年第5期《一首诗主义》刊发作者选编的《五行诗选》，介绍五行诗的典型特征，选录25位中外诗人创作的五行诗，部分内容即源于此章。

作品篇包括作者创作的五行诗《五弦：深呼吸》，涵盖了五行诗单篇、联章、组诗等各种结构形式，部分诗作曾在《文学港》《创作评谭》《文学与人生》等刊物刊发。

目 录

Contents

第一章

从定型诗歌看"五行诗"之必然

　　五行诗，则"五"最有讲究。

　　五是一个很特别的数。古代印第安人相信，"五"象征神灵保佑，是最吉利的数字。毕达哥拉斯学派认为，五位于宇宙原数的中间，是第一个男性奇数"三"和第一个女性偶数"二"之和，也是一个磐折形数。在开普勒学说中，"五"是描述天体的最完美数字。显然，"三"构成平面，"四"形成立体，而"五"最为简洁又完美地体现出时空结构和宇宙全息……概而言之，"数起于一，立于三，成于五"[1]。是故人有五脏，手生五指，数推五行，音乐上有五音、五线谱，诗有五言律绝。对"五"的感知与应用，用中国传统思想来解释，可谓"天人合一"。

　　五行即如五弦，宫商角徵羽，每根琴弦皆有其声调颜色，传递不同情感，合之则形成情感的洪流。诗可以兴观群怨，"五弦"当然也不例外，赠诗、送别、怀人、抒情、写景、言志、讽喻……手挥五弦，目送飞鸿，风生水起，万象披靡。

看似简单的五行诗，就外在形式而言，其变化也极为丰富，即使不考虑跨行、句读和内在结构等，从理论上来说也有十五种之多：

5、4-1、1-4、2-3、3-2、2-2-1、2-1-2、1-2-2、3-1-1、1-3-1、1-1-3、1-1-1-2、1-2-1-1、1-1-2-1、1-1-1-1-1

考虑到诗歌写作的实际情况，那么，前面十种是行之有效的，而常用的体式更为集中地依托于5、2-3、3-2、4-1四种。"2-1-2"、"1-3-1"两种则得益于其对称结构，也有一定的篇什。

实际写作中，五行诗不分节容易成篇，分两节更灵活，但各有所长，前者可引入叙事成分，可单凭感性；后者更需思力安排。至于分三节，有现成的话可以套用：一波三折。

一种诗歌形式的确立，必定有其产生、然后从简到繁、由正而变的过程。近体诗先有五言、七言，然后始制排律。词则有小令、长调，方兴自度新声。于五行诗，正体为主自不必待言，也可作组诗以及联章布局想。后者在结构上应更加开放，拓展其弹性与变化以表现更丰富的内容。同时，五行组诗还可以单篇与联章混杂。

但为什么是五行？心血来潮固然可以偶然为之，但分析既有的诗节形式，就可知五行成篇于今实属必然。

两行：在西方有英雄体双行诗节、对句，铭文也常采用两行诗节。在中亚地区，有玛斯纳维体、格则勒等形式，鲁米是玛斯纳维体大师，萨纳依创造了格则勒体。在阿富汗民间流行一种短蛇诗，大多出自底层女性的吟诵。

三行: 带有意大利韵式特点的诗歌形式, 以但丁《神曲》为代表。《神曲》长达 14000 多行, 通篇采用格律严谨的三韵句, 隔行押韵, 韵脚为 aba,bcb,cdc……另一种是维拉内拉体 (Villanelle), 一般由 5 个三行诗节加 1 个四行诗节组成, 以诗行重复为特色, 最著名的诗作也许是迪兰·托马斯的《不要温驯地走进那个良夜》。此外, 日本俳句由三句五七五共 17 个音节构成。

四行: 四行是传统诗歌的基本结构单元。在中国, 早在《诗经》中, 四句即为诗歌基本结构单元。在西方, "四行诗形成的历史很早。在公元 2 世纪, 四行诗节作为圣歌的韵律形式已经确立。圣歌是在拉丁文抑扬格二韵步四行诗基础上发展起来的, 其后就变成了中世纪一种重要的定型诗体。"[2] 韵脚最主要的是隔行押韵, 为 abab (交韵), 也可以是 abba (抱韵)、aabb (偶韵), 每句都押韵的很少。单独成章的有绝句、柔巴依, 主要韵脚为 aaba; 不同的是绝句中每个字都要求严格的平仄声调, 而柔巴依只要求韵脚, 也可以有头韵。我国维吾尔族诗歌中尚有穆勒伯四行体 (Murabba, 也译作 "木拉巴"), 韵式为 aaab, cccb, dddb……, 押韵方式和内容构成均与柔巴依不同。

六行: 作为诗节单元, 其押韵方式通常为 aabaab、ababcc、abcabc、abccba 等。尾韵六行诗节是主要的形式之一, 即由两个双行诗各加一个尾韵诗行构成六行诗节, 亦即 3 + 3 结构, 押韵格式为 aabaab 或 aabccb。在中世纪, 拉丁语尾韵诗行被广泛用于写作由 6 行诗构成的宗教抒情诗, 直到 1500 年后才不再流行。但这种形式在 18 世纪又被罗伯特·彭斯发扬光大, "彭斯的大多数著名的诗歌都是用由 6 行诗组成的尾韵诗节写成，押韵的形式为 aaabab，其中第 4 行诗和第 6 行诗是比其他诗行较短的尾韵诗行，相互押韵"。[3] 其次，通常用 sestet 这个专有名词指代彼特拉克体十四行诗中的后面六行诗节，主要押韵方式有 cdccdc、cdcdcd、cdedce，也是 3 ＋ 3 结构。而在莎士比亚等诗人的笔下，十四行诗变成了前面三个四行加最后一个双行诗亦即 4442 的结构了。12 世纪普罗旺斯行吟诗人阿尔劳特·丹尼尔（Arnaut Daniel）曾创立一种"六六诗体"（Sestina），它由六个诗节组成，每节六行，最后用押韵的三联句结束，因此一首六行六连诗共有 39 行；每个诗节自身不押韵，第一诗节的 6 个结尾词要以不同次序出现于后面五个诗节，在相同位置不重复，且前一个诗节的最后一行的结尾词在下一个诗节的第一行被重复，亦即其韵式为 abcdef、faebdc、cfdabe、ecbfad、deacfb、bdfeca、eca 或 ace，"这种诗体通常还要求余下的 bdf 三个尾词必须在结尾诗节的诗行中出现。这样便更增加了结构的复杂性和创作的难度。"[4]

八行：作为一种定型诗节，八行诗节包括意大利八行诗节（Ottaba rima）、法国叙事歌谣（Ballade）、维但八行诗节（Huitain）等。其中，意大利八行诗节的押韵方式为 abababcc。拜伦的《唐璜》、《最后审判的幻象》即采用这种六行交韵加一组偶韵的押韵方式。和六行一样，八行诗节通常也指彼特拉克体十四行诗中的起首八行诗节（Octave），弥尔顿、华兹华斯的十四行诗也大多如此，主要押韵方式有 abbaabba。

七行、九行作为诗节单元或成章的极为鲜见。七行如皇韵诗节，也称为乔叟诗节，每节七行，每行为五音步抑扬格，押韵方式 ababbcc。九行如斯宾塞《仙后》所采用的诗节，韵脚为 ababbcbcc，有人认为是八行体在英国的一种变体，第九行押 c 韵是为了强调，但也许并非这么简单，其韵律也可以理解为两组交韵穿插两组偶韵（abab,bb,bcbc,cc）。二十世纪三十年代，诗人林庚创作了一些九行诗，被认为是现代绝句。

十行以上的长诗节：相比十行以下的诗节，十行以上的诗节非常少。十行诗指由十个诗行组成的一首诗，"也可指十个诗行组成的一个法语诗节或一首法语诗，或古典西班牙诗歌中的十行诗节"。[5] 十行诗节的作品如英国颂歌，一般由 3 个十行诗节组成，济慈《夜莺颂》则有 8 个诗节。十一行诗节的如皇家圣歌（Chant Royal），由 5 个十一行诗节和一节 5 行或 7 行献诗组成，共 60 或 62 行。中世纪传奇《The Avowyng of Arthur》除了第 18 诗节由 12 行构成外，其他 71 个诗节全部为十六行诗节。斯宾塞《婚歌》（Epithalamion）24 个诗节中，13 个为 19 行诗节、9 个为 18 行诗节、1 个 17 行诗节和 1 组 7 行献诗。其中十四行诗节是个特例，将之作为整体诗节来处理的情况非常少见，至于十四行诗，通常分为 4 个诗节。

不同行数的诗节又形成不同行数的定型诗歌，三行的有但丁《神曲》体以及日本俳句；四行的有鲁拜体、绝句；八行的有律诗、八行叠句；十四行的有意大利体、莎士比亚体等。在悠远的诗歌长河里，还产生了谣曲、时调、板顿体、霍拉桑体、赞美颂等一百多种体式，不一而论。

主要定型诗歌形式如下图所示：

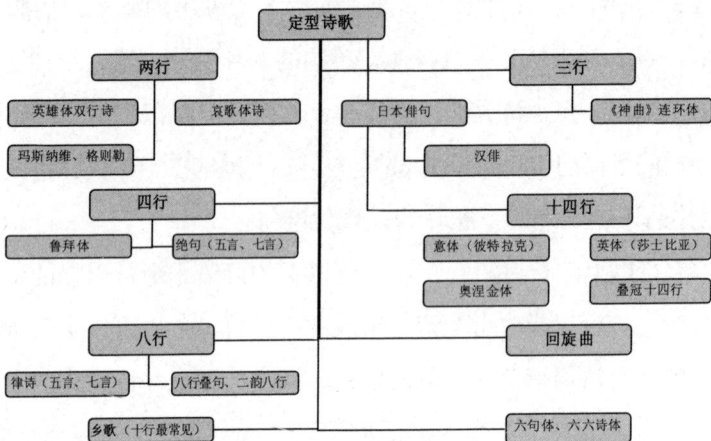

```
                          定型诗歌
    ┌──────────┐        │         ┌──────────┐
    │   两行   │        │         │   三行   │
    └──────────┘        │         └──────────┘
 ┌────────┐ ┌────────┐  │    ┌──────────┐ ┌──────────┐
 │英雄体双行诗│ │哀歌体诗 │  │    │ 日本俳句 │ │《神曲》连环体│
 └────────┘ └────────┘  │    └──────────┘ └──────────┘
 ┌──────────────┐       │         ┌────────┐
 │玛斯纳维、格则勒 │       │         │  汉俳   │
 └──────────────┘       │         └────────┘
    ┌──────────┐        │         ┌──────────┐
    │   四行   │        │         │  十四行  │
    └──────────┘        │         └──────────┘
 ┌────────┐ ┌────────────┐  ┌──────────────┐ ┌──────────────┐
 │ 鲁拜体  │ │绝句（五言、七言）│  │意体（彼特拉克）│ │英体（莎士比亚）│
 └────────┘ └────────────┘  └──────────────┘ └──────────────┘
                            ┌──────────┐ ┌──────────┐
                            │ 奥涅金体 │ │叠冠十四行 │
                            └──────────┘ └──────────┘
    ┌──────────┐                      ┌──────────┐
    │   八行   │                      │  回旋曲  │
    └──────────┘                      └──────────┘
 ┌────────────┐ ┌────────────────┐
 │律诗（五言、七言）│ │八行叠句、二韵八行 │
 └────────────┘ └────────────────┘
 ┌──────────────┐           ┌──────────────┐
 │乡歌（十行最常见）│           │六句体、六六诗体│
 └──────────────┘           └──────────────┘
```

　　不难看出，由于传统诗歌大多讲究音乐性，要求押韵，诗节的行数自然以两行的整数倍为宜，故而单行也是按双行来处理的。那么，既然有七行、九行单独成篇的，为什么五行又近乎绝迹呢？最重要的原因是行数越多越容易协调。以中国古诗的“拗救”言，也多用于律诗尤其是七言律诗之中，五言中就很少运用。五行既不如四行方便通用，也不及十四行容量大，所以只能是非常规形式。

　　是时代将这一切改写。现代诗如果再汲汲于韵脚，也难以创作出《神曲》那样的作品来。但是，一旦打破镣铐，则五行成篇的几率就大大增加。在结构安排上，如前分析，单行成节很普遍，也可以充分发挥单行领起、转折、顿挫之妙用。但一般情况下，单句成节在短短的五行中至多出现一次就够了，更不宜连续使用。但从数形考虑，“5”作为一个磐折形数，又决定了“1–3–1”这种对称结构和"2-1-2"一样, 其存在也不失完美, 只不过"2-1-2"较之"1-3-1"更有可能。从结体的实例来分析, 也是如此。

从大的方面讲, 五行诗有单篇(五行诗的主体部分)、组诗、联章、混合形式, 以及五行长诗等几种。

如此, 一个全新空间打开了, 五行诗尽管比鲁拜体才多一行, 但在理论上, 无论容量和自由度都大为拓展, 当然, 实际写作过程中, 更取决于作者的才力。绝句极其精炼且可无视语法, 却受平仄限制, 而我们采用现代语言, 虽精练不及, 但多出一行并可长可短同时允许跨行, 也不失为优势所在。当然, 不管哪种形式, 成败全在作者。可以说, 五行变化之深广, 即便穷尽一生, 也不能探尽堂奥。

注释:

[1] 李昉等.《太平御览》(一)[M].上海:上海古籍出版社, 2008: 181.

[2] 聂珍钊.《英语诗歌形式导论》[M].北京:中国社会科学出版社, 2007: 56.

[3] 聂珍钊.《英语诗歌形式导论》[M].北京:中国社会科学出版社, 2007: 70.

[4] 周式中、孙宏等.《世界诗学百科全书》[C].西安:陕西人民出版社, 1999: 324.

[5] 周式中、孙宏等.《世界诗学百科全书》[C].西安:陕西人民出版社, 1999: 574.

第二章

当时明月在：中国古代诗词曲中的"五句体"

　　由于唐诗宋词的深远影响，今人很难把五行诗与中国古代诗歌联系在一起。事实上，在中国古代诗歌的长河里，五行诗确有其出乎意料的悠久与烂漫之处，既可上溯至《诗经》《楚辞》的光辉岁月，也多见于词、曲及民间歌谣的漫长世代。

第一节　《诗经》中的"五句体"：源头活水风雅颂

　　《诗经》中的五句体诗有 14 首，分别是"风"中的《小星》《江有汜》《叔于田》《褰裳》《东方之日》《无衣》《权舆》《鸱鸮》，共 8 篇；"雅"中的《四牡》《庭燎》《鼓钟》《文王有声》《泂酌》，共 5 篇；"颂"中的《维清》，仅 1 篇。

　　这 14 首五行诗，在内容方面，或描写男女爱情（如《江有汜》《褰裳》），或赞颂文王、周宣王的文治武功（如《文王有声》《庭燎》《泂酌》），或表达勤勉王事之辛劳（如《鸱鸮》），或描述战争（如《无衣》是我国古代第一支军歌），或怀念亲情（如《四牡》）。在语言方面，这些篇什是以四言为主，二、三、五、六言均有。在形式结构方面，单篇仅《维清》1首，其他均为联章结构，其中两章的有《小星》《褰裳》《东方之日》《权舆》4首，三章的有《江有汜》《叔于田》《无衣》《庭燎》《洞酌》5首，四章的有《鸱鸮》《鼓钟》2首，五章有《四牡》1首，八章的有《文王有声》1首。各章结构重复、复沓句式等是这些诗普遍采用的手法，其中《小雅·四牡》堪称集大成者。

> 四牡騑騑，周道倭迟。岂不怀归？王事靡盬，我心伤悲。
> 四牡騑騑，啴啴骆马。岂不怀归？王事靡盬，不遑启处。
> 翩翩者雖，载飞载下，集于苞栩。王事靡盬，不遑将父。
> 翩翩者雖，载飞载止，集于苞杞。王事靡盬，不遑将母。
> 驾彼四骆，载骤骎骎。岂不怀归？是用作歌，将母来谂。

"小雅陈说人事……观乎小雅可以知政……小雅犹近风，大雅则邻于颂。"[1]《四牡》这篇作品，正是反应诗作者既忠于王事、又苦于远离父母的矛盾心情，"王事靡盬，我心伤悲"。在重章叠句的运用上，"四牡騑騑"出现在第一、二章起首，"岂不怀归"出现在第一、二、五章的中部，"王事靡盬"出现在前四章的倒数第二句。此外，第一、二章的结构基本相似，第三章又和第四章基本相似。总之，形成了一种回环往复、一咏三叹的效果。

从时间上看，这14首诗中，《周颂·维清》产生于西周初期，较之其他篇目出现的时代都要早。《维清》是《诗经》中最短的一首诗，也是其中唯一的单篇五句体诗。

> 维清缉熙，
> 文王之典。
> 肇禋，
> 迄用有成。
> 维周之祯。

这首诗歌赞美文王的"武功"，暗喻文王文武双全，恰如戴震《杲溪诗经补注》所评价的："文王清明之法，实开始禋祀之盛礼，故至今用之有成。是周所以成功，其祥先见文王时也。盖盛礼举在成功以后，而功成由用文王之法，则祥已见于法，本文王肇之矣。归功之辞，而意旨甚深远。"[2]

除了这14首五句体诗之外，《诗经》中还有五首诗由五句与六、七等句掺杂构成其基本结构单元。其中，《魏风·葛屦》两章，第一章六句，第二章五句；《小雅·斯干》九章，五章五句，四章七句；《小雅·巷伯》七章，一章五句，其余六章四、六、八句不等；《大雅·召旻》七章，四章五句，三章七句；《周颂·殷武》六章，一章五句，其余五章六、七句不等。

不过，流沙河先生似乎未注意到《诗经》中这么多五句体诗歌的存在。他在讲解《诗经》时，认为《秦风·无衣》"每一章的最后一句很有意思"，并得出了这是"军歌的特色"的结论："前面四句已经是一个很完整的意思了，怎么后面突然冒出来这么孤零零的一句呢？这首诗怎么这么特别呢？据鄙人研究，这是军歌的特色。《诗经》里唯一的一首军歌，就是这首《无衣》，最后这四个字，音节整齐，铿锵有力，相当于我们现在的进行曲唱完，最后还要呼一句口号。"[3]

不过，如果细究原文，就会发现，这首诗的每一章都是"2+3"结构：

> 岂曰无衣？与子同袍。// 王于兴师，修我戈矛，与子同仇！

也就是说，诗写到"修我戈矛"之时，整首诗并没有写完，后面的"与子同仇"原是顺其自然的结构，好比果实还停在半空中，必须有一双手把它接住。在第二、三章，最后一句分别是"与子偕作""与子偕行"。显然，这不是军歌的特色，每章的最后一句，都是这章的有机组成部分。流沙河先生显然也意识到其中的不通之处，因而在讲解《豳风·鸱鸮》《小雅·庭燎》等五句体作品时，就对它们的第五句避而不谈。

此外，金性尧先生对《秦风·权舆》的句读也发生误解，他将这首五句体诗的每一章都断句为三句：

> 於我乎夏屋渠渠。今也每食无余。于嗟乎不承权舆！
> 於我乎每食四簋。今也每食不饱。于嗟乎不承权舆！ [4]

　　这是值得商榷的。在《诗经》时代，诗歌以四言为主，五言都少见，远未到成熟的地步，更不用提六言、七言了。如果将每章都断为三句，那么，这首诗是由两个七言句、一个六言句构成了，显然，这是违背历史现实的。它更像后来的汉赋或杂言古诗了。

　　有人可能觉得《诗经》中出现 14 首五行诗没什么稀奇，实则不然。在《诗经》成集之前的漫长世代及之后相当长的时期，世界范围内流传的诗歌，更严格地说，产生、成型并流传下来的诗都是长篇史诗，且大多数与宗教、战争有关，比如《吉尔伽美什》《摩诃婆罗多》《伊里亚特》《奥德赛》。这是值得留意的。尽管古人生活条件比现在粗陋万分，尽管那时候人生最大的意义也许只是生存本身，社会生活不过狩猎耕种获取食物以及分享食物这般简单，但作为人本身，依然会有万般感慨，其只言片语，即便没有冠以诗歌之名，也仍然有"诗"的成分在内。这些我们称之为"诗"的作品尤其是短诗之所以遗失，大概有几方面原因：

　　第一，个体意识在强大的自然面前无能无为，普遍臣服在自然与权力的神威之下，占主导地位的是集体意识，偶有所作，一般为口头吟咏，在局部区域或群体内流传，或遗失或成为民谣的原型，针砭社会的居多，反映个体悲欢的言说很少。

　　第二，站在权力金字塔顶端的人拥有最大的话语权或者说垄断了对社会发声的权力，即便有一己感慨，也多出于统治的需要而寓以道德教化甚至装神弄鬼，因而"诗"的数量本来就极少。

　　第三，除了口头吟咏流传外，没有可靠的保存文字的记录材料，即便有，在自然灾害、战争以及最致命的时间面前，也是不堪一击，绝大多数都湮灭无存。

最后，就流传的社会成本而言，只有属于群体的记忆——比如关于整个民族、国家的记忆或反映当时社会的呼声——才有可能在不计代价的情况下为集体记忆相传。而个体作品，即如草木自生自灭，很少能得到有意识的保存。正如古斯塔夫·勒庞所言："除了神话之外，历史没有多少保存其他记忆的能力。"[5] 这也可以解释为什么在早期个人诗作尤其是短诗很少流传下来，尽管它的社会成本更低。或许是受到"第十缪斯"称号的庇护，古希腊萨福的那些抒发个人情感、咏叹恋爱悲欢的诗作算是例外，但即便如此，受保存条件及宗教因素影响，现在能看到的萨福诗作也基本上是断简残篇。

相比之下，《诗经》的流传可谓是个奇迹。

首先，《诗经》经过系统的收集。不管是"献诗"（"故天子听政，使公卿至于列士献诗"）[6]，还是"采诗"（"古有采诗之官，王者所以观风俗，知得失，自考正也。"）[7]，都意味着这是国家行为，是国家机器运转使然。收集的范围既广，交通又不便利，其难度可想而知。余冠英认为，"在这种情况和条件下，不管是周廷采集的也好，还是诸侯进献的也好，如果不是有人有意识地把它们集中在一起，而只是依靠民间的自然的流传的话，那么，《诗经》的形成，便是无法想象的事。"[8] 包括后来的乐府，如果不是"自孝武立乐府而采歌谣"，何来"代赵之讴，秦楚之风"？[9] 散落在民间的歌谣根本就没有记录为文字而保存下来的可能。

其次，《诗经》的系统整理，周振甫先生认为，经过了两次编诗，一次是由编周乐的周朝乐官完成，一次是出于鲁国乐官之手。[10]也有观点认为，这一任务由两个相隔数百年的古人完成。第一位是西周（前1046—前771）晚期周宣王时代的尹吉甫，尹吉甫是《诗经》的作者之一，也可能参与过《诗经》的编纂。尹吉甫死于公元前775年，也就是周室东迁前后，自然，他的"诗经"收集的作品，最晚不可能逾越这个界限。第二位则是春秋时代的孔子。孔子的崇高地位无疑是《诗经》得以存留的护身符，再加上竹简（有"韦编三绝"为证）较好的保存功能和便利性——之后出现的纸张更是功莫大焉——最终使我们能够看到而非揣测两三千年前人们的情感咏叹。那么，也许实际情况是两者的综合。不幸的是，在这个时期产生而又未收录其中的诗作，基本上就如长河浪花溅起又如泡沫消失。《国语·鲁语》记载，"昔正考父校商之名颂十二篇于周太师，以《那》为首。"正考父是春秋时期宋国大夫，孔子的七世祖，当时《商颂》还有12首，到了孔子时代，也就是经过大约200年，《商颂》只存留5篇，已经遗失了一半还多。

再次，《诗经》是一部诗歌总集，而非个人作品集，但又具有强烈的抒情性质，这使得它的历史价值和艺术价值都远高于单个作者的作品。《诗经》内容涉及婚恋爱情、人生感慨、政治讽喻、民族史诗、农事活动、社会礼俗等方方面面，可以说后世能够有的诗歌主题基本都能在里面找到，实在弥足珍贵。从文学体裁的进化来说，《诗经》大部分作品是抒情诗，更具个人色彩，更能彰显个体生命的情感，出现的年代更晚，而艺术上更接近诗歌本质，最短的《维清》5 行，最长的《闳宫》120 行，对题材的驾驭正如苏轼《答谢民师推官书》所言："常行于所当行，常止于不可不止"，达到了随物赋形、挥洒自如的境界。

最后，五句体诗在《诗经》中的出现并非偶然。不论编者是谁，按照一定的取舍标准对既有作品进行编选整理是再自然不过的了，也是编选的基本原则，因而作品的留存与否和行数在内的形式因素并无必然关系，只要符合编者标准哪怕是五句体就可能留存，而不符合这一标准，哪怕是最传统的四句体也都会被删除。这也说明，五行诗早已有之，对编者来说是这样，对点评过《诗经》的孔子来说也是见惯不怪。

孔子之后的墨子显然也认可这种形式。《墨子·耕柱篇》记载的"夏后铸鼎繇"即采用四言五句体：

逢逢白云，
一南一北，
一西一东，
九鼎既成，
迁于三国。

这几句谣辞原本并不以诗名，是墨子在和巫马子对话时引用的翁南乙对九鼎陶铸于昆吾之后"卜于白若之龟"的解释，却极富有诗意，还包含着不可言说的预见，故后人单独抽出以为诗，且认为"北与国为韵，而以一西一东句间之，章法甚奇。"[11]

第二节　楚辞中的五七言因素和"乱曰"之始

《诗经》之后三百年，楚辞照耀了诗歌的天空。楚辞中的五句体诗，最早见于屈原《离骚》《九歌》等诗作，后散见于东方朔、王褒、刘向等人的辞赋。

在《离骚》结尾，屈原以"乱曰"做结：

> 已矣哉！
> 国无人莫我知兮，
> 又何怀乎故都！
> 既莫足与为美政兮，
> 吾将从彭咸之所居！

这还不是典型的五句体诗，它的首句是由一个感叹词"已矣哉"构成，作为单独一行也许有点勉强，但《九歌》最后一首《礼魂》，却是非常典型的货真价实的五句体诗：

> 成礼兮会鼓，
> 传芭兮代舞，
> 姱女倡兮容与。
> 春兰兮秋菊，

长无绝兮终古！

《九歌》共 11 首诗，王夫之认为，"凡前十章，皆各有其所祀之神而歌之，此章乃前十章所通用而言终古无绝，乃送神之曲也。"[12] 在文本意义上，《礼魂》虽是一首独立的诗，但与《离骚》中的"乱曰"实则是一回事，都是作为总括前文的尾声而存在。

可以看出，在句式上，楚辞继承了《诗经》四言为主、杂言为辅的传统，且进阶到了弹性跨度更大的空间。《诗经》中的五言还是极少数，但在楚辞篇什中，杂言的空间大幅扩展，五言、六言、七言的比例增加，并与四言交错相融，长短句特征显现，也为之后五言、七言的发展奠定了基础。

五言与四言，虽一字之差，但于语言结构来说却是极其重大的变化，也意味着古汉语发展的重大跨越。钟嵘《诗品序》云："夫四言，文约意广，取效《风》、《骚》，便可多得。每苦文繁而意少，故世罕习焉。五言居文词之要，是众作之有滋味者也，故云会于流俗。岂不以指事造形，穷情写物，最为详切者耶？"[13] 余冠英认为，"相对于四言诗，五言诗虽然只是一字之增，但它增加的是整整一个节奏，因此句中的容量就大不少，表现功能也强得多，并且给诗句的变化曲折提供了更多余地。"[14]

回到"乱曰"的话题。在屈原笔下，"乱曰"也并不都是五行长短句，有的长达 24 句，即便作为一首独立的诗作也算是篇幅较长的。

浩浩沅湘，分流汩兮。

脩路幽蔽，道远忽兮。

曾唫恒悲兮，永慨叹兮。

世既莫吾知兮，人心不可谓兮。

怀质抱青，独无匹兮。

伯乐既没，骥焉程兮。

民生禀命，各有所错兮。

定心广志，余何畏惧兮！

曾伤爰哀，永叹喟兮。

世溷浊莫吾知，人心不可谓兮。

知死不可让，愿勿爱兮。

明告君子，吾将以为类兮。

——《怀沙·乱曰》

"乱曰"既然是结尾，自然带有结束全篇的性质，篇幅如果太长不免令人疑惑，仿佛是船到终点再行三五里，消解了结语的意义。所以，屈原之后的辞赋作家在"乱曰"（贾谊《惜誓》中用"已矣哉"，刘向《离世》等篇目用"叹曰"）的写作上，就收敛了很多，篇幅逐渐简短，行数趋向固定于 5 或 6 句，回到了初始点。除了东方朔《谬谏》中的"乱曰"长达 16 句外，王褒《株昭》、刘向《远游》的"乱曰"均为 5 句，刘向《逢纷》《离世》《忧苦》《愍命》《思古》《怨思》《远逝》《惜贤》以及王逸《守志》的"乱曰"均为 6 句。

　　这些篇什中，主体七言、六言居多，并夹以杂言，结尾部分同样是以七言居多。如：

　　　　皇门开兮照下土，
　　　　株秽除兮兰芷睹。
　　　　四佞放兮後得禹，
　　　　圣舜摄兮昭尧绪，
　　　　孰能若兮原为辅。

　　　　　　　——王褒《株昭·乱曰》

　　与七言诗句相比，八言诗句实际上是两组四言句的叠加，朗读节奏是"4+4"结构，细细体会中间的停顿显得较为刻意，但在视觉上却形成了七个实词加一个虚词"兮"的"7+1"偏离结构，头重脚轻，朗读时会很自然地拉长"兮"字音调以求得平衡，缺乏明快色彩。"兮"字在中间，朗读节奏自然是4+3结构，最后一个单字形成的空缺让语感显得流利。如果去掉八言诗句最后的"兮"字，七字结构倒是显得干脆，这大概也是七言诗最终胜出的原因。试比较如下：

　　　　余思旧邦心依违兮，
　　　　日暮黄昏羌幽悲兮，
　　　　去郢东迁余谁慕兮，
　　　　谗夫党旅其以兹故兮，

河水淫淫情所愿兮，

顾瞻郢路终不返兮。

　　　　　——刘向《离世·叹曰》

天庭明兮云霓藏，

三光朗兮镜万方。

斥蜥蜴兮进龟龙，

策谋从兮翼机衡。

配稷契兮恢唐功，

嗟英俊兮未为双。

　　　　　——王逸《守志·乱曰》

　　结合前文所谈五言与四言的差别，可以发现，相比四言，五言更有优势；相比八言，七言更有优势。字数相近的情况下，奇数字诗行比偶数字诗行更有竞争优势。

　　从音韵的角度来看，严绍璗认为，"以五言或以七言为形态的诗，如以律诗为例，无论是仄起式或平起式，它都能在偶数句的句末，组成平声字的结尾。"他援引王力先生的说法，平声"是一个长音，便于曼声歌唱的缘故。"[15]

　　严绍璗还反过来论证，"如果一首汉语诗的句末大部分用双音节词组成，那么，诗歌的抒情性将大大地逊色而趋于叙事说理，成为一种'散文诗'了。这为中国历代诗家所不取。"[16]

　　研究发现，楚辞的句式结构在后续演变中形成两条路径，一是虚词的实化，二是虚词的进一步虚化。虚词的实化，就是七言、五言中的虚词"兮"字"实化"了，实化的过程也带来句式结构的变化；虚词的进一步虚化，就是八言或六言中的"兮"字蜕变消失（个中原因前文已经分析过），相应地八言变成七言、六言变成五言。以上两者和原本就存在的五言、七言共同奠定了后世五言、七言的基础。故而胡应麟《诗薮》言："四言变而《离骚》，《离骚》变而五言，五言变而七言，七言变而律诗、律诗变而绝句。"

古汉语作为单音节词，其组成的上下诗句，要么上下句字数相等，要么上句长、下句短，或者上句短、下句长，受字词演变的影响，诗句在形式上也发生显著变化。

以《离骚》为例。《离骚》共 373 句，其句式的明显特征，就是以上句长、下句短的句式为主，达 325 句，占比高达 87.2%；上下句字数相等的 43 句，占比 11.5%；上句短、下句长的仅 5 句，占比 1.3%。其典型句式如下：

帝高阳之苗裔兮，
朕皇考曰伯庸。

汩余若将不及兮，
恐年岁之不吾与。

忳郁邑余侘傺兮，
吾独穷困乎此时也。

　　在上句长、下句短的形式中，又以上句七言、下句六言为主，占比近八成；次为上句八言、九言，下句六言；也有极少数是上句八至十言、下句七言，或者上句六至七言，下句五言。比如：

日月忽其不淹兮，
春与秋其代序。

——上句七言、下句六言。

纷吾既有此内美兮，
又重之以修能。

——上句八言、下句六言。

朝饮木兰之坠露兮，
夕餐秋菊之落英。

——上句八言、下句七言。

吾令凤鸟飞腾兮，
继之以日夜。

——上句七言、下句五言。

　　在上下句字数相等的形式中，又以七言居多、六言次之、八言极少，分别为27组、15组、1组。如：

亦余心之所善兮，
虽九死其犹未悔。

为余驾飞龙兮，
杂瑶象以为车。

既莫足与为美政兮，
吾将从彭咸之所居！

　　这种句式结构并非离骚的特例，当然也许是离骚开创了此等结句方式的先河，其他辞赋作家的作品也多如是。检阅王褒、刘向、王逸、贾谊等人的作品，要么上句长下句短，要么上下句字数相等，上句短下句长的极少。

　　但令人惊奇的是，这种近乎一个时代文体的惯常句式，在后世不断发生的语言演变中竟然发生逆转，原本占比不高的上下句字数相当的情况，到了后来几乎就成了大势。这在近体诗是最为明显的，即便在古诗中也占有优势比例。上句短、下句长的句式也远远超过上句长、下句短的句式，七五转变为五七。

　　以李白《梦游天姥吟留别》为例，上下句字数相等的句式占了绝大部分，上句短、下句长的居次，上句长、下句短的极少：

海客谈瀛洲，烟涛微茫信难求。
越人语天姥，云霞明灭或可睹。（以上2句上句五言、下句七言，

上短下长）

天姥连天向天横，势拔五岳掩赤城。

天台四万八千丈，对此欲倒东南倾。

我欲因之梦吴越，一夜飞度镜湖月。

湖月照我影，送我至剡溪。

谢公宿处今尚在，渌水荡漾清猿啼。

脚著谢公屐，身登青云梯。

半壁见海日，空中闻天鸡。

千岩万转路不定，迷花倚石忽已暝。

熊咆龙吟殷岩泉，栗深林兮惊层巅。

云青青兮欲雨，水澹澹兮生烟。

列缺霹雳，丘峦崩摧。

洞天石扉，訇然中开。

青冥浩荡不见底，日月照耀金银台。（以上 13 句上下句字数相等）

霓为衣兮风为马，云之君兮纷纷而来下。（上句七言、下句九言，上短下长）

虎鼓瑟兮鸾回车，仙之人兮列如麻。

忽魂悸以魄动，恍惊起而长嗟。

惟觉时之枕席，失向来之烟霞。

世间行乐亦如此，古来万事东流水。

别君去兮何时还，且放白鹿青崖间，须行即骑访名山。（以上 5 句上中下句字数相等）

安能摧眉折腰事权贵，使我不得开心颜。（上句九言、下句七言，上长下短）

整首诗总共22个完整诗句，其中上下句式字数相等的18句（第21句包含三个子句），上短下长的3句，上长下短的1句。这基本上反映出古诗句式的特点。至于词牌，由于三个子句为一整句的情况大量存在，或者单独一句即为完整句并无上下句之分，情况要复杂些，但整体而言，一篇之内，字数相等的句子占比总是较大。由于衬字的介入，散曲看上去更为复杂，但其基本句式也和词牌类似。

第三节　乐府及古诗中的"五句体"

汉魏六朝可以说是中国古代文体大爆发的时代，非但继承了此前《诗经》及楚辞中的各种文体，还发展出更为宏阔丰富的形式，并为近体诗及词曲的诞生提供了各种试验后的养分，而五句体也在此过程中得到较好的发展。检索郭茂倩编辑的《乐府诗集》、逯钦立辑校的《先秦汉魏晋南北朝诗》及沈德潜《古诗源》等选本，自先秦至隋唐，共辑得五句体诗135首。其中，《乐府诗集》中收录唐人词《忆江南》5首、《潇湘神》2首、《渔父歌》10首。考虑到本章内容以考察两汉魏晋六朝乐府及古诗作品为主，将相关词作放入词曲内容中考虑，再去除先秦古歌11首，唐人古诗及其他乐府作品9首，则余下作品计98首，包括民间乐府15首、文人乐府 43 首、古诗 40 首。

乐府方面，文人作品多为五、七言的齐言体，民间谣辞多为三、七言为主的杂言，两者又极大地促进了五、七言诗句的错杂交互。古诗方面，最值得注意的是在当时重要诗人的推动下拓展了六言诗的疆域。

一、民间乐府与文人乐府

两汉六朝的 58 首乐府中，包括燕射歌辞 24 首、杂歌谣辞 12 首、舞曲歌辞 6 首、清商曲辞 5 首、琴曲歌辞 3 首、郊庙歌辞、相和歌辞、鼓吹曲辞、杂曲歌辞各 2 首。其中，五句体杂歌谣辞贯穿两汉六朝，多为民间作品，杂言体，三言、七言为主，四言次之，典型句式是三言四句、七言一句；清商曲辞主要流行在东晋南朝，以五言为主；燕射歌辞及舞曲歌辞主要在南朝齐梁，七言体，为文人作品。

先看杂歌谣辞。顾名思义，杂歌谣辞就是采自民间的歌谣，"杂"，兼有"庞杂"与"杂言"之意，也因民间作品多率性而为，很少刻意追求所谓形式的完美，不免又显得"杂"。杂歌谣辞以三言、七言为主，四言次之，《民为淮南厉王歌》《蜀郡民为廉范歌》《荆州民为始兴王憺歌》《雍州歌》《阁道谣》五首均为此格。《长安百姓为王氏五侯歌》结构与此类似，前四句为四言，末句也是七言。

一尺布，尚可缝；一斗粟，尚可春。兄弟二人不相容。

——民为淮南厉王歌

廉叔度，来何暮。不禁火，民安作。平生无襦今五袴。

——蜀郡民为廉范歌

但从句式上来考量，在七言诗的形成过程中，两个三言句和一个七言句在功能上是一致的，也可以视为一句。而且，这两个三言句一般是并列关系，和之前的三言句有所不同：

大冯君，小冯君，兄弟继踵相因循，聪明贤知惠吏民。政如鲁卫德化钧，周公康叔犹二君。

——上郡吏民为冯氏兄弟歌

小麦青青大麦枯，谁当获者妇与姑。丈夫何在西击胡。吏买马，君具车，请为诸君鼓咙胡。

——桓帝初天下童谣

诚然，"大冯君"与"小冯君"是并列结构，作为一句完全成立，与"一尺布，尚可缝"在结构上并不相同，与"赴人急，如水火"也不一样。像这种情况，看上去是六句，实质上还是五句体。这也可以说是三、七言演变过程中在诗歌史上留下的"指纹"。

葛晓音在论及汉魏三言体的发展及其与七言的关系，认为"秦汉歌谣的内容和表现……内容都偏向于政治时事，大都是针对一事一人作褒贬评论。"[17]

就这五首作品而言，确实如此。

在修辞手法上，"三言歌谣时用比兴。其起兴和联想的方式与《诗经》中的民歌有类似之处，而押韵往往随兴句和应句的关系而转。"[18]《民为淮南厉王歌》中"缝""春""容"即二、四、五押韵；《蜀郡民为廉范歌》中，却是"度""暮""袴"即一、二、五押韵，另外"火"与"作"即三、四押韵。

需要注意的是，上面几首谣辞的三、七言搭配的句式结构，逐渐演变成较为固定的"三三七"节奏。这种结构有两个特点，一是"七言节奏是服从三言的"，二是"魏晋以后三三七逐渐成为一种固定的体式，除了乐府的舞曲歌辞和谣谚可见此体以外，更可见于文人诗……三七式既有三言的基本节奏，又能解决三言不便抒情的问题，才得以成为文人乐用的体式。"[19]

"三三七"节奏的应用，在词曲中也有鲜明表现，构成了《渔歌子》《捣练子》《应天长》《潇湘神》等词牌，以及《愿成双》《端正好》《双鸳鸯》《喜秋风》《采茶歌》《落梅风》等散曲的主体结构。

别来半岁音书绝，一寸离肠千万结。难相见，易相别。又是玉楼花似雪。　暗相思，无处说。惆怅夜来烟月。想得此时情切，泪沾红袖黦。

——韦庄《应天长·别来半岁音书绝》

漫天坠，扑地飞，白占了许多田地。冻杀吴民都是你。难道是国家祥瑞？

——张鸣善《落梅风·咏雪》

韦庄的这首词为双调，上下阕各 5 句，上阕 77337，下阕 33665，三言句式有效调和了抒情节奏。张鸣善的这首散曲为单调，除了采用"三三七"句式之外，第三至第五句也别有讲究。第三、五句句法为前三后四，"白占了 / 许多田地""难道是 / 国家祥瑞"第四句却恰好相反，为前四后三，"冻杀吴民 / 都是你"，也是一个倒装句，正好与前后两句形成配合，也打破了纯粹前三后四句式的呆板。如果第四句为"都是你 / 冻杀吴民"，意思未变，但后三句就全部是前三后四结构，缺乏起伏。

在民间乐府中，还可以看出七言与三言、五言混杂以及七言不断成熟的演变轨迹。《惠帝永熙中童谣》为三个七言句与两个三言句的组合：

二月末，三月初，桑生裹蕃柳叶舒。荆笔杨版行诏书，宫中大马几作驴。

《李波小妹歌》为三个七言句与两个五言句的组合：

李波小妹字雍容，裹裙逐马如卷蓬，左射右射必叠双。妇女尚如此，男子安可逢。

前三句二十一字，鲜明地塑造了一个飒爽英姿、高超武艺的女子形象，堪称五行版的《木兰诗》。最后两句百尺竿头更进一步，以李波小妹反衬北方男子的豪强英武，又有超出《木兰诗》之处。如果说花木兰是个虚构的文学形象，李波却是活跃在那个时代的真实人物。

类似的作品还有《并州歌》：

士为将军何可羞，六月重茵披豹裘，不识寒暑断他头。雄儿田兰为报仇，中夜斩首谢并州。

这首诗通篇采用七言句式，在当时并不多见。在此之前，曹丕创作的《燕歌行》"秋风萧瑟天气凉"被认为是第一首真正意义上的七言诗。和《并州歌》一样，它也是句句押韵，具有早期七言诗的典型特征。可见，文人作品与民间作品从来都是相互借鉴的。

清商曲辞中的五句体又是另外一番面貌，包括沈充《前溪歌七首》中的三首五句体、包明月《前溪歌》一首；《华山畿》一首，为五言为主的杂言体。

华山畿！君既为侬死，独活为谁施。欢若见怜时，棺木为侬开。

在吴声中，郑振铎认为"惟《懊侬歌》及《华山畿》最为重要。"[20]《华山畿》值得注意之处有二。其一，形式上的突破，与传统吴声大部分为五言四句不一样，它是五句体，后面四句可视为一首五言四句诗，"死""施""时"连续三句押韵而最后一句"开"字不押韵，通篇由非对仗的散句结构全篇，可以看出，此时五言诗仍未成熟。其二，吴声一般都婉转含蓄，但这首《华山畿》却直接表达那种面对真爱面对生死的痛切质感，坚决程度实在不亚于"长命无绝衰"的《上邪》。起首"华山畿"三字破空而出，仿佛是吁请华山畿的所有神灵前来见证即将发生的不可思议之事，《上邪》起首的"上邪"二字却是一个抒情句式，承接的是假想的几种不可能发生之事，相比之下，前者似乎更显力度。《华山畿》据说是梁山伯与祝英台爱情悲剧的原型，梁祝故事也是家喻户晓，但这五句诗流传却不及《上邪》深远，我推测原因在于最后一句"棺木为侬开"。世俗生活忌讳"棺木"这类不够吉祥的话语，世间之人喜爱缠绵的情话，一旦面临生死却难以像这位姑娘般决绝，或者像杜丽娘那样做到"生者可以死，死可以生"，可是，汤显祖认为，"生而不可与死，死而不可复生者，皆非情之至也。"[21]

《前溪歌》则是典型的传统吴声。以沈充《前溪歌七首》为例：

忧思出门倚，逢郎前溪度，莫作流水心，引新都舍故。

为家不凿井，担瓶下前溪，开穿乱漫下，但闻林鸟啼。

前溪沧浪映，通波澄渌清，声弦传不绝，千载寄汝名，永与天地并。

逍遥独桑头，北望东武亭，黄瓜被山侧，春风感郎情。

逍遥独桑头，东北无广亲，黄瓜是小草，春风何足叹，忆汝涕交零。

黄葛结蒙茏，生在洛溪边，花落逐水去，何当顺流还，还亦不复鲜。

黄葛生烂熳，谁能断葛根，宁断娇儿乳，不断郎殷勤。

这七首诗看起来是一气呵成，女子先是"出门倚"，然后"下前溪"，在前溪她打量周边景物，不管是"独桑头"还是"黄葛"，都唤起了一腔深情。也许是由于诗中有男女相和的痕迹特别是后四首形成两组应答的缘故，余冠英在《吴声歌曲里的男女赠答》一文中认为，除"为家不凿井"一首外，其他六首"成为三对"：

第一首是女子词，第二首是男子答。"声弦"或是说琴音，因为前诗提到"流水"，就与高山流水的故事作联想，以琴音长在人心，喻相忆永无断绝。第三首女子词，第四首男子答。这两首句句针对，赠答的意味更明显。第五第六仍是女倡男答，前诗是"终不罢相怜"的口吻，后诗则似表示"覆水难收"，是所谓决绝之词。《乐府诗集》载《前溪歌》共七首，这六首成为三对。另一首原来也该有匹偶，可惜已经亡逸了。[22]

也有学者归纳了乐府诗中对唱体的六种类型，包括见面歌、交情歌、盟歌、离别歌、相思歌、情变歌，认为"忧思出门倚"与"前溪沧浪映"两首属于盟歌，"逍遥独桑头"两首属于相思歌，"黄葛"两首属于情变歌。[23]

不过，这恐怕值得商榷。

首先，余先生认为，"因为前诗提到'流水'，就与高山流水的故事作联想"。如果作高山流水之联想，那么自然两心相知，就不是"莫作"。诗的原意是因为流水"引新舍故"，所以才"莫作"，此"流水"是前溪流淌的溪水，亦如鄂西五句子所唱的"就怕哥心像流水，流到东海不回头"，而非彼"洋洋兮若江河"之"高山流水"。就本意而言，在这几首诗里面，"声弦"最可能对应的应该是"林鸟啼"——当然也不排除遗失的诗中有更适合的匹偶之作。

更不可解的是，余先生既然认为"另一首原来也该有匹偶，可惜已经亡逸了。"匹偶之诗应该和本诗连排在一起，但无论是余先生的版本还是《乐府诗集》的版本，均是上述顺序。可见，遗失的应该是"忧思出门倚"的"匹偶"之诗，将第一首诗与第二首诗的"匹偶"之诗作为应答，显然是错配鸳鸯。从押韵的角度推断，七首诗歌中，第二至五首押中东辙庚青韵（ing），第六、七首押言前辙寒山韵（an），只有第一首的姑苏辙韵（u）与其他几首不一致，这也证明"前溪沧浪映"一首是和"为家不凿井"之诗相应答的，在意思上也能说得通。周仕慧可能考虑到"流水"与"高山流水"联想的牵强之处，所以只笼统说"流水"是琴曲，但对其押韵显然欠缺考量。

第三，余先生认为"第五第六仍是女倡男答"，果真如此，"黄葛生烂熳"一首就成了男子所歌，但男子怎么会说出"宁断娇儿乳，不断郎殷勤"的话来？这明显是女子的口吻和身份，唯有女子才能哺乳，才会说"不断郎殷勤"。如果说两首诗一定存在赠答关系，那么，第五首应该是"男倡"，以"花落逐水去"劝告女子珍惜他的一片痴情，第六首是"女答"作出"宁断娇儿乳，不断郎殷勤"的回应才合情合理。

　　而在周仕慧的版本中，两首"黄葛"诗被认为属于情变歌，尽管男女两首诗的顺序却正好相反：

　　（女）黄葛生烂熳，谁能断葛根，宁断娇儿乳，不断郎殷勤。
　　（男）黄葛结蒙茏，生在洛溪边，花落逐水去，何当顺流还，还亦不复鲜。

　　如果女子表达"宁断娇儿乳，不断郎殷勤"的爱意在前，那么，男子就没有理由指责女子"花落逐水去"。更有可能的是，男子借茂盛的黄葛树"生在洛溪边"存在"花落逐水去"的现象，隐喻他担心女子发生情变的心情，于是女子果断表示了"谁能断葛根"的忠贞。两首诗之间存在先后逻辑关系，先是男子歌咏"黄葛结蒙茏"的景象，后有女子"谁能断葛根"的回应，是"男倡女答"。

　　综上所述，这七首诗可能是一组诗中的七首，编者极有可能根据其审美眼光对这组诗进行了遴选，因而我们不能根据现存诗作来亦步亦趋地探讨其间的男女赠答关系。这么说也有旁证。逯钦立辑校的《先秦汉魏晋南北朝诗》中，这七首诗的顺序相当于前述的1、2、4、7、6、5、3，男女对答的语义结构为较规整的句式结构所替代，即前四首为四句，后三首为五句，全诗以"千载寄汝名，永与天地并"结尾。[24]

和传统的女子被抛弃、两情相悦等主题相比，这几首诗展现了一份更为微妙的感情，即女子尽管相信男子对自己"殷勤"，但又有点担心男子变心，诗歌即在这份冲突中展开，最后女子表示决不辜负对方。同样，男子也有担心女子变心的犹豫。两人之间并不存在所谓情变的关系，更不存在王运熙先生认为的"以青年女子的口吻，诉说她失恋后的痛苦和愿望"，不能反映中国古代封建社会妇女"在爱情和婚姻生活中，她们经常没有选择的自由，经常遭受着被蹂躏、被遗弃的痛苦。"[25]

中国古代确实大量存在这种情况，但对《前溪歌》却不适用。《前溪歌》作为贵族欣赏的舞曲，其创作初衷意在体现歌舞升平，表现青年男女爱情的微妙之处，无意于揭露社会矛盾，从诗中也可以看出两人之间的关系是平等的，如果反映女子被遗弃的痛苦，对它来说反而存在思想艺术上的硬伤，会让它行之不远，难以纳入东晋朝廷乐府机关采集的范围，也难以在后世流行起来。但直到唐代，它却仍有旺盛的生命力，诗人崔颢在《王家少妇》中还将它与著名的《子夜歌》相提并论："舞爱前溪绿，歌怜子夜长。"

郑振铎评价《子夜歌》的话语也同样适用于此：

他们的想像有的地方，较之近代的《挂枝儿》、《山歌》以及《马头调》，更为宛曲而奔放，其措辞造语，较之《诗经》里的情诗，尤为温柔敦厚；只有深情绮腻，而没有一点粗犷之气；只有绮思柔语，而绝无一句下流卑污的话。……这里只有温柔而没有挑拨，只有羞怯与怀念而没有过分大胆的沉醉。[26]

之所以对清商曲辞中的这几首诗不厌其烦展开讨论，是因为它流传既广，对之批评的各家之言又难以自圆其说，值得探讨。同时，它构建或者说继承了一个叙事与抒情相结合的表达模式。在此之前，《陌上桑》《孔雀东南飞》等五言乐府以叙事见长，《古诗十九首》等以抒情见长，而《华山畿》《前溪歌》显然得兼容之妙。

最后，再来看燕射歌辞、舞曲歌辞中五句体的表现，其最大的特点在于多为文人的七言之作，如江淹的《齐凤皇衔书伎辞》、张率《白纻歌》中的四首、沈约《需雅》、萧子云《需雅》等。

王运熙认为，"曹丕创作《燕歌行》之后，七言诗的作者陆续增多，鲍照又从句句押韵变化为隔句押韵，到了梁代，七言大畅，蔚为风气。而这个过程，正发生在乐府诗的领域之内。"[27] 梁朝的沈约特别值得一提，他是当时的的朝廷重臣、文坛领袖，更创立了"四声八病"声律理论，直接推动了近体诗的产生。近体诗讲究平仄对仗，诗歌都是偶数句，但即便如此，沈约也创作过五句体诗歌，主要为《梁三朝雅乐歌》中的《需雅》。

《梁三朝雅乐歌》共30首乐府，其中三言有3首、四言有13首、五言有6首，均为偶数句式；《需雅》8首却为七言体，且全为5句。沈约在写作时并未完全遵循古例采用典雅古奥的语言，而是试图兼顾诗作的艺术性，包括用语更为浅近，形象性更强；用韵方面注重"四声八病"，韵律感更强。如《需雅》第一首：

实体平心待和味，庶羞百品多为贵。或鼎或鬲宣九沸，楚桂
胡盐芼芳卉。加箢列俎雕且蔚。

沈约逝后十余年，太子萧子云以"见伶人所歌，犹用未革牲
前曲"为由，向梁武帝建言改辞，"用《五经》为本，其次《尔
雅》《周易》《尚书》《大戴礼》，即是经诰之流，愚意亦取兼用。
臣又寻唐、虞诸书，殷《颂》周《雅》，称美是一，而复各述时事……
而约撰歌辞，惟浸称圣德之类，了不序皇朝制作事雅颂……"[28]
改后的歌辞仍从原辞结构，萧版《需雅》第一首是这样的：

农用八政食为元，播时百穀民所天。禘尝郊社尽洁虔，宴飨
馈食礼节宣。九功惟序登颂弦。

对比一下，沈约的作品，哪怕鬲、芼等字不认识，不知道什
么意思，都不妨碍对整首诗的理解，而且不难想见那种热闹欢腾
的场面：文武大臣王公世子端坐殿堂，品尝平素难见的众多美味，
肉汤在沸腾，桂皮野菜的香味扑鼻，大家放开肚皮吃，越吃越欢
畅，享受的礼遇超过了平常。能理解到这一层意思也就够了，最
多再深入一点，反映了君臣和睦、歌舞升平而已。但萧子云的作
品却不是这样，首先你得知道用了哪些典故，是什么意思，即便
知道了，它仍是一堆干巴巴的概念，而非生动的诗歌形象。"农

用八政"出自《尚书·洪范》，所谓"八政"，"一曰食，二曰货，三曰祀，四曰司空，五曰司徒，六曰司寇，七曰宾，八曰师。""禘尝"就是禘礼与尝礼的并称，《礼记·王制》："天子诸侯宗庙之祭，春曰礿，夏曰禘，秋曰尝，冬曰烝。"郊社仍是指祭祀天地，周代冬至祭天称郊，夏至祭地称社。"九功"，按《左传·文公七年》的说法，出自《夏书》："六府、三事，谓之九功。水、火、金、木、土、谷，谓之六府。正德、利用、厚生，谓之三事。"说了半天，到底什么意思呢？无非就是说，在八种政务中吃这件事是根本，播种百谷了民才能以食为天。朝廷祭祀天地宗庙时态度很虔诚用的食物也很洁净，尽到了礼节，按照九功顺序奏响了颂赞的弦乐。这不过是一些理念的阐述。两相对比，改辞的主要原因出于梁武帝后期对沈约的不满所致，从文学上来说，不免有倒退的复古倾向。

陈元庆认为，"沈约的歌辞不甚遵从五经一类儒家典籍，而'杂用子史文章浅言'，恰恰说明沈约试图对这类佶屈聱牙的歌辞作些哪怕不是太大的改革，使之稍稍流畅而有稍浓的文学色彩。萧子云所批评的'朱尾碧鳞'这样的句子，形象较为鲜明，与典诰大语根本不同。……沈约的尝试，从文学的角度看，应当是有益的。"[29]

当然，沈约不单单是写了几首五句体雅乐歌，他总计创作了九十多首乐府诗，在当时诗人中是最多的，更重要的是他还在《宋书·乐志》中辑录了各类乐府诗 300 余首，并对之进行文学批评，这才是他对乐府最大的贡献。今人对此评价甚高：

作为史学家，沈约以一人之力，于《宋书·乐志》所进行的上述两种形式之乐府诗批评，不仅前无古人，而且对后世也产生了相当大的影响……史学家的史书"乐志"受《宋书·乐志》之影响者，最为明显的例子，就是《晋书·乐志》《旧唐书·音乐志》等；而文学家及其乐府学著作受其影响者，则有智匠《古今乐录》、郭茂倩《乐府诗集》等。史学著作与文学著作的互为关联，极大程度地推动了乐府诗批评的向前发展。[30]

舞曲歌辞中最值得注意的是张率《白纻歌九首》，均为七言，其中第一、二、四、五首为五句体，且句句押韵。如第五首：

遥夜方远时既寒，秋风萧瑟白露团。佳期不待岁欲阑，念此迟暮独无欢，鸣弦流管增长叹。

《白纻歌》的内容，最开始反映的是舞女的翩翩舞姿，后来逐渐向抒情与写景转变，张率的《白纻歌九首》，既有反映舞女舞姿的内容，也有抒情的内容，可谓兼而有之。

二、 文人的七言及六言古诗

再来看汉魏六朝古诗中的五句体。

以今日之视角来看，彼时诗歌中五句体的发展分两种情况。其一是普通形式的古诗，七言较多，其二是特殊形式的六言古诗。

先谈六言古诗的情况。如前所述，在偶数句型的五言诗大行其道、名篇迭出之际，五句体通过六言诗这种特殊形式获得了发展空间。与五言、七言等主流诗体相比，六言诗似乎一直都不在主流之列，关于它的起源到底是民歌、《诗经》还是楚辞或者三者均有其功，学界有不同观点，但在两汉形成、魏晋定型却是共识，并且，这个过程是由当时的重要作家推动完成的。六言诗的数量一直很少，"魏晋南北朝有六十八首，尚包括二十四首佛偈；唐代有一百一十五首，宋代有一千多首，元明清以后就少了，至今只辑得七百多首。"[31]

研究表明，六言诗的形态可分为三种：一种承着民歌、《诗经》的传统而多用实词，一句三拍，这是六言诗普遍采用的形式，并定型为普通的"二、二、二"节拍，多用实词；第二种承着楚辞的传统，以兮字为句腰，一句两拍；第三种是魏晋时期独有的诗、骚特征合流的六言诗。[32]

令人惊异的是，在两汉六朝的六十八首六言诗中，竟有三十二首为五句体，占比近一半，如果不算二十四首佛偈，那么这个比例就接近四分之三，可以说相当高了。这三十二首六言诗包括孔融《六言三首》、曹丕《令诗》《董逃行》两首、嵇康《六言诗十首》、傅玄《董逃行历九秋篇》十二首、陆机《董逃行》五首。及至近体诗兴起，诗歌格律化完成，句式结构趋于固定，五句体的六言诗也就绝迹了。

孔融（153–208）《六言三首》被认为是最早的六言诗。

汉家中叶道微，董卓作乱乘衰。僭上虐下专威，万官惶怖莫违。

百姓惨惨心悲。

　　郭李分争为非，迁都长安思归。瞻望关东可哀，梦想曹公归来。从洛到许巍巍。

　　曹公忧国无私，减去厨膳甘肥。群僚率从祈祈，虽得俸禄常饥，念我苦寒心悲。

　　对于这三首诗，很多人认为第一首五句、第二首四句、第三首六句。但是从句意来看，将"从洛到许巍巍"算在第二首内，才能在语意上和"曹公归来"匹配；从押韵方式看，第二首诗的"非""归""巍"是押一组韵，第三首诗的"私""祈""饥"押另一组韵，而且这三首诗的最后一句也都押"悲""巍""悲"韵。如果将"从洛到许巍巍"算在第三首诗内，就会导致第二首诗缺乏主韵，并破坏三首诗的整体押韵结构。前人想必也注意到这一点，萧艾认为，"此诗三首，每首当为五句。第三首'从洛到许魏巍'句，应紧接第二首'梦想曹公归来'。第三首则以'曹公忧国无私'为起句。"遗憾的是，他认为"但相沿既久，未变擅改。"[33] 从语言节奏上看，孔融这三首六言诗是承接民歌、《诗经》的传统，多用实词，每句均为"2-2-2"节奏，比如"汉家－中叶－道微，董卓－作乱－乖衰。"

　　无疑，孔融的这三首诗至少奠定了早期六言诗的结构基础，即每首五句，每句押韵，中间存在隔句用韵及转韵的情况。曹丕仿而效之，《令诗》《董逃行》两首均为每首五句，每句押韵。嵇康《六言诗十首》、傅玄《董逃行历九秋篇》十二首是前述两种节奏的混合体，前者首句五字两拍、后四句六言三拍，基本每首一韵；后者基本上是首句两拍、后四句三拍，每首一韵。

尽管嵇康（224–263）诗歌方面的成就主要体现在三十首四言诗上，被认为是"文学史上最后一位四言诗大家"[34]，但他的六言诗也独具风格。这十首诗咏叹的是尧、舜、东方朔、楚国令尹子文、柳下惠、老莱妻、原宪等历史人物，也表达了他对智慧、名与身、法令等的看法，令人想起他的《圣贤高士列传》。

惟上古尧舜，二人功德齐均。不以天下私亲，高尚简朴慈顺。宁济四海蒸民。（其一）

名与身孰亲，哀哉世俗殉荣。驰骛竭力丧精，得失相纷忧惊。自是勤苦不宁。（其四）

嗟古贤原宪，弃背膏粱朱颜。乐此屡空饥寒，形陋体逸心宽。得志一世无患。（其十）

整体而言，这十首诗歌主要是受老庄思想影响，强调有所为有所不为，不能为世俗驰骛"殉荣"，哪怕因此"屡空饥寒"，诗中用典也多出自老庄著作。如果将之与之后嵇康《与山巨源绝交书》第二段部分内容对比读，恍然发现两者可谓互文，也可以说是嵇康将这几首六言诗再用散文体写了一次：

老子庄周，吾之师也，亲居贱职，柳下惠东方朔达人也，安乎卑位，吾岂敢短之哉。又仲尼兼爱，不羞执鞭，子文无欲卿相，而三登令尹，是乃君子思济物之意也。所谓达能兼善而不渝，穷则自得而无闷……

语言风格上，这几首诗质朴简约，显然偏于理性而非感性、偏于静而非动，不似他的四言诗被胡应麟评价为"雄辞彩语，错互其间"。比较一下：

息徒兰圃，秣马华山。流磻平皋，垂纶长川。目送归鸿，手挥五弦。俯仰自得，游心太玄。嘉彼钓叟，得鱼忘筌。郢人逝矣，谁可尽言。

——兄秀才公穆入军赠诗十九首（其十五）

朱嘉徵《乐府广序》评论："中散六言，歌内贞自乐闲静也；错序中，衡断不苟，尚论有法，雅似折杨柳古辞。"[35]

《董逃行》取材于董卓作乱后逃亡之事，郭茂倩《乐府诗集》将之归入相和歌辞并云："崔豹《古今注》曰：《董逃歌》，后汉游童所作也。终有董卓作乱，卒以逃亡。后人习之为歌章。乐府奏之，以为儆诫焉。《宋书》作董桃行。"[36] 也许因为那个年代兵荒马乱，百姓朝不保夕之故，《董逃行》成了当时诗人最常咏叹的题名之一，但体式已从五七言等杂言逐渐变为六言的齐言体，主旨也从本事转向哀叹人生苦短、应及时行乐，有如《古诗十九首》。

先看一首《董逃行》的乐府古辞：

吾欲上谒从高山，山头危险道路难。遥望五岳端，黄金为阙
班璘。但见芝草叶落纷纷。

无名氏的这首作品，写出了人生无望，因而登高山求仙以摆
脱眼前痛苦的情状，尽管"山头危险道路难"，也要奋身前往。

曹操（155–220）的《董卓歌辞》实质上也是《董逃行》，
不过仍是杂言：

德行不亏缺。变故自难常。郑康成行酒。伏地气绝。郭景图
命尽于园桑。

逯钦立认为，"此歌斥袁绍，无异于董卓。汉末有董逃歌，
或作董桃。今作董卓，卓者盖逃或桃之误字。"[37] 也有学者认为，
"如果我们了解了汉末的政治文化背景，以及曹操与郑玄之间的
关系，就可以看出这首诗其实意含讥讽，且以他人的不幸死亡作
消遣，正表现出曹操性格中气量狭小、尖刻不厚道的一面。"[38]

曹丕（187–226）的《董逃行》五句皆为六言，三十字写尽
了千军万马行军的恢宏气势：

晨背大河南辕，跋涉遐路漫漫，师徒百万哗喧，戈矛若林成山，
旌旗拂日蔽天。

及至西晋，傅玄（217–278）作《董逃行历九秋篇》，凡十二首，

前面用了七首铺张新婚欢宴之乐，如第二首：

序金罍兮玉觞，宾主递起雁行，杯若飞电绝光。交觞接卮结裳，慷慨欢笑万方。

尽管如此，仍抵挡不住来自生命深处的寒意。从第八首开始，分别从时间流逝、亲情疏离、荣华难保、生命易逝等角度进行书写。第八首一上来就发出了"盛时忽逝若颓"的感慨，面对"春荣随风飘摧"，不免触景生情，"感物动心增哀"。第九首感慨"妾受命兮孤虚"、"骨肉至亲更疏"。第十首咏叹"明月不能常盈，谁能无根保荣"，与第六首"君恩爱兮不竭，譬若朝日夕月"形成鲜明反差。第十一首，这种感慨更从身外的荣华富贵深入到生命本身：

顾绣领兮含辉，皎日廻光则微。朱华忽尔渐衰，影欲舍形高飞。谁言往思可追。

胡应麟《诗薮·内编》认为，《董逃行历九秋篇》"复托夫妇，"遂力六言绝唱"。

其后，陆机（261–303）作《董逃行》五首。如果说傅玄之作还构建了一个从初婚的欢庆到后来失落的叙事，那么，陆机已经无意构建任何一点将读者引入事件的叙事，铺垫叙事的成分几乎没有，基本上是抒情感叹的成分，到处可以看出《古诗十九首》

的影子。这不难理解，陆机原本对《古诗十九首》情有独钟，创作的《拟古诗》，即是拟《古诗十九首》，借用相关意象自然是信手拈来。

　　和风习习薄林，柔条布叶垂阴。鸣鸠拂羽相寻，仓鹒喈喈弄音，感时悼逝伤心。

　　日月相追周旋，万里倏忽几年？人皆冉冉西迁，盛时一往不还，慷慨乖念凄然。

　　昔为少年无忧，常怪秉烛夜游，翩翩宵征何求？於今知此有由，但为老去年迈。

　　盛固有衰不疑，长夜冥冥无期。何不驱驰及时？聊乐永日自怡，贵此遗情何之？

　　熟悉《古诗十九首》的读者，立马可以想见下列诗句：

　　浮云蔽白日，游子不顾反。
　　人生天地间，忽如远行客。
　　盛衰各有时，立身苦不早。人生非金石，岂能长寿考。
　　四时更变化，岁暮一何速！
　　昼短苦夜长，何不秉烛游！

　　郭茂倩《乐府诗集》中记载了唐朝吴兢(670–749)《乐府解题》对陆机《董逃行》的看法："若陆机'和风习习薄林'，谢灵运'春虹散彩银河'，但言节物芳华，可及时行乐，无使徂龄坐徙而已。"[39]
吴兢似乎无法感受到陆机寄兴的深意所在，因而作出的评价也颇
为轻浮。

令人惊奇的是，及至唐宋，诗人写《董逃行》，又具有写实意义，
所发的感慨更具现实指向，别有一番置身战乱的身世之感。如张
籍的《董逃行》：

洛阳城头火瞳瞳，乱兵烧我天子宫。宫城南面有深山，尽将
老幼藏其间。重岩为屋橡为食，丁男夜行候消息。闻道官军犹掠人，
旧里如今归未得。董逃行，汉家几时重太平？

陆游的《董逃行》，单看首尾几句即可看出其现实主义风格：

汉末盗贼如牛毛，干戈万槊更相鏖。两都宫殿摩云高，坐见
霜露生蓬蒿。……平民踣死声嗷嗷，今兹受祸乃我曹！

整体而言，汉魏五句体六言诗的发展成熟主要由当时重要诗
人推动，但客观地说，这些六言诗主要是他们对诗歌形式的探索
的试验品或者成品，尽管可圈可点，却并非诗人最重要的作品。
汉魏六朝时代，诗歌的主流文体是五言乐府及古诗，是诸如《古
诗十九首》、曹植《白马篇》及阮籍《咏怀》之类的作品，曹操
及嵇康等人的四言诗尽管卓尔不凡，但在诗歌史上却只能算是延
续《诗经》的过渡性的作品。唐爱霞认为：

六言诗的文体特点是比较单调、板滞、舒缓。唐宋诗人扬长避短，因难见巧，不仅写出了佳作，而且总结出写好六言诗的窍门："自在"。"自在"要求普通句式、不破句；语言自然平易；感情表达从容不迫。这三个要求，决定了六言诗的题材范围，最适于写景与闲适……在诗体交错升潜的汉末魏晋时期，这一文体特点与时代精神不相适应，决定了它没能争得主流诗体的地位。[40]

再来看汉魏六朝中的普通形式的五句体古诗。五言较少，仅有梁鸿《五噫歌》、傅玄《美女篇》（末句为六言）；七言较多，如司马相如《美人歌》、汉昭帝刘弗陵《淋池歌》、汉灵帝刘宏《招商歌》、魏明帝曹睿《燕歌行》、傅玄《两仪诗》。

梁鸿《五噫歌》旨在讽刺帝王的穷奢极欲：

陟彼北邙兮，噫！顾瞻帝京兮，噫！宫阙崔嵬兮，噫！民之劬劳兮，噫！辽辽未央兮，噫！

有论者认为，这首诗"简朴、单纯，内涵却很丰实。前三句一句一顿，又紧密相承，是简略的叙述……后两句结以深沉的概叹……这短短五句，简直可敌杜牧那洋洋数百余言的《阿房》名赋。"[41]

傅玄的《美女篇》似乎是对李延年作品的反讽：

美人一何丽，颜若芙蓉花。一顾乱人国，再顾乱人家。未乱犹可奈何。

但在读者看来，这首古诗更像是一次拙劣的模仿，当然这并不能说傅玄的才力不及李延年，更大的原因可能在于，李延年是深谋久虑而且可以说是情真意切，毕竟事关个人前途命运，而《美女篇》对傅玄来说仅仅是一首诗而已。

北方有佳人，绝世而独。一顾倾人城，再顾倾人国。宁不知倾城与倾国？佳人难再得。

七言方面，初期的文人诗仍有骚体痕迹。司马相如《美人歌》、汉昭帝刘弗陵《淋池歌》、汉灵帝刘宏《招商歌》都用了离骚体句式，但越往后"兮"字用得越少。《美人歌》延续了《离骚》"惟草木之零落兮，恐美人之迟暮"的传统，而且每句都有"兮"字：

独处室兮廓无依，思佳人兮情伤悲。彼君子兮来何迟？日既暮兮华色衰，敢托身兮长自私。

汉昭帝《淋池歌》曾被胡才甫《诗体释例》认为是"五句体之始"。

秋素锦兮泛洪波，挥纤手兮折芰荷。凉风凄凄扬棹歌，云光开曙月低河。万岁为乐岂云多？

　　据说这首诗开始只有前四句，最后一句是宫人演唱时添加的。不加还好，加了这句而且得到默许，立马看出"家天下"的贪婪，也可以窥见谄媚之风早有渊源。如果当成讽喻诗来读，倒是很有意思。其后，汉灵帝刘宏《招商歌》也表达了类似的意思，"凉风起兮日照渠。青荷昼偃叶夜舒。惟日不足乐有馀。清丝流管歌玉凫。千年万岁嘉难踰。"

　　及至魏明帝曹睿创作《燕歌行》，始摆脱骚体影响，"兮"字被实字取而代之。当然，这主要是受其父曹丕的影响。曹丕《燕歌行二首》是现存可考的最早的七言诗，第一首"秋风萧瑟天气凉"在诗歌史上更是有着重要地位，这首诗共 15 句，句句押韵，其中第 5—9 句可以视为一个完整的五句体。

　　慊慊思归恋故乡，君为淹留寄他方。贱妾茕茕守空房，忧来思君不敢忘，不觉泪下沾衣裳。

　　试比较曹睿的《燕歌行》：

　　白日晼晼忽西倾，霜露惨凄涂阶庭。秋草卷叶摧枝茎，翩翩飞蓬常独征，有似游子不安宁。

　　早期七言诗的特征之一，就是句句押韵，这两首诗自然不例外。在结构上，"不觉泪下沾衣裳"上承"贱妾茕茕"等两句，去之则意思不完整，且意象上是"实—虚—实"的安排；而"有似游子不安宁"则是围绕"常独征"的"翩翩飞蓬"作文章，但去之似乎也无不可，且"翩翩"修饰"飞蓬"固无不可，但在语意上则与游子的"不安宁"不合。

此后，五句体七言诗就近乎绝迹了，这当然和近体诗的确立并主导诗歌趋势有关。唐朝李杜偶有此作，比如李白的《荆州歌》：

白帝城边足风波，瞿塘五月谁敢过。荆州麦熟茧成蛾，缲丝忆君头绪多，拨谷飞鸣奈妾何。

杨慎在《李诗选》中评论此诗，赞叹"有汉谣之风。唐人诗可入汉、魏乐府者，惟太白此首，及张文昌《白鼍谣》、李长吉《邺城谣》三首而止。"[42]

《白鼍谣》即《白鼍鸣》，句式 33777，《邺城谣》即《古邺城童子谣效王粲刺曹操》，为 16 句三言体，两诗均受民间谣辞影响，《荆州歌》也是如此，故而将李白此诗与上述传统联系起来并不牵强。

此外，杜甫《曲江三章章五句》明确提出"章五句"的概念，表明是有意为之的。

曲江萧条秋气高，菱荷枯折随风涛，游子空嗟垂二毛。白石素沙亦相荡，哀鸿独叫求其曹。

　　即事非今亦非古，长歌激越梢林莽，比屋豪华固难数。吾人甘作心似灰，弟侄何伤泪如雨。

　　自断此生休问天，杜曲幸有桑麻田，姑将移住南山边。短衣匹马随李广，看射猛虎终残年。

　　王嗣奭《杜臆》云："即事吟诗，体杂古今。其五句成章有似古体，七言成句又似今体。""先言鸟求曹，以起次章弟侄之伤。次言心似灰，以起末章南山之隐。虽分三章，气脉相属。总以九回之苦心，发清商之怨曲，意沉郁而气愤张，慷慨悲凄，直与楚骚为匹，非唐人所能及也。"[43] 但这毕竟是零星篇章。

　　然而，五句体形式在唐五代毕竟已经再度萌芽并开始绽放异彩，并演变为词曲形式，且名家辈出，名作纷呈。

第四节　"五句体"词牌及其风格表达

　　诗人苦近体诗的束缚久矣，一旦他们找到一种相对自由的形式，五行因素就会发挥出来并得到近乎反弹式的爆发。词里面就有不少是五句体的，而且名篇迭出。

　　词是唐五代兴起的一种新诗体，也叫曲子词、长短句、诗余等。和近体诗五、七言整齐划一不同，词的字句不等、形式更为活泼，参差错落。王奕清《词谱》列出 826 个词牌，共 2306 体，比较常用的词牌约 100 个。

　　词定型成熟于中晚唐，盛于宋。现存最早的词是在敦煌发现的唐代民间曲子词。文人词初发于中唐，较早的作品有李白《忆秦娥》、张志和《渔歌子》等，形式上一般比较短小。晚唐词以温庭筠影响最大。五代时代表词人有冯延巳、李璟和李煜。但使词成为与诗同等的文学体裁，主要还是因为宋词的成就，现存宋词 20000 多首，作者有晏殊、欧阳修、晏几道、柳永、苏轼、周邦彦、李清照、辛弃疾、姜夔等 1400 余人。

词不但打破了五七言一统天下的局面，还在句式上拓宽了绝句 4 句 20 或 28 字、律诗 8 句 40 或 56 字的定势，在字数、行数上都极大地丰富了，比如《菩萨蛮》8 句 44 字、《浪淘沙》10 句 54 字，《念奴娇》20 句 100 字。

不少词牌都是五句单篇或联章，最常见的有 30 多种。我们首先介绍上述词牌的形式特点及相关作品，毕竟在此之前，这些经典作品尽管我们耳熟能详，但很少是从形式上来审视它们的。其次，介绍五句体作为词的上下片独立单元的发展过程，以及五句与其他句搭配构成上下阕的词牌。复次，分析五句体词牌在篇幅、风格或情感表达方面的特点。

一、五句体词牌

例词中的部分作品有标题或题记，此处从略。

1.《蝶恋花》。又名《黄金缕》《鹊踏枝》《凤栖梧》等。双调 60 字，上下阕各 5 句 4 仄韵，句式 74577。

槛菊愁烟兰泣露，罗幕轻寒，燕子双飞去。明月不谙离恨苦，斜光到晓穿朱户。昨夜西风凋碧树，独上高楼，望尽天涯路。欲

寄彩笺无尺素，山长水阔知何处。（晏殊）

2.《临江仙》。唐教坊曲名，后用为词牌，又名《雁后归》《庭院深深》等。双调，58、60字不等，起句有6字格或7字格，上下阕通常各5句。

梦后楼台高锁，酒醒帘幕低垂。去年春恨却来时。落花人独立，微雨燕双飞。　记得小苹初见，两重心字罗衣。琵琶弦上说相思。当时明月在，曾照彩云归。（晏几道）

3.《渔家傲》。又名《荆溪咏》《忍辱仙人》《吴门柳》《游仙咏》。双调62字，上下阕各5句5仄韵，句式77737。有双调62或66字等变体。

塞下秋来风景异，衡阳雁去无留意。四面边声连角起。千嶂里，长烟落日孤城闭。　浊酒一杯家万里，燕然未勒归无计。羌管悠悠霜满地。人不寐，将军白发征夫泪。（范仲淹）

4.《虞美人》。唐教坊曲名，后用为词牌，取名于项羽宠姬虞美人，敦煌曲子词中误作《鱼美人》。有不同格体，双调56字上下阕各4句2仄韵2平韵，双调58字上下阕各5句2仄韵3平韵，区别在于56字体末句为九言，增一字分为两句即成58字体。

东风吹绽海棠开，香榭满楼台。香和红艳一堆堆，又被美人和枝折，坠金钗。　金钗钗上缀芳菲，海棠花一枝。刚被蝴蝶绕人飞，拂下深深红蕊落，污奴衣。（无名氏）

5.《南歌子》。又名《春宵曲》《水晶帘》《望秦川》《宴齐云》等。有单、双调之分，单调有 23 字和 26 字体，皆 5 句 3 平韵，以对句起；双调 52 字，上下阕各 4 句。

手里金鹦鹉，胸前绣凤凰。偷眼暗形相，不如从嫁与，作鸳鸯。（温庭筠）

6.《忆江南》。得名白居易《忆江南三首》。又名《谢秋娘》《望江南》《江南好》《春去也》《梦江南》等。唐朝时为单调 27 字，5 句 3 平韵，中间七言两句，或用对偶，句式 35775。到宋朝多为双调，54 字或 59 字。

江南好，风景旧曾谙。日出江花红胜火，春来江水绿如蓝。能不忆江南。（白居易）

千万恨，恨极在天涯。山月不知心里事，水风空落眼前花。摇曳碧云斜。　梳洗罢，独倚望江楼。过尽千帆皆不是，斜辉脉脉水悠悠。肠断白蘋洲。（温庭筠）

7.《踏莎行》。据杨慎《词品》，取自韩翃《踏莎行草过春溪》之句，又名《喜朝天》《潇潇雨》等。双调 58 字，上下阕各 5 句 3 仄韵，句式 44777。也有双调 64 或 66 字的转调，上下阕各 6 句 4 仄韵。

侯馆梅残，溪桥柳细，草薰风暖摇征辔。离愁渐远渐无穷，迢迢不断如春水。　寸寸柔肠，盈盈粉泪，楼高莫近危栏倚。平芜尽处是春山，行人更在春山外。（欧阳修）

8.《南乡子》。唐教坊曲名，后用为词牌，以咏南中风物为题，又名《好离乡》等。原为单调，始自欧阳炯，有57727、47737等体式；双调始于冯延巳，56字，上下阕各5句4平韵，句式57727。

何处望神州？满眼风光北固楼。千古兴亡多少事，悠悠。不尽长江滚滚流。　年少万兜鍪，坐断东南战未休。天下英雄谁敌手？曹刘。生子当如孙仲谋。（辛弃疾）

9.《浪淘沙》。唐教坊曲名，后用为词牌。又名《浪淘沙令》《过龙门》等。本七言绝句，至李煜始为两段令词。双调54字，上下阕各5句4平韵，句式54774。另有52或53字之减字体。

帘外雨潺潺，春意阑珊。罗衾不耐五更寒。梦里不知身是客，一晌贪欢。　独自莫凭栏，无限江山。别时容易见时难。流水落花春去也，天上人间。（李煜）

10.《鹊桥仙》。专咏牛郎织女七夕相会之事，始于欧阳修，又名《广寒秋》《金风玉露相逢曲》等。双调通常56字，上下阕各5句2仄韵，句式44677，最后一句三、四豆。

纤云弄巧，飞星传恨，银汉迢迢暗度。金风玉露一相逢，便胜却人间无数。　柔情似水，佳期如梦，忍顾鹊桥归路。两情若是长久时，又岂在朝朝暮暮。（秦观）

11.《醉落魄》。又名《一斛珠》《章台月》等，双调57字，上下阙各 5 句 4 仄韵，句式均为 47745/77745。

寒侵径叶。雁风击碎珊瑚屑。砚凉闲试霜晴帖。颂菊骚兰，秋事正奇绝。 故人又作江西别。书楼虚度清秋节。碧阑倚遍愁谁说。愁是新愁，月是旧时月。（周密）

12.《忆秦娥》。始于李白，又名《秦楼月》，后人据苏轼词改名《双荷叶》，又名《子夜歌》等。常格为双调 46 字，上下阙各 5 句 3 仄韵，句式 37334。

箫声咽，秦娥梦断秦楼月。秦楼月，年年柳色，霸陵伤别。乐游原上清秋节，咸阳古道音尘绝。音尘绝，西风残照，汉家陵阙。（李白）

13.《喜迁莺》。又名《鹤冲天》，本自《诗经·小雅·伐木》中"伐木丁丁，鸟鸣莺莺。出自幽谷，迁于乔木。"小令起于唐人，长调始自宋代，有 20 余种体式，其中一体为双调 47 字，上下阙各 5 句，上片 23 字 5 句 4 平韵，下片 24 字 5 句 2 仄韵 2 平韵，属平仄韵转换格，句式 33575/33675。

宿莺啼，乡梦断，春树晓朦胧。残灯吹烬闭朱栊，人语隔屏风。香已寒，灯已绝，忽忆去年离别：石城花雨倚江楼，波上木兰舟。（冯延巳）

14.《渔歌子》。张志和首创，又名《渔父》《渔父词》《渔父乐》。单调 27 字，5 句 4 平韵，中间三言两句例用对偶，句式

77337；另有单调 25 字，5 句 3 仄韵，句式 33676。

　　西塞山前白鹭飞，桃花流水鳜鱼肥。青箬笠，绿蓑衣，斜风
细雨不须归。（张志和）

　　15.《眼儿媚》。又名《秋波媚》《小阑干》《东风寒》。双调，
48 字，上下阙各 5 句，上阙三平韵，下阙二平韵，句式 75444。

　　秋到边城角声哀，烽火照高台。悲歌击筑，凭高酹酒，此兴
悠哉！　　多情谁似南山月，特地暮云开。灞桥烟柳，曲江池馆，
应待人来。（陆游）

　　16.《定风波》。唐教坊曲名，后用为词牌名，双调通常为 62 字，
上阙 5 句下阙 6 句；有变体多种，包括 60 或 62 字者，上下阙各 5 句，
平仄相错。

　　攻书学剑能几何，争如沙塞骋偻罗。手执绿沉枪似铁，明月，
龙泉三尺斩新魔。　　堪羡昔时军伍，谩夸儒士德能多。四塞忽闻
狼烟起，问儒士，谁人敢去定风波。（敦煌词）

　　17.《少年游》。《钦定词谱》载，此词始自晏殊，因其词中
《长似少年时》句得名。《词律》以柳永词为正体。又名《小阑干》
《玉蜡梅枝》。双调 50 字，上阙 5 句 3 平韵，下阙 5 句 2 平韵，
句式 75445。又有 48 字、51 字、52 字等多种变体。

　　长安古道马迟迟，高柳乱蝉嘶。夕阳岛外，秋风原上，目断
四天垂。　　归云一去无踪迹，何处是前期？狎兴生疏，酒徒萧索，

不似去年时。（柳永）

18.《唐多令》。又名《糖多令》《箜篌曲》，双调，通常 60 字，上下阕各 5 句 4 平韵，第 3 句为三四豆，尾句为六字拦腰豆，句式为 55776。

芦叶满汀洲。寒沙带浅流。二十年、重过南楼。柳下系舟犹未稳，能几日、又中秋。　黄鹤断矶头。故人今在否？旧江山、浑是新愁。欲买桂花同载酒，终不似、少年游。（刘过）

19.《忆王孙》。《钦定词谱》载，"此词单调三十一字者，创自秦观。"或名《独脚令》《忆君王》《豆叶黄》，后人据陆游词改名《画蛾眉》。单调，31 字，5 句 5 平韵，句式 77737；双调 54 字，上下片各 5 句 3 仄韵，句式为单调之重叠。

萋萋芳草忆王孙，柳外楼高空断魂。杜宇声声不忍闻。欲黄昏，雨打梨花深闭门。（秦观）

湖上风来波浩渺，秋已暮、红稀香少。水光山色与人亲，说不尽，无穷好。　莲子已成荷叶老，清露洗、萍花汀草。眠沙鸥鹭不回头，似应恨，人归早。（无名氏）

20.《夜行船》。又名《夜厌厌》《明月棹孤舟》，双调 55 字有上下阕各 4 句、5 句或上 4 下 5 体例，56 字及 58 字均为上下阕各 5 句 3 或 4 仄韵。《夜行船》也入曲，属双调，可作散套首牌，如马致远《夜行船·秋思》的第一支曲子即《夜行船》。

不翦春衫愁意态。过收灯、有些寒在。小雨空簾，无人深巷，已早杏花先卖。　　白发潘郎宽沈带。怕看山、忆他眉黛。草色拖裙，烟光惹鬓，常记故园挑菜。（史达祖）

21.《烛影摇红》。词牌名，又名《忆故人》《秋色横空》等。正体双调48字，上阙4句2仄韵，下阙5句3仄韵；变体双调50字，上阙5句2仄韵，下阙5句3仄韵；或双调96字，上下阙各9句5仄韵。

烛影摇红，向夜阑，乍酒醒、心情懒。尊前谁为唱阳关，离恨天涯远。　　无奈云沉雨散，凭阑干、东风泪眼。海棠开后，燕子来时，黄昏庭院。（王诜）

22.《醉花阴》。又名《九日》，双调52字，上下阙各5句3仄韵，句式75545。

薄雾浓云愁永昼，瑞脑销金兽。佳节又重阳，玉枕纱厨，半夜凉初透。　　东篱把酒黄昏后，有暗香盈袖。莫道不消魂，帘卷西风，人比黄花瘦。（李清照）

23.《捣练子》。多为妻子怀念征夫之辞，又名《深院月》《夜捣衣》《捣练子令》。单调27字，5句三平韵，句式337//77，起首两句平仄对仗。双调由单调的七言为主演化为三言为主，38字体为前后各5句，句式33733，5平韵1仄韵；52字体为前后各6句，句式337733，6平韵。

深院静，小庭空，断续寒砧断续风。无奈夜长人不寐，数声和月到帘栊。（李煜）

林下路，水边亭，凉吹水曲散余酲。小藤床，随意横。 犹记得，旧时径，翠荷闹雨做秋声。任时节，不堪听。（无名氏）

24.《应天长》。此调始自韦庄，有不同格体，均为双调，其中50字一体，上下阕各5句，上阕27字，下阕23字，句式77337//33665。至柳永始创慢词。

别来半岁音书绝，一寸离肠千万结。难相见，易相别。又是玉楼花似雪。 暗相思，无处说。惆怅夜来烟月。想得此时情切，泪沾红袖黦。（韦庄）

25.《酒泉子》。双调，上下阕各5句，40字为正体，句式46333//75333；又有41到45字不等多种体式，加上每阕句数不一、用韵不同，有20余种变化。

花映柳条，闲向绿萍池上。凭栏干，窥细浪，雨潇潇。 近来音信两疏索，洞房空寂寞。掩银屏，垂翠箔，度春宵。（温庭筠）

26.《破阵子》。唐教坊曲名，为七言绝句，后晏殊改之，宋人都依晏殊词填写。又名《十拍子》。双调，62字，上下阕各5句3平韵，句式66775。

醉里挑灯看剑，梦回吹角连营。八百里分麾下炙，五十弦翻塞外声，沙场秋点兵。 马作的卢飞快，弓如霹雳弦惊。了却君

王天下事，赢得生前身后名，可怜白发生。（辛弃疾）

27.《潇湘神》。又名《潇湘曲》。唐代湘江一带祭祀湘妃的神曲，意本于此。单调 27 字，5 句 4 平韵，句式 33777。此外，《解红》亦为单调 27 字，但为 5 句 3 平韵，起首 2 句不用叠字叠韵。与《解红》类似者，则有《赤枣子》《桂殿秋》。此处仅列常见五句体词牌，故不单列。

　　斑竹枝，斑竹枝，泪痕点点寄相思。楚客欲听瑶瑟怨，潇湘深夜月明时。（刘禹锡）

28.《人月圆》。《钦定词谱》以王诜词为正体，双调 48 字，上阕 5 句 2 平韵，下阕 6 句 2 平韵。变体多为双调 48 字，上下阕各 5 句 2 平韵或 3 仄韵。不过，王体下阕 6 句皆四言句，未免单调，变体下阕末两句以七五言代替三个四言句，更具韵味。

　　风和日薄余烟嫩，恻恻透鲛绡。相逢且喜，人圆玳席，月满丹霄。　　烂游胜赏，高低灯火，鼎沸竹箫。一年三百六十日，愿长似今宵。（杨无咎）

29.《荷叶杯》。唐教坊曲名，后用为词牌。词调有单调、双调之别，单调 23 或 26 字，均为 6 句；双调 50 字，上下阕各 5 句 2 仄韵 3 平韵，平仄相错，句式 62575。

　　记得那年花下，深夜。初识谢娘时。水堂西面画帘垂，携手暗相期。　　惆怅晓莺残月，相别。从此隔音尘。如今俱是异乡人，相见更无因。（韦庄）

30.《竹枝子》。唐教坊曲名，双调，64 字，上下阕各 5 句，第一、二句押仄韵，第三、四、五句换押平韵。与刘禹锡创制的《竹枝词》无关。

高卷珠帘窥玉牖，公子王孙女。颜容二八小娘，满头珠翠影争光。百步惟闻兰麝香。　口含红豆相思语，几度遥相许。修书传与萧娘：倘若有意嫁潘郎，休教潘郎争断肠。（敦煌词）

31.《送征衣》。唐教坊曲名，后用为词牌名，有唐词、宋词两体，唐词为双调 58 字，上下阕各 5 句 4 平韵，句式 75755 重叠。见于敦煌词，至柳永始敷衍为 120 字之慢词。

今世共你如鱼水，是前世因缘。两情准拟过千年。转转计较难，教汝独自眠。　每见庭前双飞燕，他家好自然。梦魂往往到君边。心专石也穿，愁甚不团圆。（敦煌词）

除以上 31 种常用词牌之外，不常用的五句体的词牌至少还有 4 种，包括得名唐代韩翃作品的《章台柳》，始自北宋蔡伸、欧阳修、张先等人作品的《西地锦》《珠帘卷》《恨春迟》，但作品数均较少，非常用词调。南宋陆游还自创词《江月晃重山·雪》，这首词上下片格律一致，均为五句，句式 66735，前三句来自《西江月》的前三句，后两句则来自《小重山》的末两句。[44]

还有不少词牌，尽管其正体不是纯五句体形式，但其变体却包括五句体格式。比如，《浣溪沙》有变体 46 字，上片 5 句 3 平韵，下片 5 句 2 平韵；《采桑子》有变体 54 字，上片 5 句 4 平韵，下片5句3平韵；《小重山》有变体60字，上下片各5句4平韵；《玉蝴蝶》有变体42字，上片5句4平韵，下片5句3平韵。试举一例：

　　王孙去后无芳草，绿遍香阶，尘满妆台。粉面羞搽泪满腮，教我甚情怀。　　去时梅蕊全然少，等到花开，花已成梅。梅子青青又带黄，兀看未归来。（朱淑贞《采桑子·王孙去后无芳草》）

　　五句体作为词的上下片独立单元，也有一个不断发展的过程。除了前述上下阕均为5句的格式外，还有10多种词牌是5句与其他句混搭的情况。其特点有二，一是下片五句居多，二是4、5句搭配居多，上5下4或上4下5结构占绝大部分。上片5句的，有《醉花间》，上片5句3仄韵，下片4句3仄韵；《柳含烟》，上片5句3平韵，下片4句2仄韵；《喝火令》，上片5句3平韵，下片7句4平韵。下片5句的，有《朝中措》，上片4句3平韵，下片5句2平韵；《柳梢青》，上片6句3平韵，下片5句3平韵；《太常引》，上片4句4平韵，下片5句3平韵；《鹧鸪天》，上片4句3平韵，下片5句3平韵；《点绛唇》，上片4句3仄韵，下片5句4仄韵；《阮郎归》，上片4句4平韵，下片5句4平韵；《望仙门》，上片4句4平韵，下片5句3平韵；《感恩多》，上片4句2仄韵2平韵，下片5句2平韵1叠韵，除了《柳梢青》之外，均为上4下5结构。如秦观《点绛唇·桃源》：

　　醉漾轻舟，信流引到花深处。尘缘相误，无计花间住。　　烟水茫茫，千里斜阳暮。山无数，乱红如雨。不记来时路。

此外，一首上下片各5句的双调词，尽管整首词共10句，但由于韵律及句型结构的不同，与其他词上片或下片为10句的体例还是有差别的。比如《桂枝香》《满庭芳》《贺新郎》，上下片均10句，但其押韵特点和其他5句体的双调词均不同，不能说一首《桂枝香》的20句等于是4首五句体的总和。

二、五句体词牌的篇幅及接受情况

词牌分小令、中调、长调，一般58字以内为小令，59至90字为中调，91字以外为长调。按此分类，前述31种五句体词牌，绝大部分为小令。其中，又可以分为三种，一是仅为单片的，有《潇湘神》《渔歌子》2种，均27字；二是有单双调之分的，有《南歌子》《忆江南》《南乡子》《忆王孙》《捣练子》《荷叶杯》等6种，单调字数从23到31字不等，双调字数50至56字不等；三是仅为双调的，有《蝶恋花》《临江仙》《渔家傲》《虞美人》《浪淘沙》《鹊桥仙》等23种，字数从40至62字不等，但集中于54字至62字。由此可见，从篇幅上看，五句体词牌集中于小令字数较多以及中调字数较少的区域，篇幅与七言律诗相当。这个篇幅，是经过一代又一代词人的选择而形成的。"北宋初年直到徽宗时代，几个大名家的词集几乎全是小令。"[45] 比如晏殊的《珠玉词》、欧阳修的《六一词》，绝大部分都是小令，欧阳修还特别钟爱某些词牌，创作有《渔家傲》30首、《玉楼春》

29 首、《蝶恋花》17 首、《采桑子》13 首。如果篇幅过短，则相对而言在承载内容方面容量不够；篇幅过长，则非诗词所必须，所以中国近体诗最长的七律才 56 字，而词牌中，尽管最长的《莺啼序》达 240 字，但这仅是孤例，以此词牌为名的作品不超过 10 首，绝大部分词牌字数都在 120 字以内。词原是配乐填词的，从技艺方面讲，字数太多，于平仄安排及即兴写作而言都是个考验，于曲调及歌妓现场演唱来说也是难题。

从词牌的历史演变也可以得到印证。研究显示，《竹枝》《女冠子》等 12 调，"主要在唐五代流行，至宋代则作品寥寥"；而《清平乐》《虞美人》《浪淘沙》等 13 调，"则不仅在唐五代流行，在宋代每调也都有百数十首甚至数百首之多的词作产生，说明这些词调都具有穿越历史时空的不朽魅力。"[46]

诚然，不同词牌的使用与淘汰，和其曲调不无关系，但篇幅长短也是重要的决定因素。北宋柳永《变旧声作新声》，创作了大量慢词，改变了唐五代以来小令一统天下的局面。这种情形对小令的影响是多方面的，需综合分析。其一，对于篇幅过于短小的仅单片的词牌来说显然是不利的，因为其容量有限，在抒发情感或状景写情方面无法展开，显得逼仄。其二，词人在选择词牌时，必然会将篇幅长短纳入考量范围，即便不作长调而仍为小令，也会趋于那些字数较多的令词。其三，尽管词的写作不能以长短来界定其难度或优劣，但相对而言，长调的驾驭难度加大，有其挑战性，而小令则相对容易。龙榆生认为，令词最易为诗人们所接受的原因，在于"它篇幅小，容易凑合，把写惯了七言绝句的手法，变变花样，就成了。"[47]

薛砺若在谈到小令与慢词时指出，"北宋初期，因承五代词风的余绪，多用诗人含蕴之笔来写词，往往以短隽胜。中期以后，虽经柳永、苏轼等借慢词以驰骋其才华，然一般作家，其词的量与质，仍系小令与慢词二者并重……慢词在南宋更为发展，一般成名的作家，如辛、姜、高、史、吴、张、王、周等人，无一不以慢词见长……因为慢词特别发展，遂成了一种'纵笔直书，或刻意描绘'的词风，无论是小令或长调，写得总太露骨，无北宋词的含蕴。其长处在能'尽兴穷态'，其流弊往往失之'雕琢琐碎'而落于下乘。"[48]

综上，则词人在选择词牌时，篇幅适中的词牌更容易受到青睐。这也是有事实根据的。"在宋代使用频率最高的48个词调（每1调填词在100首以上者）中，小令为34调，占70%。看来宋代词人还是更习惯于用短调小令。"[49]

从这48个词调的字数分布（见下表）可以看出，字数在40–62之间是最为密集的，多达27种；字数在93–102之间的次之，有9种；114–116字之间的有3种。显然，词人尽管想在一首词的篇幅中最为经济地表达其情感，但并非字数越多也好，适中的篇幅才能兼顾各方面因素。

词牌名	字数	词牌名	字数
南歌子	23/26	南乡子	56
如梦令	33	醉落魄	57
诉衷情	33	踏莎行	58
长相思	36	小重山	58
生查子	40	蝶恋花	60
点绛唇	41	临江仙	60
浣溪沙	42	渔家傲	62
卜算子	44	青玉案	67
减字木兰花	44	感皇恩	67
采桑子	44	江城子	70
好事近	45	蓦山溪	82
谒金门	45	洞仙歌	83
清平乐	46	满江红	93
阮郎归	47	水调歌头	95
菩萨蛮	48	满庭芳	95
朝中措	48	八声甘州	97
柳梢青	49	醉蓬莱	97
西江月	50	念奴娇	100
浪淘沙	54	木兰花慢	101
望江南	54	水龙吟	102
鹧鸪天	55	瑞鹤仙	102

玉楼春	56	沁园春	114
虞美人	56	贺新郎	116
鹊桥仙	56	摸鱼儿	116

就五句体而言，则全宋词最为常用的 48 调中，五句体的有 11 种，包括：《蝶恋花》508 首、《临江仙》486 首、《渔家傲》309 首、《虞美人》308 首、《南歌子》260 首、《望江南》233 首、《踏莎行》218 首、《南乡子》205 首、《浪淘沙》187 首、《鹊桥仙》184 首、《醉落魄》141 首，合计 3039 首。

以上是从创作的角度来选择词牌的。那么，从读者接受的角度来看，又发生微妙的变化。

王兆鹏的高足郁玉英在分析宋词经典名篇 300 首时发现，这 300 首词共采用了 162 个词调，其中 43 个词调的经典名篇达 168 篇，"长调 20 个，存词 77 首；小令 13 个，存词 55 首；中调 10 个，存词 36 首。"[50] 也就是说，这 43 个词调产生的经典名篇数，比平均数的两倍还多。这 168 首经典名篇中，五句体的有 36 首，包括《踏莎行》6 首、《蝶恋花》14 首、《临江仙》6 首、《渔家傲》7 首、《破阵子》3 首，由此可见五句体词牌的受欢迎程度。

综上所述，五句体词牌在常用词牌中占比较高，深受词人青睐，其中有不少名篇佳作可视为词人的代表性作品。

不同词人对词牌的选择不一样。吴世昌注意到，"试看北宋初年直到徽宗时代，几个大名家的词集几乎全是小令：例如晏殊的《珠玉词》全部一百三十多首中，除了卷末五首应酬的寿词《拂霓裳》《连理枝》是中调外，几乎全部是小令。欧阳修的《六一词》，也是绝大部分是小令，而且有些调子用得特别多，如《渔家傲》三十调，《玉楼春》廿九调，《蝶恋花》十七调，《采桑子》十三调。"[51] 他还指出北宋实无所谓"豪放"派，"苏东坡这个'主将'，也有将而无兵"，苏轼本人所谓"豪放词"也就那么几首，反之，"用以写倚红偎翠、绮罗香泽之态的小令，却大大超过了安装'豪放'词的长调：《浣溪沙》多至四十六首，《减字木兰花》多至二十八首，《菩萨蛮》多至二十二首。其他如《蝶恋花》十五首，《南乡子》十七首，《南歌子》十八首。其他《西江月》《临江仙》《江城子》等，每调均在十首以上。"[52]

三、五句体词牌的风格

不同词牌适合表现的风格不一样。词学大师龙榆生对不同词牌的风格有过深入的研究，《词学十讲》中专门谈到这方面内容，比如第三讲《选调和选韵》、第四讲《论句度长短与表情关系》，现摘录几段如下：

短调中的《破阵子》，是适宜表达激昂情绪的。[53]

苏辛派词人所常使用的《水龙吟》《念奴娇》《贺新郎》《桂枝香》等曲调，所以构成拗怒音节，适宜于表现豪放一类的思想感情。[54]

短调小令，那些声韵安排大致接近近体诗、绝句而例用平韵的，有如《忆江南》《浣溪沙》《鹧鸪天》《浪淘沙》之类，音节都是相当谐婉的，可以用来表达各种忧乐不同的思想感情，差别只在韵部的适当选用。[55]

短调小令类似上面这种适宜抒写幽咽情调的，有《蝶恋花》《青玉案》等，也都得选用上去声韵部。[56]

连用多数仄声收脚而又杂有特殊句式组成的短调小令，常是显示拗峭劲挺的声情，适宜表达"孤标耸立"和激越不平的情调。例如《好事近》。[57]

以三、五、七言句式构成而又实用平韵的词牌调，音节是最流美的。前几章中所提到的《忆江南》《浣溪沙》《鹧鸪天》一类短调，它们的句式都属奇数，而在整体上看，必得加上一两个对称的句子，这就使参差和整齐取得一种调剂，而使它们的声容态度趋于流丽谐婉。[58]

吴世昌也谈到相关问题，同一个词牌，在苏、辛两人笔下，一个豪放一个婉约：

他（指辛弃疾）的作品有豪放的，也有细腻的，也有似豪放而实细腻的，如《念奴娇》"野棠花落"却是一首失恋的悲歌，这个调子是苏轼用来写"大江东去"的豪歌的，而辛弃疾却借以发抒"旧恨春江流不尽，新恨云山千叠"的悲感。当然，他也有"壮岁旌旗拥万夫"这样的豪语，却是写在温柔缠绵的《鹧鸪天》这样的调子里。[59]

　　同样的词牌，在不同词人笔下呈现不同的风格。由于不同词人的人生阅历、学养、处事观念等各方面的不同，即便同一个词牌，也会呈现出千姿百态的面貌。以《渔家傲》为例，在范仲淹笔下是边塞词的气概阔大的悲壮面貌，在王安石、晏殊笔下，有一种看破世事的领悟，而在李清照笔下，又饱含了多少人生的不平之意，这个以婉约见长的词人少有地采用了浪漫主义的手法，力透纸背：

　　天接云涛连晓雾，星河欲转千帆舞。仿佛梦魂归帝所。闻天语，殷勤问我归何处。　　我报路长嗟日暮，学诗谩有惊人句。九万里风鹏正举。风休住，蓬舟吹取三山去！

　　夏承焘评价此词："这是一首豪放的词，她用《离骚》、《远游》的感情来写小令，不但是五代词中所没有的，就是北宋词中也很少见。"[60] 在经过一番分析解读之后，他认为这首词，"意境阔大，想象丰富……出之于一位婉约派作家之手，那就是更其突出了。其所有有此成就，无疑是决定于作者的实际生活遭遇和她那种渴求冲决这种生活的思想感情；这绝不是没有真实生活感情而故作豪语的人所能写得出的。"[61]

《临江仙》也是如此，甚至在不同词人之间的跨度更大。同样是回忆，晏几道痴情于"当时明月在，曾照彩云归"，陈与义却"忆昔午桥桥上饮，坐中多是豪英"；同样是感慨，苏轼醒而复醉，"小舟从此逝，江海寄馀生"，李清照却"试灯无意思，踏雪没心情"；当南唐后主李煜"空持罗带，回首恨依依"之际，数百年后的杨慎目睹"滚滚长江东逝水"，别有一份悲慨与旷达："古今多少事，都付笑谈中。"

而《蝶恋花》这个词牌更有意思了，它深受词人青睐，看上去柔弱无比，却又具有非凡刚劲的力量。当苏轼以此写下"多情却被无情恼"，辛弃疾写下"为花长把新春恨"之时，柳永却将之融入了孜孜以求、痴情无悔的人生境界，"衣带渐宽终不悔，为伊消得人憔悴"。深得南唐遗风的晏殊，为之注入了普遍性的意义，在这里，眼前之景、胸中之情与深刻哲理浑然一体：

> 昨夜西风凋碧树，独上高楼，望尽天涯路。

叶嘉莹认为："晏殊的特色表现的是一种圆融的观照……能够表现思想性表现理性的词人比较少，晏殊是一个极端特殊的人物。"[62]这首词正体现了这种特色。

正如王国维所说，"词以境界为最上。有境界则自成高格，自有名句。五代北宋之词所以独绝者在此。"[63]

谁能想到，被王国维用来形容"古今之成大事业、大学问者，罔不经过三种之境界"[64]，有两种境界出自《蝶恋花》，一种出自《青玉案》，都是充满女性美的词牌。

第五节　"五句体"散曲及其与词牌之关联

继词牌之后，五行诗的形式因素在散曲中也有不俗的体现，成为另一座高峰。

散曲，又称清曲、乐府、今乐府，是在北方民间长短句歌词、俚曲的基础上发展起来的一种新诗体。也就是说，不管是词还是曲，其变革因素，都来自于民间，而这正是使得五行诗形式得以体现的深层次内因。

散曲萌芽于宋金，成熟于金末，在元代达到鼎盛，明代也有发展，到清代则逐渐衰亡。散曲可分为北曲和南曲，都起源于宋金对立时期，但直到明代初年，一直都是北曲的天下；到了弘治（1488—1505）、正德（1506—1521）以后，南曲才逐渐兴旺；嘉靖（1522—1566）、隆庆（1567—1572）年间，以昆山腔演唱的南曲风靡全国，北曲迅速衰落。清代官修曲谱《九宫大成南北词宫谱》收北曲曲牌581支、南曲曲牌1513支，常用的曲牌也和词牌一样有100来种。

从文学形式演变的角度看，散曲可以认为是从词中解放出来的新文体、清唱的诗歌，尤其是小令，很多都化用唐宋词（诗）中的佳句。和诗词相比，散曲在用词用韵方面更为灵活自由，内容更为通俗易懂，使得五行形式因素得以再度爆发。

元代散曲在风格上因时代之不同而发生变革，以成宗大德末年(1307)为界，前期以豪放派为主流，代表作家有马致远、关汉卿、张养浩等人；后期以清丽派为主流，代表作家有张可久、乔吉、贯云石等人。张可久视马致远为前辈，曾依马致远的"庆东原"组曲之韵作曲九篇以示敬意，"其五"云："诗情放，剑气豪，英雄不把穷通较。江中斩蛟，云间射雕，席上挥毫。他得志笑闲人，他失脚闲人笑。"

据隋树森《全元散曲》统计，元代散曲作家可考的有 214 人，作品 4310 首，其中小令 3853 首、套曲 457 套，但实际数量是小令 4032 首、套曲 475 套，外加附录中无名氏南曲小令 4 首、套曲 7 套。[65]

如果猛然让人背一首五句散曲，似乎有点唐突，但提及马致远的《越调·天净沙》，相信很多人都会心一笑，不就是《秋思》嘛：

枯藤老树昏鸦，
小桥流水人家，
古道西风瘦马。
夕阳西下，
断肠人在天涯。

马致远以豪放风格著称，但这首小令却更像一阙婉约词，也许是元曲中最负盛名的作品。

散曲中五句体的数量远远出乎意料。这里主要依据刘长年主编的《元曲格律新编》进行统计，多达近 60 种。其中，黄钟宫包含 5 调，正宫包含 4 调，大石调包含 5 调，仙吕宫包含 9 调，中吕调包含 2 调，南吕宫包含 2 调，双调包含 17 调，越调包含 8 调，商调包含 5 调，商角调、般涉调各包含 1 调，共计 59 调。

一、各宫调中的五句体曲牌

黄钟宫共 28 调，其中 5 调为五句体，分别是《醉花阴》《出对子》《愿成双》《人月圆》《九条龙》。《醉花阴》为套数首牌，有古近两体，古体五句，句式 76545；古体末尾增加五七言两句，即成较为常用的近体，句式 76545//57。《出队子》有正格与么篇换头两式，正格句式 45777，首句宜仄韵。《愿成双》用于散曲套数，常作首曲，句式 33777，有么篇（换头）须连用，为六句体 537447。《人月圆》又名《青衫湿》，句式 75444，么篇 6 句，每句四言，须连用。也有研究者认为《人月圆》"为词牌而非曲牌"，理由是此调为北宋词人王诜首创，《全金元词》、《全元散曲》均有相关作品收录，但不能同时断为词或曲，且相关作品更多地见于词集。[66]《九条龙》用于散曲套数，共 5 句，句式 75716。各举一例如下（衬字不另外标注，下同）：

宝钏鬆金髻云鬈，不似前浓梳艳裹。宽绣带掩香罗。鬼病厌厌，除见他家可。（陈子厚《醉花阴》）

记当初相见，见俺那风流的小业冤。两心中便结死生缘。一载间浑如胶漆坚。谁承望半路里翻腾做离恨天。（无名氏《出队子》）

梅腮褪，柳眼肥。雨丝丝、开到荼蘼。一春常是盼佳期，不觉的、香消玉体。（幺）忒风流姝媚，忒聪慧，怎生般、信绝音稀。叮咛杜宇，那人行啼，冷落了、秋千月底。（顾均泽《愿成双》）

江皋楼观前朝寺，秋色入秦淮。败垣芳草，空廊落叶，深砌苍苔。（幺）远人南去，夕阳西下，江水东来。木兰花在，山僧试问，知为谁开？（徐再思《人月圆》）

正欢娱谁想便离合，白日且由闲，到晚来、冷清清独卧，他，抛持煞、人也呵。（白贲《九条龙》）

正宫共30调，其中4调为五句体，分别是《端正好》《小梁州》《双鸳鸯》《穷河西》。《端正好》亦入仙吕宫，两者句法、平仄、韵式相同，但入正宫为套数首牌，入仙吕则专作杂剧楔子用；句式33775，幺篇4句，句式7775。《小梁州》亦入中吕、商调。一般放在《脱布衫》后，合为带过曲。句式74735。幺篇需与本调连用，句式773345。《双鸳鸯》又名《合欢曲》，用于杂剧、散套和小令，亦入中吕，句式33777。《穷河西》用于剧曲，并与中吕、商调出入，句式77757，后两句均可六字。各举一例如下：

小庭幽，重门静。东风软、膏雨初晴。猛听的买花声过天街应，惊谢芙蓉兴。（幺）残红妆点青苔径，又一番、春色飘零。游丝心绪柳花情，还似郎无定。（薛昂夫《端正好》）

我见他阁泪汪汪不敢垂，恐怕人知。猛然见了把头低。长吁气，推整素罗衣。（幺）虽然久后成佳配，奈时间怎不悲啼。意似痴，

心如醉，昨宵今日，清减了小腰围。（王实甫《小梁州》）

玉箫哀，立闲街，彩凤人归更不来，隐隐遥山行云碍，萋萋芳草远烟埋。（荆干臣《双鸳鸯》）

你问我谁向官中指攀着伊，是你那孝子曾参赛卢医。你又不是恰才新认义，须是你亲侄，老丑生无端忐下的。（孟汉卿《穷河西》）

大石调共26调，其中5调为五句体，分别是《归塞北》《催花乐》《喜秋风》《好观音》《蒙童儿》。《归塞北》又名《望江南》《喜江南》，用于杂居和散套，与仙吕调出入，句式35775；《御定曲谱》将句式定为47885，但除却前四句的衬字即为35775。《催花乐》又名《擂鼓体》《擂鼓棒》，用于剧曲和散曲套数，句式74477。《喜秋风》用于杂剧和散套，句式33776。或将前两句的首三字的衬字改为正字，句式66776。《好观音》用于杂剧和散套，亦入仙吕，散套中可作首篇，句式77735。《蒙童儿》又名《憨郭郎》，用于散套，句式55333。各举一例如下：

人闹处，忽见一多娇，一点樱桃樊素口。半围杨柳小蛮腰。云鬓軃金翘。（关汉卿《归塞北》）

那先生浩歌拍手舞黄鹤，住在瑶池阆苑，十洲三岛，一曲长笛秋气高，数着残棋江月晓。（花李郎《催花乐》）

亏你也用工描，却不见无心草。好门庭倒大来惹人笑。我将着紫香囊待走向夫人行告，女孩儿甚为作。（郑德辉《喜秋风》）

富贵人家应须惯，红炉暖、不畏严寒，开宴邀宾列翠鬓。拼酡颜，畅饮休辞惮。（白朴《好观音》）

醉醒须在咱，清浊任从他，竞名利，争头角，若蝇蜗。（朱庭玉《蒙童儿》）

仙吕宫共 48 调，其中 9 调为五句体，分别是《赏花时》《点绛唇》《雁儿》《忆王孙》《青歌儿》《翠裙腰》《上京马》《大安乐》《玉花秋》。《赏花时》通常用作杂剧的楔子，为全剧首曲，句式为 77545，六句体句式为 775433，即六句体的最后一句增一字分成两个三字句。《点绛唇》用于杂剧和散套，多用为杂剧第一折首曲，后接"混江龙"，句式 44345。《雁儿》又名《醉雁儿》《单雁儿》，用于剧套与散套。句式 73313。《忆王孙》又名《画娥眉》《柳外楼》，用于散套、剧套和小令。有时也做楔子用。句式 77737。《青歌儿》有正格和增句格二式，正格五句，句式 66773，只作小令用。《翠裙腰》用于散套首曲，一般不加衬字，句式 75737。《上京马》也可入商调，用于杂剧和散套，仙吕宫句式 34736，商调句式 77777。《大安乐》用于散套，句式 77735。《玉花秋》用于杂剧，句式 64777。各举一例如下：

花点苍苔绣不匀，莺唤垂杨语未真。帘幕絮纷纷。日长人困。风暖兽烟喷。（杨果《赏花时》）

书剑生涯，几年窗下，学班马。吾岂匏瓜，待一举登科甲。（乔梦符《点绛唇》）

你有那出世超凡神仙分，系一条一抹绦，带一顶九阳巾。君，敢着你做真人。（马致远《雁儿》）

瑶阶月色晃疏棂，银烛秋光冷画屏。消遣此时此夜景，和月步闲庭，苔浸的凌波罗袜冷。（白朴《忆王孙》）

春城春宵无价，照星桥火树饮花。妙舞清歌最是他。翡翠坡前那人家。鳌山下。（马致远《青歌儿》）

晓来雨过山横秀，野水涨汀洲，阑干倚遍空回首，下危楼，一天风物暮伤秋。（关汉卿《翠裙腰》）

咱每都来到，众人休闹，谁是谁非辨个清浊。不索我，拔着村嗓子高声喊。（康进之《上京马》）

从人笑我愚和戆，潇湘影里且妆呆，不谈刘项与孙庞。近小窗，谁美碧油幢。（鲜于枢《大安乐》）

既不把钟馗坏，倘在地并不敢挣揣。折末向臀板上连珠儿吃二百。小人情愿湿肉伴干柴。打打打我若有半句儿声疼和姓改。（花李郎《玉花秋》）

中吕调共 40 调，仅有 2 调为五句体，分别是《喜春来》《蔓菁菜》。《喜春来》又名《阳春曲》《惜芳春》，用于杂剧、散套和小令，与正宫出入，句式 77735。《蔓菁菜》又名《蔓青菜》，用于杂剧和散套，句式 66675。各举一例如下：

知荣知辱牢缄口，谁是谁非暗点头，诗书丛里且淹留。闲袖手，贫煞也风流。（白仁甫《喜春来》）

脚到处人相散，都为我忑惺惺，倒耽搁了半生。几番待发志气修身干功名，争奈一缕顽涎硬。（无名氏《蔓菁菜》）

南吕宫共 24 调，仅有 2 调为五句体，分别是《采茶歌》《懒画眉》。《采茶歌》即《楚江秋》，用于杂剧、散套和小令，与《骂玉郎》《感皇恩》合为带过曲，句式 33777。《懒画眉》属南"南吕宫"，句式 77757，五句五韵。各举一例如下：

叙寒温，问原因，断肠人寄断肠人，锦字香沾新泪粉，彩笺红渍旧啼痕。（钟嗣成《采茶歌》）

东风吹粉酿梨花，几日相思闷转加。偶闻人语隔窗纱，不觉猛地浑身乍。却原来是架上鹦哥不是他！（沈仕《懒画眉》）

双调共 119 调，其中 17 调为五句体，分别是《夜行船》《银汉浮槎》《庆宣和》《落梅风》《镇江回》《清江引》《牡丹春》《小阳关》《沽美酒》《收江南》《醉娘子》《驸马还朝》《小拜门》《也不罗》《得胜乐》《蝶恋花》《减字木兰花》。《夜行船》用于杂剧和散套，可做首曲，也可作中间曲，一般为 5 句，句式 77447，第二句及末句亦可六字。《银汉浮槎》又名《乔木查》，用于杂剧和散套，句式 55754，么篇换头也是 5 句，句式 45754。《庆宣和》用于杂剧、散套和小令，句式 74722，末二句一般要重叠，也可合为四字一句。《落梅风》又名《寿阳曲》《落梅引》，用于杂剧、散套和小令，句式 33777，其中第三句及末句均上三下四句法，与第四句上四下三配合。《镇江回》用于杂剧，并与中吕出入，句式76777。《清江引》又名《江儿水》《岷江绿》，用于杂剧、散套和小令，句式75557，5句4韵，三四句宜对。《牡丹春》用于杂剧和散套，并入正宫、商调，句式55735。《小阳关》用于剧套，句式66446，其中第三、四句句首或各增一字类似衬字，句式66556。《沽美酒》又名《琼林宴》，用于杂剧、散套和小令，句式55746，与《太平令》或《快活年》合为带过曲。《收江南》又名《喜江南》，用于杂剧和散套，也可代尾声用，句式77757，第四句或为四言。《醉娘子》又名《醉也摩挲》《真个醉》，用于杂剧和散套，句式55445。《驸马还朝》又名《相公爱》，用于杂剧和散套，句式77256，末句或七言。《小拜门》又名《不拜门》，用于杂剧和散套，句式77254。《也不罗》又名《野落索》，用于杂剧和散套，句式33575。《得胜乐》又名《德胜乐》，用于杂剧、小令，与仙吕宫出入，句式33666，第三、四句也可为七言。《蝶恋花》用于散套，常作首曲，句式74577。《减字木兰花》用于散套，句式55735。各举一例如下：

百岁光阴一梦蝶，重回首往事堪嗟。今日春来，明朝花谢，急罚盏夜阑灯灭。（马致远《夜行船》）

海棠初雨歇，杨柳轻烟惹，碧草茸茸铺四野。俄然回首处，乱红堆雪。（么）恰春光也，梅子黄时节，映日榴花红似血，胡葵开满院，碎剪宫缬。（白朴《银汉浮槎》）

烟水茫茫东大海，望见蓬莱。八个神仙肯拖戴。去来，去来。

（无名氏《庆宣和》）

漫天坠，扑地飞，白占了许多田地。冻杀吴民都是你。难道是国家祥瑞？（张鸣善《落梅风》）

一脚高来一脚低，心惊颤、步刚移。觑不的我这乔乔怯怯慌张势，晒大身子不查梨。你什么、脚踏实地。（无名氏《镇江回》）

弃微名去来心快哉，一笑白云外。知音三五人，痛饮何妨碍？醉袍袖舞嫌天地窄。（贯云石《清江引》）

忽听楼头更漏催，别凤又孤凄，暂朦胧枕上重欢会。梦惊回，又是一别离。（侯正卿《牡丹春》）

空没乱、怎措手，无发付、满怀愁。你有国难投，我有志难酬，咱好夫妻、不到头。（鲍吉甫《小阳关》）

在官时只说闲，得闲也又思官，直到教人做样看，从前的试观，那一个不、遇灾难。（张养浩《沽美酒》）

向樽前莫惜醉颜酡，古和今都是一南柯。紫罗襕未必胜渔蓑。休只管、恋他，急回头好景亦无多。（张养浩《收江南》）

刚道不思量，教人越凄惶。我家里撇下一个红妆，守着一间空房，如何教我不思量？（王实甫《醉娘子》）

晚宿在孤村闷怎生眠，照人离愁月当轩。月圆，月圆人几时圆？不能勾南楼上、斗婵娟。（关汉卿《驷马还朝》）

酒入愁肠闷怎生言。疏竹潇潇西风战，如年，如年似长夜天，正是恰黄昏庭院。（关汉卿《小拜门》）

蓦听得乐声喧，列华筵，聚集诸亲眷，首先一盏拦门劝，道是走马也身劳倦。（关汉卿《也不罗》）

独自寝，难成梦，睡觉来怀儿里抱空。六幅罗裙宽腿，玉腕上钏儿松。（白仁甫《得胜乐》）

夜月楼头横玉管，雾帐云屏，常恨春宵短。别后身离新恨管，泥金翠袖啼痕满。（曾瑞卿《蝶恋花》）

早是愁怀百倍伤，那更值秋光，逐朝倚定门儿望。怯黄昏，怕的是塞角韵悠扬。（贯云石《减字木兰花》）

越调共 37 调，其中有 8 调为五句体，分别是《天净沙》《送远行》《雪里梅》《庆元贞》《凭栏人》《南乡子》《秃厮儿》《糖多令》。《天净沙》用于杂居、散套和小令，又名《塞上秋》，句式 66646，头三句一般作鼎足对。《送远行》用于剧曲，句式 55776。《雪里梅》又名《雪中梅》，用于散套、杂剧，句式 55444，么篇同本调，末句或为五言。《庆元贞》用于杂剧、散套和小令，句式 77755。《南乡子》用于散套，常作首牌，不用么篇，句式 57727。《秃厮儿》又名《耍厮儿》《小沙门》，六句或五句，其中五句句式为 77752。《糖多令》又名《唐多令》，用于小令，句式 55776。各举一例如下：

长江万里归帆，西风几度阳关，依旧红尘满眼。夕阳新雁，此情时拍阑干。（吴西逸《天净沙》）

寒波照落晖，激滟涨玻璃，山色冥濛雨亦奇。若共西施两处比，淡妆浓抹相宜。（郑德辉《送远行》）

谢天地共神祇，猛犹豫转疑惑。我是汉武帝臣僚，这的是单

于王五穀，我怎肯拿将来便吃。（周仲彬《雪里梅》）

几年月冷倚栏干，半生花落盼天颜，九重云锁隔巫山，休看作等闲，好去到人间。（顾德润《庆元贞》）

乌兔似飞梭，岁月催人东注波，浮世百年如过梦。消磨，浑是欢娱得几何。（无名氏《南乡子》）

凝眸处黄莺子规。动情的绿暗红稀。莺慵燕懒蝶倦飞。冷落了芳菲。春归。（王伯成《秃厮儿》）

跃马定神京，王师取太平。发神机、雨雹风霆，十万铁衣同效力，开水寨、下江城。（中和乐章《糖多令》）

越调中《凭栏人》正体24字4句，变体25字5句3平韵。此处略。

商调共29调，其中有5调为五句体，分别是《金菊香》《双雁儿》《玉抱肚》《秦楼月》《芭蕉延寿》。《金菊香》又名《金菊花》，用于杂剧和散套，句式77745，末句或两个三字句或七言。《双雁儿》用于杂剧和散套，即仙吕《双雁子》，句式76766，后两句或为五言。《玉抱肚》用于小令，句式47576。《秦楼月》又名《忆秦娥》，用于小令，句式37344，么篇句式77344，须连用。《芭蕉延寿》用于小令，句式37776，中间三个七字句作鼎足对，首尾两句单起单收。各举一例如下：

书封雁足此时休，情系人心早晚休？长安望来天际头，倚遍西楼，人不见水空流。（王实甫《金菊香》）

不如闻早去来今，乐清闲穷究理。无辱无荣不萦系。守清贫绝是非，远红尘参道德。（吕止庵《双雁儿》）

休来这里闲嗑，俺奶奶知道骂我，逞甚么喽罗。当初有个郑元和，早收心、休恋我。（无名氏《玉抱肚》）

寻芳屦，出门便是西湖路，西湖路，傍花行到，旧题诗处。（么篇换头）瑞芝峰下杨梅坞，看松未了催归去，催归去，吴山云暗，又商量雨。（张可久《秦楼月》）

韵清微，高山流水野猿啼，楚雨湘云塞雁飞，清风明月孤鹤唳。春融和、莺乱啼。（贾仲明《芭蕉延寿》）

此外，商角调共6调，其中《黄莺儿》为五句体，用于散套，并作首曲，也可借入商调，句式44474，有么篇。般涉调共8调，其中《墙头花》为五句体，用于散套，亦借入中宫，句式45777，有么篇同始调，须连用。各举一例如下：

怀古怀古，废兴两字。干戈几度？问当时、富贵谁家？陈宫后主。（庾吉甫《黄莺儿》）

官桥野渡，多少梅花树，疏影横斜暗香浮。林间听、鹤唳猿啼，树下看、莺飞凤舞。（无名氏《墙头花》）

列举至此，这几乎是一个令人吃惊的数字。也就是说，中原音韵335调，其中五句体占比近五分之一。元曲"套数（包括散套、剧套）用曲占了元曲曲牌的绝大多数……高频使用的首曲不过十几章。"[67] 其中，高频五句体首曲包括黄钟《醉花阴》、正宫《端正好》、仙吕《点绛唇》、商角调《黄莺儿》等几种。

二、散曲与词作之对比

元曲曲牌与词牌存在同名关系，有些曲牌是沿用词牌而来，但又发生很大变化，而更多曲牌则与词牌无关。时俊静在王国维《宋元戏曲史》、赵义山《王国维元曲考源补正》的基础上，对词曲同名调的情况进行了梳理，将曲牌源头的探讨顺序由今及古，并将探讨时段由唐宋下沿至金元，发现有曲牌 116 章与词牌 99 章同名（有的词牌衍生出两个或多个曲牌，名同音律不同的曲牌分开计算），而格律完全相同的仅 18 章。[68]

以五句体曲牌为例，则与词牌格律比对相同的，有始自唐五代的词牌《归塞北》《蝶恋花》《南乡子》，始自北宋的《忆王孙》，始自南宋的《糖多令》，仅 5 例而已；略异的有始自唐五代的《点绛唇》，始自北宋的《醉花阴》《夜行船》《端正好》《双雁儿》，始自金代的《蒙童儿》；略同的有始自北宋的《也不罗》；大异的有始自唐五代的《减字木兰花》，始自北宋的《喜春来》《落梅风》《小梁州》，始自南宋的《玉抱肚》。

由此，研究者感慨"词曲同名牌调的根柢在市井俗曲"，"热门词牌大多不入曲"，"与此相反，一些唐宋文人词中的冷僻牌调，甚至仅有一人一作，在曲中却成为流行曲牌。"[69] 比较经典的例子包括《滚绣球》《后庭花》《天下乐》《新水令》等曲牌，原词作极少甚至没有，但在元曲现存作品中，《滚绣球》有 100 余首，

《后庭花》《天下乐》《新水令》均在 180 首左右。

曲牌使用频率的高低和其作品的质量并无必然关系，使用频率高，哪怕好作品的概率低，但绝对值也不少；而有的曲牌使用频率较低，并不妨碍它产生优秀作品，比如《双调·夜行船》《般涉调·哨遍》。但就总体而言，有些曲牌不但受到作家青睐，依其而成的作品更易产生经典之作，也更受读者欢迎，诚然，经典作品所使用的曲牌较常用曲牌的范围更窄。以上海辞书出版社编纂的《元曲三百首鉴赏辞典》为例，选录的 301 首作品一共使用了 69 个曲牌（含 9 种带过曲），每个曲牌作品量在 6 首以上的有 18 种，总计 196 首，占全部作品的 65.1%；而每个曲牌作品量在 10 首以上的，共有 10 种，作品总计 133 首，占全部作品的 44.2%（见下表）。

宫调	曲牌名称	入选数量
中吕	普天乐	14
	朝天子	12
	红绣鞋（朱履曲）	10
双调	清江引	18
	水仙子	16
	折桂令	14
	殿前欢	14
	蟾宫曲	13
	沉醉东风	11
越调	天净沙	11

正如我们在谈及五句体词牌时提到的, 王奕清《词谱》列有826个词牌, 共2306体, 常用词牌约100个, 但到了元代, 尽管诗人作家继续吟诗诵词, 但词的高峰却已经过去了, 而散曲领时代之风骚, 其对词牌形式的传承仅是少数 (上述10种曲牌中无一个是词牌), 而抒发一己之悲欢际遇, 状写一代人精神之面貌乃至图写时代之变故, 则与诗词无异。一代有一代之文体, 确是真实不虚。

与词相比, 曲的用词更加口语化通俗化, 一些在词中很难出现的日常词汇在散曲中出现了。比如马致远的《寿阳曲·夕阳下》:

夕阳下, 酒旆闲, 两三航未曾着岸。落花水香茅舍晚, 断桥头卖鱼人散。

前四句的用语, 比如 "夕阳"、"酒旆"、"落花"、"茅舍", 都是传统诗词的意象, 谁曾想到在最后一句出现的, 不是闺中人、秋士或者仕途归隐者, 竟然是毫无诗情画意的 "卖鱼人"。这在传统诗词中是难以想象的, 最不济也该用 "渔夫" 这个称谓吧, 但这正体现了散曲的特点。

散曲的句式结构比词牌更为灵活, 杂言之丰富空前夺目, 从一字句到十二字句都有, 同时又可以增加衬字, 则其句式的弹性更非词所能比。曲牌中经常出现一字句、两字句这种情况, 这在词中也是极为少见的。比如张可久《朝天子·与谁》, 起首就是 "与谁, 画眉" 两个两字句, 后面又有 "自知, 理亏" 两处采用了两字句。又如张养浩《山坡羊·骊山怀古》的最后几句包含了一字句："赢，都变做了土；输，都变做了土！"散曲中衬字的字数可能远远多于原本句式的字词，最经典的例子要数关汉卿《一枝花·不伏老》的尾曲了，原本首句7个字被作者加了16个衬字："我是个蒸不烂煮不熟捶不匾炒不爆响珰珰一粒铜豌豆"，如果没有16个衬字，很难说它会成为经典名句。同样，这在词中也是难以想象的。词可以有小令及中长调之分，也可以摊破、减字等等，但不管怎么变，字数增减都不大，而且增减后不管有几种变体，就某种体式而言则句式是固定的，每句的字词是有平仄要求的，显然与散曲不一样。

三、散曲风格的决定因素

前面提及，有些词牌适合表现特定风格，但对曲牌来说，散曲风格的决定因素却在作家本人。和不同词人对同一词牌的运用一样，在不同散曲作家乃至同一个散曲作家的笔下，同一个曲牌都能够呈现出不同的风格。先以不同散曲作家笔下的《端正好》为例，既有感天动地的激愤、一见倾心的思念，又有看穿世事的闲淡，更有关心民瘼的忧思：

没来由犯王法，不提防遭刑宪，叫声屈动地惊天。顷刻间游魂先赴森罗殿，怎不将天地也生埋怨。（关汉卿）

墨点柳眉新，酒晕桃腮嫩，破春娇半颗朱唇，海棠颜色江梅韵，宫额芙蓉印。（吴昌龄）

撇罢了是和非，拂掉了争和斗，把心猿意马牢收，舞西风两叶宽袍袖，看日月搬昏昼。（邓学可）

高隐访知音，习酬和，也不问名利如何。不贪不爱随缘过，把世事都参破。（薛昂夫）

道德五千言，礼乐三千卷，（本待）经纶就舞日尧天，只因两角蜗蛮战，（贬得我）日近长安远。（费唐臣）

众生灵遭磨障，正值着时岁饥荒。谢恩光，拯济皆无恙，编做本词儿唱。（刘时中）

再以同一个散曲作家对同一曲牌的处理为例。在贯云石笔下，双调《清江引》既可以柔情似水，又可以豪放不羁，还可以描绘一派生机盎然的风俗画：

若还与他相见时，道个真传示。不是不修书，不是无才思，绕清江买不得天样纸。（清江引·惜别）

弃微名去来心快哉，一笑白云外。知音三五人，痛饮何妨碍？醉袍袖舞嫌天地窄。（清江引·弃微名去来心快哉）

金钗影摇春燕斜，木杪生春叶。水塘春始波，火候春初热，土牛儿载将春到也。（清江引·立春）

这也说明，五句体曲牌的包容性很强，可以承载不同的体裁，表现不同的情感，呈现不同的风格，自然，这也是散曲作为一代文体必备的驾驭能力，而这是由一代又一代散曲作家创造而成的。

注释：

[1] 戴震.《戴震全书》（第二册）[M].合肥：黄山书社，2010:248.

[2] 戴震.《戴震全书》（第一册）[M].合肥：黄山书社，2010:518.

[3] 流沙河.《流沙河讲诗经》[M].成都：四川文艺出版社，2017:98.

[4] 金性尧.《闲坐说诗经》[M].北京：北京出版社，2016:108.

[5][法]古斯塔夫·勒庞.《乌合之众：大众心理研究》[M].桂林：广西师范大学出版社，2015：92.

[6] 仇利萍（校注）.《<国语>通释》[M].成都：四川大学出版社，2015:13.

[7] 班固.《汉书》[M].西安：太白文艺出版社，2006:258.

[8] 余冠英.《余冠英推荐古代民歌》[M]沈阳：辽宁少年儿童出版社，2013：4.

[9] 班固.《汉书》[M].西安：太白文艺出版社，2006:268.

[10] 周振甫.《诗经译注》[M].北京：中华书局，2013:3-6.

[11] 沈德潜.《古诗源》[M].北京：中华书局，2006:3.

[12] 王夫之.《楚辞通释》[M].上海：上海古籍出版社，2018:72.

[13] 周振甫.《<诗品>译注》[M].南京：江苏教育出版社，2006:7-8.

[14] 余冠英.《冠英说诗》[M].北京：商务印书馆，2014：27.

[15]、[16]严绍璗.《中日古代文学交流史稿》[M].福州：福建教育出版社，2016:52.

[17] 葛晓音.《先秦汉魏六朝诗歌体式研究》[M].北京：北京大学出版社，2012：172.

[18] 葛晓音.《先秦汉魏六朝诗歌体式研究》[M].北京：北京大学出版社，

2012：173.

[19] 葛晓音.《先秦汉魏六朝诗歌体式研究》[M].北京：北京大学出版社，2012：182.

[20] 郑振铎.《中国俗文学史》[M].北京：商务印书馆，2005:93.

[21] 汤显祖.《牡丹亭》[M].长沙：岳麓书社，2002:1.

[22] 余冠英.《汉魏六朝诗论丛》[M].北京：商务印书馆，2017：43.

[23] 周仕慧.《乐府诗体式研究》[M].北京：北京大学出版社，2013：71-78.

[24] 逯钦立.《先秦汉魏晋南北朝诗》[M].北京：中华书局，1983：1051.

[25]《汉魏六朝诗鉴赏辞典》[M].上海：上海辞书出版社，1992：1520-1521.

[26] 郑振铎.《中国俗文学史》[M].北京：商务印书馆，2005:83-84.

[27] 王运熙、王安国.《汉魏六朝乐府诗》[M].上海：上海古籍出版社，2011：150-151.

[28] 姚思廉（撰）《梁书》[M].北京：国家图书馆出版社，2014：288-289.

[29] 陈庆元.《沈约集校笺》[M].杭州：浙江古籍出版社，1995：13-14.

[30] 王辉斌.《中国乐府诗批评史》[M].武汉：武汉大学出版社，2017：117.

[31] 唐爱霞.《古代六言诗研究》[M].北京：中国社会科学出版社，2016：2-3.

[32] 唐爱霞 .《古代六言诗研究》[M]. 北京：中国社会科学出版社，2016：30-44.

[33] 萧艾 .《六言诗三百首》[M]. 郑州：中州古籍出版社，1987：2.

[34] 童强 .《嵇康评传》[M]. 南京：南京大学出版社，2006：171.

[35] 戴明扬 .《嵇康集校注》[M]. 北京：中华书局，2014：76.

[36] 郭茂倩 .《乐府诗集》[M]. 上海：上海古籍出版社，1998:400.

[37] 逯钦立 .《先秦汉魏晋南北朝诗》[M]. 北京：中华书局，1983：355.

[38] 徐克谦 .《古典文学知识》[J].2012（2）：37.

[39] 郭茂倩 .《乐府诗集》[M]. 上海：上海古籍出版社，1998:400.

[40] 唐爱霞 .《古代六言诗研究》[M]. 北京：中国社会科学出版社，2016：179.

[41] 潘啸龙 .《汉魏六朝诗鉴赏辞典》[C]. 上海：上海辞书出版社，1992：29.

[42]《李白诗四百首》.[M]. 合肥：安徽文艺出版社，1994：150.

[43] 谢思炜 .《杜甫集校注》（第一册）[M]. 上海：上海古籍出版社，2016：111-112.

[44] 梁扬、杨东甫 .《中国散曲综论》[M]. 北京：中国社会科学出版社，2007:195.

[45] 吴世昌 .《唐宋词概说》[M]. 北京：北京出版社，2016：91.

[46] 刘尊明、王兆鹏 .《唐宋词的定量分析》[M]. 北京：北京大学出版社，2012：61-62.

[47] 龙榆生 .《词曲概论》[M]. 北京：北京出版社，2016：33.

[48] 薛砺若.《宋词通论》[M]. 长春：吉林人民出版社，2013：43-44.

[49] 王兆鹏.《唐宋词史论》[M]. 北京：人民文学出版社，2000:107.

[50] 郁玉英.《宋词经典的生成及嬗变》[M]. 北京：中国社会科学出版社，2016：75.

[51] 吴世昌.《唐宋词概说》[M]. 北京：北京出版社，2016：91.

[52] 吴世昌.《唐宋词概说》[M]. 北京：北京出版社，2016：121-124.

[53] 龙榆生.《词学十讲》[M]. 北京：北京出版社，2016：32.

[54] 龙榆生.《词学十讲》[M]. 北京：北京出版社，2016：33.

[55] 龙榆生.《词学十讲》[M]. 北京：北京出版社，2016：34.

[56] 龙榆生.《词学十讲》[M]. 北京：北京出版社，2016：38.

[57] 龙榆生.《词学十讲》[M]. 北京：北京出版社，2016：47.

[58] 龙榆生.《词学十讲》[M]. 北京：北京出版社，2016：55.

[59] 吴世昌.《唐宋词概说》[M]. 北京：北京出版社，2016：19-20.

[60] 夏承焘.《唐宋词欣赏》[M]. 北京：北京出版社，2016：90.

[61] 夏承焘.《唐宋词欣赏》[M]. 北京：北京出版社，2016：92-93.

[62] 叶嘉莹.《迦陵文集》（九）[M]. 石家庄：河北教育出版社，1997：185-186.

[63] 滕咸惠（校注）.《人间词话新注》[M]. 北京：北京出版社，2016：61.

[64] 滕咸惠（校注）.《人间词话新注》[M]. 北京：北京出版社，2016：6.

[65] 梁扬、杨东甫.《中国散曲综论》[M]. 北京：中国社会科学出版社，2007:37.

[66] 时俊静.《元曲曲牌研究》[M]. 上海：上海古籍出版社，2018：27-

28.

[67] 时俊静.《元曲曲牌研究》[M].上海：上海古籍出版社，2018：310-312.

[68] 时俊静.《元曲曲牌研究》[M].上海：上海古籍出版社，2018：81-101.

[69] 时俊静.《元曲曲牌研究》[M].上海：上海古籍出版社，2018：102-103.

第三章

中国民间歌谣中的"五句体"（上）

　　如果说文人作品中的五行因素还不是特别丰富的话，那么，民歌歌谣中的五行形式则无处不在。

　　二十世纪二十年代，歌谣运动兴起，胡适多次提到的七言五句体、桐城时兴歌、淮南民歌、豫南民歌即是五句体。当时，胡适尚未看到流传在湖北一带的五句子山歌及其与前述概念之间的关联。我们现在知道，它们都可以粗略地归入五句山歌的范畴。顾名思义，五句山歌首先是五句，其次是每句七言，再次是具有民间山野性质，最后是第五句出彩。在实际流传过程中，五句山歌也发生变异，五句可能扩充到十句甚至更多，七言也可能扩充到八言及以上。

　　在民间歌谣中，五句山歌实际上是五句体歌谣的特例。有很多歌谣在形式上是五句，但并不属于五句子、五句山歌的范畴，因为它具有另外的特点，比如不要求第五句出彩，句式也不一定是七言为主，用语习惯可能更加倾向于散文化、口语化。比如西北花儿中有一种"折腰体"，就和五句子迥然不同。而这种不同的歌谣体式，又意味着它们有着相差甚远的歌谣源头及地域文化。事实上，从长江流域到黄河流域，从西南到东北再到中亚，都有五句体的身影，但它们之间区别甚大。

据粗略统计，在中国民间诗歌（歌谣）中，从甘肃宁夏一带的花儿、陕南民歌、青海土族民歌到新疆维吾尔族、哈萨克族、塔吉克族、柯尔克孜族的民间诗歌，从蒙古民歌到东北朝鲜族、鄂温克族民歌，从河南、安徽、江西、湖北等地的五句山歌及其他民歌，到赣粤闽客家山歌，再到湖南、广西、贵州等地的苗族、侗族、仫佬族民歌，都有在形式及艺术上发展得非常成熟的五行（句）体。

从地域、民族角度进一步分析，那么，大致可以分四大类型：一是以"五句子山歌"为代表的"五句山歌圈"，按传统说法，传唱地域主要在长江中游湖北为中心的地域，周边地区包括大别山区（河南南部、安徽西南）、湖南（主要在湘西、湘北）、重庆、陕南、江西、广东，以汉族、土家族、客家为主。二是以花儿、小调为代表的短歌，传唱地域主要在西北的甘宁青新蒙等地，集中于黄河流域上游地区，以北方少数民族为主。三是以苗族民歌为代表的民间歌谣，传唱地域主要在湖南以及西南川桂黔，以西南少数民族为主。四是以维吾尔族为代表的民间歌谣，传唱地域主要在新疆。五句体歌谣涉及众多民族，可谓多民族的合唱。

第一节 现当代歌谣运动及"五句体"概述

二十世纪二十年代，随着新文化运动的兴起，一场全国性的歌谣运动或曰歌谣学运动（钟敬文曾撰文《"五四"前后的歌谣学运动》）也轰轰烈烈展开，断续维持近 20 年。在歌谣运动之前，中国历代对民间歌谣的整理可以说是零星的，更谈不上体系。而歌谣运动却是有计划有准备成体系的——尽管在前期进展较慢，中途也因为时代战乱原因而停滞。有学者将歌谣运动分三个阶段，即 1918—1925 年的第一阶段，为歌谣运动的起步与发展期；1928—1930 年的第二阶段，为歌谣运动的低谷与转折期；1936—1937 年 7 月的第三阶段，为歌谣运动的复苏与衰落期。[1]

具体来说，歌谣运动始于 1918 年 1 月底刘半农与沈尹默关于征集歌谣的闲聊，因为刘半农认为"歌谣中也有很好的文章"。由此遂成为歌谣运动之滥觞，可见"闲聊"实在是当事人的自谦之辞。同年 2 月 1 日，《北京大学日刊》第 61 号刊载《北京大学征集全国近世歌谣简章》，之后还刊载了 9 次；并开辟"歌谣选"专栏，每天刊载一首，到日刊结束，一共刊载歌谣 148 首。1920 年 12 月，"歌谣研究会"在北大成立。1922 年 1 月，北大成立研究机构"国学门"，并将歌谣研究会纳入其中。同年 12 月 17 日，《歌谣周刊》创刊。到 1925 年 6 月 28 日停刊，《歌谣周刊》共出版 97 期，从征集到的 13339 首作品中选登了 2359 首，"这个数字仅仅包括直接刊登全文的歌谣，还不包括在论文中的举例、转录的歌谣以及引用的歌谣片段。"[2]

根据胡适的回忆，《歌谣周刊》的停刊，固然是"当时因为北大研究所要出一个'研究所国学门周刊'，歌谣也列为这个综合的大周刊的一门，所以没有单出《歌谣周刊》的必要了。"[3]但另一个原因，当时时局动荡，"五卅"惨案的影响持续扩散，"研究所国学门的一班朋友不久也都散在各地了。歌谣的征集也停顿了，《歌谣周刊》一停就停了十年多。"[4]

从胡适的观点来看，似乎他并不认为存在第二阶段之说，但正所谓"只缘身在此山中，不识庐山真面目"，于时人于今人而言，这十年间，相关工作都在继续，当时国立中山大学历史语言研究所主办的《民俗》，尽管偏重于民俗方面的理论研究，但也刊出不少歌谣作品。到1930年，《民俗》"被扣上'宗教迷信宣传品'的帽子遭到停办，此时距刊物创办仅有两年的时间。"[5]《民俗》出刊97次，包括17次专号。

经过几年的低谷后，1935年北大恢复"歌谣研究会"，胡适、顾颉刚、魏建功等任研究员。这算是第三阶段的开始。1936年4月，《歌谣周刊》复刊，胡适撰写复刊词，还于次年3月25日撰文《全国歌谣调查的建议》，"目的是要知道全国的各省各县流行的是什么样子的歌谣。"遗憾的是，复刊后的《歌谣周刊》仅出刊53期（歌谣刊登的数量也大不如前，前40期刊载歌谣638首），就因抗日战争全面爆发而停刊。

在《全国歌谣调查的建议》中，胡适提到，"四川，云南，贵州，广西，福建的武夷山，苏州的歌谣的最普遍形式是七言四句的'山歌'体裁……因为我们没有一个总调查，所以我们现在还不能知道究竟这一个大种类——'山歌体'——分布流行的区域有多么大。"[6]胡适之所以急切想知道七言四句体在民间歌谣中的边界，源于冯梦龙《山歌》在消失近三百年后的重见天日，《山歌》中七言五句体的"桐城时兴歌"让胡适有一种发现歌谣"变种"的兴奋。台静农收集的淮南民歌，曾广西收集的豫南民歌，储皖峰收集的安庆歌谣，都是七言五句体，这让他很想"精确的知道这种七言五句的'桐城歌体'的区域究竟有多么大了。"[7]

当时，胡适应该尚未接触到湖北区域的五句子山歌，否则，他更要按奈不住急切的心情了。这不言而喻，倘若能够界定七言四句加上七言五句覆盖的区域，那么说打下了民间歌谣的半壁江山也不为过。

如上所述，七言五句体的发现，实在可以说是歌谣运动的推动力之一。分阶段来说，与五句体有关的主要是，第一阶段台静农搜集整理的《淮南民歌》发表，董作宾以《看见她》为母题的研究《一首歌谣整理研究的尝试》反响较大；第二阶段张亚雄《花儿集》问世，西北花儿系统性进入研究视野；第三阶段冯梦龙《山歌》被发现，《桐城时兴歌》引起广泛关注。

解放以后，关于五句体的研究，最主要集中在以下几方面。一是以湖北西部土家族为中心的五句子研究，最早见于《人民音乐》1959年第2期刊载的胡曼《江陵的五句子歌和号子》；七十年代，有1975年出版的《长阳山歌》等集子，但研究文章鲜见；直到八十年代，《中南民族学院学报》1985年第1期刊载田发刚

《鄂西"五句子"情歌的艺术特点》，系统性的研究随之增多，如李映明《谈谈山歌"五句子"》，董学民《论五句子歌的形成》、《五句子歌、赶五句、穿五句及其它》《五句子歌的地理属性》；此后，至新世纪初，研究成果更盛，研究范围除了鄂西之外，也涉及河南、湘西、陕西、重庆。专著方面，如梁前刚著《五句子概说》、蔡长明收集整理《昭君故里五句子歌谣选》。二是关于花儿的研究，集中于甘青宁地区，作品搜集整理及研究成果可谓硕果累累，如中国民间文艺研究会甘肃分会编《花儿论集》、魏泉鸣《花儿新论》、宁文焕《洮州花儿散论》、王沛《河州花儿研究》、陈元龙主编《中国花儿新论》、季绪才编著《岷州花儿选集》。三是官方推动与民间研究并举，1984 年，文化部、国家民委和民研会联合发起编纂《中国歌谣集成》等中国民间文学三套集成，其中有大量五句体歌谣。1986 年，我国第一部研究少数民族诗歌格律的专著《少数民族诗歌格律》出版，该书介绍了 41 个少数民族的诗歌格律，其中有些篇目涉及五句体，比如《湖北民歌特殊格律举例》《苗族民间诗歌声律初探》《"花儿"格律》《陕南民歌的艺术形式》《蒙古民歌形式与格律概述》等。此外，杜亚雄《中国民歌地图》对全国各地民歌进行梳理分析，五句体自然包含其中；刘晓春等人著《客家山歌》，介绍了竹板歌、五句板等五句体相关内容；戴朝庆、崔琳选编的《安徽民歌 200 首》包括山歌 37 首，其中 17 首为五句体。

第二节 五句体歌谣搜集之艰辛

不妨先从甲骨学家董作宾的《一首歌谣的整理研究的尝试》谈起，因为这篇长文研究的歌谣《看见她》所关联之处，正可以上溯到歌谣运动之始，和胡适、常惠有关。

1922年12月3日，胡适撰文《歌谣的比较的研究法的一个例》，于次日发表在《努力周刊》第31期上，并于1924年3月重刊在《歌谣周刊》。该文在国内首次提出了异文比较的研究方法，"有许多歌谣是大同小异的。大同的地方是他们的本旨，在文学的术语上叫做'母题'。小异的点是随时随地添上的枝叶细节。"[8] 该文引用了读书杂志第二期上的一首歌谣：

沙土地儿跑白马，

一跑跑到丈人家，

大舅儿望里让，

小舅儿望里拉。

隔着竹帘看见她……

胡适认为，"这首歌是全中国都有的；我们若去搜集，至少可得到一两百种大同小异的歌谣：他们的'母题'是'到丈人家里，看见了未婚的妻子'，此外都是枝节了。"[9] 在这篇文章里，胡适又引用了常惠提供的北京等地同母题歌谣5首。

　　同时，常惠于 1922 年 12 月 1 日作《对于投稿诸君进一解》，也提到了"隔着竹帘看见她"这个母题，列举了 10 个省份地区的变体。当月 17 日在《歌谣周刊》创刊号上刊发。

　　其后，董作宾因循其后，以《看见她》为母题，从歌谣运动中征集到的作品整理出 45 首作品并予以考订研究，形成《一首歌谣的整理研究的尝试》，于 1924 年 10—11 月刊载于《歌谣周刊》，其中第 62 号刊登的是《看见她》歌谣 45 首，第 63、64、70 号刊登文章《一首歌谣整理研究的尝试》的正文及关于"看见她"的通讯讨论。

　　如果说董作宾有现成的素材遴选——尽管他觉得"翻腾了三天才告完工"仿佛是大型工程——那么，台静农收集整理淮南民歌的情况，那就绝无轻松可言。

　　台静农自 1924 年 8 月底开始在家乡霍邱叶集搜集歌谣，长达半年之久，据他所说搜集到当地歌谣 2000 余首。次年 4—5 月，他从这些作品中整理了 113 首刊发在《歌谣周刊》第 85、87、88、91、92 号上。这 113 首作品，绝大部分为五句体。

　　在距离最初搜辑淮南民歌半个世纪之后，台静农回忆："有儿歌，有关于社会生活的歌，整理出来的六百首都是情歌；而男女的对歌却没有整理，都在抗战中随着我的藏书散失了。"历经战乱，最终幸存的只有 113 首歌谣和一篇短文，台静农感慨之余也有愧疚，"当年辛勤的搜集，并劳动了许多人"。[10]

　　是怎样一种"辛勤"呢？台静农在 1926 年 6 月 5 日撰写的《致 < 淮南民歌 > 的读者》有相关表述：

"去年江南大战争将开始的时候，我是滞留在淮南匪区的故乡；终日除了匪的惊慌与兵的扰攘外，只有一种迫切的不安与日常生活之无聊，与此时期中，我的工作开始了！"[11]

"每次的结果有二十首或三十首不等；一次从上午九时起抄到下午二时，竟得了八十二首之多，要知这只是从一个人的口中得来的……"[12]

"又一次在满是菊花的别墅中，请了四位能歌的人……有的记不完全，别人便即刻补成；有的一首歌的字句略有更变，他们便互相地参证，他们是异常的愉快，我也感觉到有一种不可言喻的快乐。现在对着孤灯，对着已残的芍药，回忆那过去的时光，怅惘中而有无限的诗意。"[13]

尽管台静农说"有无限的诗意"，但谁都知道，这不过是岁月为回忆覆上的一层面纱，在战乱之际搜集歌谣当然不轻松，"从上午九时起抄到下午二时"本质上是艰辛的体力活，也是需要全身心投入的脑力活。

台静农的这篇短文刊发在《歌谣周刊》第 97 号上，正好是第一阶段《歌谣周刊》的最后一期。

西北花儿的搜集整理则更见艰难了。

1928 年，甘肃榆中人张亚雄受张一吾、邵飘萍的影响，利用作为甘肃《民国日报》编辑的便利，开始在甘肃征集花儿，如其所言，"在七七的烽火未举以前，编者尝以断断续续十年的工夫，在搜集三陇——甘青宁——民间歌谣的工作。在这十年辰光当中，只着手搜集民间歌谣当中名字叫作'花儿'的一部份，好像研究昆虫学而只研究蜜蜂那样的缩小范围。"抗战开始后，张亚雄从甘肃来到重庆，"在一个长的旅程中，生命从弹灰里捡起，这些苦心搜集的东西，我把她敝帚自珍，小心翼翼地摆在贴身，一路护持，终于没有失散。"（首版1—2页）[14] 最终，张亚雄于1940年初出版《花儿集》首版，并于1948年增订再版，1986年三版。

张亚雄的搜集专业而严谨，在1948年增订版自序中，他说："编纂过程实际上是一种集体的工作。……从一首歌词的抄录，到一地民俗风土的记载，到一个语词的注释，到一个土语方言的书写，都是经过反复的商榷推敲，决不是率尔落笔的。当时我对于这些投稿和面谈的人物，都有姓名的记载，可惜在空袭频仍的山城重庆，把全部名单给遗失了，现在只记得总人数是三百六十五人，正因为恰合一年周天之书，所以记在心里，永远是不能忘怀的。"[15] 在同一版的"引言"里又说，提供材料的三百多人"包括牧童、脚夫、小工、车夫、雇农、学生、排字工友及同情我的工作的文人和各阶层的朋友。"[16]

他当时可能还感觉幸运，但无论如何不会想到，此后天翻地覆，他也身陷囹圄，蹉跎30年后想继续研究花儿时，已经是家徒四壁，问遍了国内图书馆，竟如大海捞针，找不到一册自己的《花儿集》。直到1981年，他才巧遇平凉作家戴笠人，后者珍藏了一册1948年版的《花儿集》，为免抄家时遗失，竟然将之放在腌菜罐中埋于地下。这份曲折，和冯梦龙《山歌》被发现，简直是异时异地的两个相同版本。

冯梦龙《山歌》的流传一如传奇。《山歌》大约编辑于万历四十年（1612）前后，主要辑录明代苏州一带吴语区域的民歌，反映世俗男女冲破礼教束缚而爱恋的面貌。《山歌》前9卷是吴歌，第10卷是《桐城时兴歌》24首，除最后一首外均为七言五句体。冯梦龙在《山歌·叙》中未曾直接言明搜集之艰辛，不过，从字里行间可以想见。山歌既然是"民间性情之响"、"田夫野竖矢口寄兴之所为"，因而"诗坛不列，荐绅学士不道"，搜集起来自然就困难很多。不仅如此，冯梦龙也因为与下层人士厮混，搜集这些"桑间濮上"的歌谣而为道学家所不容，长期沉沦下层，付出的代价不可谓不大。这也直接决定了《山歌》的坎坷命运，按顾颉刚的说法，"这册书刊行之后，因为与传统的脑筋太冲突了，所以几乎失传。"[17]

1934年，传经堂书店主人朱瑞君偶然在徽州发现失传的《山歌》。冯梦龙于1646年去世，不难想象，《山歌》在此后的二三十年间逐渐难以见到并最终失传，以此推测，当有二百六七十年之久。《山歌》于1935年出版，顾颉刚为之校点并作序。作为歌谣运动的主要推动者之一，顾颉刚为这些来自民间的充满活力的歌谣而感动，并将之作为反封建的武器。

及至当代，特别是在政府主导下开展的民歌搜集整理活动，在一定程度上促进了搜集工作，但具体到搜集歌谣的个体，由于民歌散落民间，搜集活动仍旧需要付出极大心力。梁前刚搜集五句子前后20余年，提供资料的师友130余人，搜集到的五句子各类资料超过300万字，其中包括五句子1万多首，晚年身患癌症，与时间赛跑完成专著《五句子概说》。蔡长明《昭君故里五句子歌谣选》是集体劳作的结晶，搜集者除他之外，还有蔡心、李作权、万郊纲等30人，实际搜集到的歌谣有2575首，收录1264首。季绪才自称"有条件从事对花儿的整理，于是利用一切能采集花儿的机会进行采集"，[18]其历时数年编著的《岷州花儿选集》收集岷州花儿1944首，其中还包括23首罕见的谜语花儿。

第三节　五句体歌谣的母题及用韵选择

董作宾《一首歌谣的整理研究的尝试》探源溯流，分析45首《看见她》歌谣的内容，"看见彼此间相互的关系，和他们流传散布的迹痕"，存在"两大语系"、"四大政区"的关系。"原来歌谣的行踪，是紧跟着水陆交通的孔道，尤其是水便于陆。在北可以说黄河流域为一系，也就是北方官话的领土，在南可以说长江流域为一系，也就是南方官话的领土。"[19]此为"两大语系"。在北方语系，该歌谣从陕西三原出发，沿黄河顺流而下，分四条分支，流入北方的秦晋、直鲁豫；在南方语系，该歌谣从陕西东南出发，流入成都，再顺长江而下，流入南方的湘鄂（两湖）、苏皖赣。

董作宾对《看见她》的句与段进行考订后发现，这一母题的分段可分五个部分，一是因物起兴，二是到丈人家，三是招待情形，四是看见她了，五是非娶不可，但只有到丈人家和看见她最为重要，"本题的精华，就在这两段，所以'兴起'，'招待'，都可以不要，有些竟把'要娶'一段也漏了，但终保存着这 2,4 两段。"[20]

他说这个极端例子，正是这 45 首歌谣中的第 16 首，也是其中惟一的五句体：

沙窝里沙，跑到沙窝去放马，
大马跑到家，小马跑到丈人家
隔着门帘看见她：
穿绿裤的是大姨子，
穿红裤的就是她。

尽管删繁就简，董作宾还认为这首歌谣"尤其细致……别处都不曾注意到这点，因为既未过门，不曾会面，岂能一眼瞧见，便可以认定是'她'？……只可惜如此说法，都不宜再有下文，也是这两首缺第五段的一个原因。"[21]也正因如此，这 45 首歌谣自然长短不一，最短的如上才五句，最长的有二十九句。

当然，这首歌谣里面第四段"看见她"已经是变异版本了，通常情况下，它并非描述小男孩心目中"她"的服饰，而是相貌以及要娶她的决心：

隔着竹帘望见她：
白白儿手长指甲，
樱桃小口糯米牙，

回去说与我妈妈，

卖田卖地要娶她。

　　这实际上也是一个近乎标准的五句子格式，五句、七言，第五句出彩，说它近乎标准，是因为五句子通常是一二四五句押韵，而这个片段每句都押韵。

　　在这45首歌谣中，也有2首连"非娶不可"的主题都发生变化，男孩嫌弃姑娘长得丑，以至于坚决不娶她，一个说"打一辈子光汉子也不要她"，另一个说"打十辈子光棍不要她"，让人忍不住发笑。

　　董作宾还注意到，"一个母题，随各处的情形而字句必有变化，变化之处，就是地方的色彩。""明明一首歌谣，到过一处，经一处民俗文学的洗礼，便另换一种风趣。到水国就撑红船，在陆地便骑白马，因物起兴，与下文都有叶和烘托之妙。"[22]

　　诚然，导致这种外在形式上的变化，还得加上另外一个原因，那就是它采用了纯粹口语化的语言，也就是白话。这种类型的歌谣，在保留内核的基础上，由于流传过程中各地风俗、环境及传播者个体喜好等因素的不同，内容的增删添减实属必然，其外在形式的重要性已经降到最低限度。而如果是采用相对文言方式的亦即经过适度雅化的语言创作的歌谣，外在形式则很少被打破——比如说同样是搜集于民国年间的《淮南民歌集》；同理，《淮南民歌集》较之于搜集整理于明代的《桐城时兴歌》又次之。

　　《淮南民歌集》中，最主要的几个主题就是"清早起

来 ***""日头落了万里黄""日头渐渐 ***""眼望乖姐
***""栽花还栽 ***""送郎送到 ***",大约有 42 首作品,
占全部作品的 40%。其中每一个主题又有丰富的变化,比如"栽
花还栽 ***",后面三字可以是"刺玫瑰""栀子兰""钻竹莲""枝
子花",还可以反其意而行之,"栽花不如栽石榴",同时又可
以在"栽""花"上做文章,比如"戴花还戴枝子莲"、"栽秧
还要秧有根",甚至仅仅保留"*** 还 ***"的结构,比如"吃
桃子还吃掉枝白"。

也许是因为采自乡野农村的缘故,《淮南民歌集》更具乡土
气息,体现了刚健质朴的特点,语言风格直白,婉约的少;韵律
朗朗上口,低沉的少。尽管是情歌,有爱慕的倾心、热恋的浓情、
失恋的哀伤,却没有那种让人悲观消极的感觉,恰如老百姓的日
常生活,仿佛亘古如斯。

> 端起来饭碗叹一声,
>
> 乌木筷子掉一根,
>
> 拾起筷子掉了碗,
>
> 端起鞋筐掉了针,
>
> 为之想郎掉了魂!

从修辞方面,《淮南民歌集》也有意采用夸张手法冲淡感情
上的渲染,如第 33 首,乖姐的逗弄显然盖过了情郎的醋意:

眼望乖姐站门旁，

手上的戒指排成行；

俺问戒指谁打的，

一个戒指一个郎，

屋里还有两皮箱。

又如第 70 首，情郎的深情固然跃然纸上，但浮现在读者眼前的岂非情郎的滑稽可笑：

想姐想得无心肝，

四两灯草也难担；

隔山又听姐说话，

担之石磙跑上山，

上山容易下山难！

《淮南民歌集》的 113 首作品，有 5 首为四句、1 首为六句，其他 107 首均为五句。这 107 首民歌，除了少数几首采用“4+1”或者不分节的结构外，90% 以上都是“2+3”结构，编者在第二行末尾也明确标注了分号、句号或问号，将之和后面三句区别开来。比如最后一首：

十七八岁不唱歌，

留着精神做什么？

再找几年不唱歌，

儿娶亲，女出阁，

要想唱歌也不快乐！

　　这首民歌，采用的是较为典型的五句子结构，与湖北一带的五句子也较为相近，第五句也较为出彩。值得注意的是，"2+3"结构也是五句子的基本结构。我们后面还会谈及，这也是日本短歌"万叶调"的基本结构。同时，形式上"2+3"结构，与内容上"第五句出彩"的特点似乎有点不合拍，但这取决于歌手天赋的高下，才气不足，即便是"4+1"这种有意通过前四句铺垫烘托第五句的结构，也未必能做到第五句出彩，在形式与内容上完全一一对应。

　　再从句式方面来看，《淮南民歌集》也并非每句都是七言，而是以七言为主，六到十言都有。其中有一种情况，是两个三言短句组合为一句，它实际上和后面的七言句构成"三三七"节奏。《淮南民歌集》中这种情况共出现6次，其中4次出现在第一句，2次出现在第四句；同时，两个三字句也不一定是"郎有心，姐有心"的并列关系，也有的是单纯的停顿及顺延关系，比如"金银花，靠墙栽"。这当然并非淮南民歌的首创。这种方式早在汉代即已滥觞，如前面探讨汉乐府时提到的"大冯君，小冯君"，"吏买马，君具车"均属此类。在汉乐府中，这种"三三七"节奏，也主要是出现在首句或第四句的位置。

　　《淮南民歌集》中的113首民歌，总共采用了十三辙中的12

种，只有乜斜辙一首都没有，真应了淮南民歌所唱的"山歌倒有十二韵，有一韵没摸着"（第8首）。这12种辙韵里面，采用最多的是江阳辙，共22首，其次怀来辙、由求辙各14首，人辰辙13首，言前辙12首，遥条辙、梭波辙各11首，以上7种辙韵的篇目共97首，占113首民歌的86%；另有一七辙、中东辙、发花辙、灰堆辙、姑苏辙共16首。试看第4首：

> 金银花那这么香，
>
> 折一枝戴在姐头上；
>
> 叫你莫在风前站，
>
> 人又标致花又香，
>
> 美坏多少少年郎！

相比之下，《桐城时兴歌》采用韵律最多的是人辰辙、遥条辙、怀来辙，分别为5首、4首、4首，此外，灰堆辙、由求辙、言前辙、江阳辙、中东辙各2首，一七辙1首。如《天平》：

> 郎做天平姐做针。
>
> 一头法马一头银。
>
> 情哥你也不必间敲打。
>
> 我也知得重和轻。
>
> 只要针心对针心。

　　桐城时兴歌与淮南民歌同出自安徽地域，由于搜集的时间有先后，使用的语言有文白之分，因而尽管两者都基本采用七言五句体形式，但其风格却迥异。

　　比如情歌中的常见主题"送郎"。

　　《淮南民歌集》中送郎主题的作品有第 26、66、75、86 首，押的都是梭波辙，起首四字都是"送郎送到"，送郎的地点要么是半山坡，要么是清水河，歌手似乎认为不值得在送别的地方上做文章。如第 26 首：

　　送郎送到半山坡，
　　又有麦子又有馍；
　　口叫情郎吃饱些，
　　省得回家又烧锅，
　　比不得人家有老婆。

　　歌中的女子不是在抒发卿卿我我的情感，而完全是说话的口吻，既是对情郎说的，也像是自言自语，直白地表达自己的关切。如果非要指出其抒情之处，可以说句句有情，特别是最后一句更是话中有话，言下之意，你赶紧把我娶回家吧，那样你就有老婆在家给你烧饭了。

　　但在《桐城时兴歌》中，情况完全不同。

　　送郎送到五里墩，

再送五里当一程，

本待送郎三十里，

鞋弓袜小步难行，

断肠人送断肠人。

这首《送郎》歌，用的是人辰辙，情感基调以伤感为主，较之《淮南民歌集》，用语尽管通俗易懂，却颇为典雅。"断肠人"怎么个"断肠"法？这是吃饱了的情郎永远想不明白的。两首民歌放在一起欣赏，令人绝倒。

造成这种差别的原因，一个是用韵的问题，原因如前所述；另外一个，是语言体系的问题。简单来说，《淮南民歌》是现代人搜集的，用的是白话文口语、散文句式，而《桐城时兴歌》成于明代，歌谣本身采用的是文言文书面语、七言诗句式。同一个意思，用文言文表达更具典雅性质。此外，《桐城时兴歌》尽管是情诗，但有 14 首是以咏物的面貌出现，如"秋千""素帕"，另有 9 首描摹乖姐情郎互通心意之作，如"调心""恋"，用语本来就含蓄委婉一语双关。

日本学者大木康认为，"冯梦龙《山歌》所收这类桐城歌的内容与古代的闺怨词曲较为相似。它们的情感基调与'山歌'（至少是《山歌》前半部分）多少有些差异。"[23]

早在歌谣运动之时即有学者注意到这种区别。李素英——《歌谣周刊》复刊后即由她和徐芳编辑——在《中国近世歌谣研究》中如此表述：

从形式上说，北平歌谣多长短句，不拘韵律的叙事体，也可说是近于散文，或可称为"自由式"。吴歌也是长短句，但以七拍为节奏的根据，且有固定的韵律，故音节特优，可以说较近词体。客音歌谣则纯然是诗体了，虽则有些变化。从内容方面看，北平歌谣自成一派，老实、沉着，可以代表北数省的民族性。吴歌与客歌则颇有类似之点，例如聪明、活泼、浪漫、叛逆等等性质都是两者所共有的；不过，客人多一点耐劳进取的精神，吴人则富有俏皮幽默的风趣吧了。[24]

《淮南民歌集》和《桐城时兴歌》，当然属于吴歌的范畴。

大木康以《灯笼》等作品为例，认为"仅从《山歌》所收者来看，桐城歌多多少少比山歌比山歌高雅一些，露骨程度稍低。"[25]

一对灯笼街上行，

一个昏来一个明。

情哥莫学灯笼千个眼，

只学蜡烛一条心。

二人相交要长情。

说桐城歌"与此含有身体意味的山歌"相比，"显然更高一筹，纯情可爱"[26]，这并不奇怪。《山歌》采用的是苏州方言口语，《灯笼》等桐城时兴歌遵循的却仍旧是传统诗词的路线，更具体一点说，是咏物诗的路线，自当高雅含蓄一点。

这首《灯笼》流传至今，在湖北演变为《要学蜡烛一条心》：

石榴开花叶叶青
郎将真心换姐心
不学灯笼千只眼
要学蜡烛一条心
鸳鸯相伴永相亲

"二人相交要长情"的说教意味不见了，取而代之的是"鸳鸯相伴永相亲"的美好愿望。在湖北本地，这首歌谣在流传中也衍生出其他版本，比如将"灯笼千只眼"移位到"筛子千个眼"：

石榴开花叶叶青
郎用真心换姐心
莫学筛子千个眼
要学蜡烛一条心
鸳鸯结伴永相亲

"筛子"这个意象在流传中得到进一步强化，流传到广东梅州，就演变成客家人的《筛米谣》，五句也变成四句，但核心内容保持不变：

米筛筛米壳在心，

嘱妹恋郎要真心。

莫学米筛千只眼，

要学蜡烛一条心。

五句子的地域流转特征，即是董作宾所说的沿长江流域传播。桐城时兴歌也不例外。大木康发现，桐城时兴歌流传到苏州的路径，"与当时的劳动力移动有关……从桐城以及太平、宁国到南京，顺长江而下，相距较近。"[27] 他还推测，鉴于当时徽州商人的活跃程度以及对文化流通的影响，冯梦龙将桐城时兴歌编入《山歌》的原因，"或者也有这种可能：《山歌》中收入桐城歌，是期待于徽州商人的购买力。"[28]

令人遗憾的是，大木康对桐城时兴歌传播轨迹的讨论，多次提到了《歌谣周刊》，他对当年歌谣运动中董作宾关于《看见她》的讨论即便不是了如指掌，也不可能一无所知，很难说他没有受到董作宾研究成果的启发，但在《冯梦龙＜山歌＞研究》一书中他却对董作宾只字不提，实在是匪夷所思。

第四节　从口头诗学看五句体歌谣的变异

郎有心来妹有心，

不怕山高水又深，

山高总有横排路，

水深总有摆渡人，

有情阿哥大胆来。

——江西铅山太源畲族山歌

郎有心，姐有心，

不怕山高水路深；

山高也有盘旋路，

水深也有摆渡人，

我二人来一样心。

——安徽淮南民歌

当看到前述歌谣时，一个写作者，特别是那些以独创为己任的诗人很自然地要问，诗歌可以这样因袭吗？

要回答这个问题，我们得区别一下文人创作与歌谣传播的不同特点。通常情况下，文人作品有其独创性，追求千姿百态，不与他人雷同，作品一旦完成，除非作者后来进行修订、或者抄写印刷的过程中发生失误导致遗漏残缺，否则不管怎么流传，文本内容都不可能再有变化。在创作过程中，他可能对其他人的作品念念不忘，要么正大光明地引用借鉴，甚或巧妙地用个典故，为自己作品添色；要么不光彩地抄袭，最终为人耻笑。总体而言，文人都很忌讳作品因袭他人。但对民间歌谣而言，根本就不存在这些问题，只要你乐意，你尽管跟随，倒是那些有天分的歌手更愿意发挥创造力，以一己之力赋予原来歌词以新的生命。通过对同一首歌谣不同版本的比较，我们发现，这些歌谣之间的确是"大同小异"，在主要意象、情节和结构不变的情况下，每个地方的版本，甚至同一个歌手在不同时候不同场合的演唱版本都会有细微区别。

造成这种区别的原因，乃在于歌谣是口头文学，属于口头诗学的范畴。在传播的过程中，它产生一定程度的变异实属必然。这种变异，一方面是客观的，比如在流传过程中产生谐音的误会、字词的缺损等等，可能将错就错甚至比原意更好；另一方面是主观的，也就是歌手自身的主动性创造性，比如歌手将歌词改变以更加贴合自己的心情或者当地的环境，或者认为原来的歌词在意思和韵律方面有所欠缺而加以修改。歌手甚至会在原来框架的基础上根据自己的思路进行重新创作。

在此，我们引入口头诗学理论，以便对此作出更有说服力的解释。

由美国学者米尔曼·帕里和他的合作者阿尔伯特·贝茨·洛德创立的口头诗学尽管始于对荷马史诗的研究，但对中国民间歌谣也同样适合，正如研究者指出的那样："所有不同的样式也都被纳入了学者们审慎详察的视野之中，以期寻绎出对口头传统的理解：除了史诗，还有抒情诗、民谣、颂诗、历史性韵文，以及难以计数的其他样式，在世界范围内，均已成为一种空前增长的专门性书目中的研究主题。今天我们可以自信地说，口头理论的方法，已经影响了散布于五大洲的、超过了 150 种彼此独立的传统的研究。我们还可以毫不含糊地指出，这一学说已经决定性地改变了理解所有这些传统的方式。"[29] 显然，我们对民间歌谣的理解也在此改变之中。

洛德认为："口头诗学与书面文学的诗学不同，这是因为它的创作技巧不同的缘故。不应当将它视为一个平面。"[30]

洛德在分析史诗《迪杰尼斯·阿克里塔斯》时表示，"一篇口头史诗的两次表演，不可能在文本层面上一模一样，这一点已是不言而喻的。就口述文体而言，这种文本的差异是典型和基本的。而且，正如我们早已指出的那样，如果两个文本几乎一字不差地相同，那么，它们便不可能是口头叙事的版本，其中的一个必定是另一个文本的复制品或背诵本，或者两者都来自于同一个原始文本。"[31] 他这里是针对口头史诗而言，同样，针对口头的非史诗作品，比如歌谣，也同样如此。

《故事的歌手》中有这样一个故事，歌手阿夫多·梅杰多维奇从穆明·弗拉霍夫利亚克那里学习了《贝契拉季奇·梅霍之歌》，然后对这首作品进行了改变扩充，"他将穆明的歌从 2294 行扩充到 6313 行，几乎是原来长度的三倍。这种扩充当然涉及到许多细节的添加。"[32]

对篇幅很短的口头歌谣来说，尽管没有到这么夸张的地步，但扩充也是必然的。

首先，我们可以看一些民歌的组诗或长篇作品。

仍以前述"送郎"主题为例，和前面《淮南民歌集》《桐城时兴歌》的简省完全不同，在湖北昭君故里兴山流传的一组《送郎歌》，竟然有 23 首之多。这组诗从"一更里来天又黑"的等待开始，到"半夜三更等冤家"的相会，再到"五更里来天将明"

的送别，共用了 5 首五句子作为铺垫。之后 18 首重点演绎送别，除第 6 首外，其他 17 首均以"送郎送到 ***"开头，极尽铺陈之能事。一是演绎送别途中的各种戏剧化乃至凶险的场景，比如送郎时遇到叔公、公婆、大蛇、老虎，所幸最终都能化险为夷。二是送郎的地点也因情而设，让人惊叹的是，在送到"大门外"之前，送郎的场景居然有八处之多，从榻板头、箱子角、枕头边，到房门口、火笼坎、堂屋中，再到神龛边、天井角，几乎是一步一景、一景一送。出了大门，送别的空间迅速拉开，从阳沟里、稻场边、大桥头、柑子山，再到石家窝、黑松林、蓼叶塆，几个转换之后，已经送到了两百里开外的秭归县，以"不知几时再会面"结束，形成一个完整的叙事结构。歌手的创作能力在这组《送郎歌》中体现得淋漓尽致，空间的处理上即如邓石如之"疏处可以走马，密处不使透风"，叙事、抒情的处理上可谓收放自如，押韵则以起句最后一字为调。如第 19 首：

> 送郎送到柑子山
>
> 摘个柑子十二瓣
>
> 郎六瓣来姐六瓣
>
> 郎说苦来姐说酸
>
> 咸甜苦辣各一半

这种空间转换的手法，和冯梦龙《挂枝儿·别部》中的"送别"如出一辙。这组民歌共 7 首，每首均以"送情人直送到 ***"引起，地点分别是门外儿、花园后、城隍庙、无锡路、丹阳路、河沿上、黄河岸，路程更辽远了。

> 送情人直送到黄河岸，
> 说不尽话不尽只得放他上船，
> 船开好似离弦箭。
> 黄河风又大，孤舟浪里颠。
> 远望艄竿也，渐渐去得远。

冯梦龙评价此作品，"只写行人之景，而送行者之凄凉，隐然言外，文品最高。"[33]

如果将某个主题的演变比拟为一条河流，那么，有的只是细小的发端，有的则是宽阔的下游。民间将《送郎歌》这种大幅度铺排的方式称之为"排"和"串"，十首同类的五句子组成"一排"，"十排"五句子又构成"一串"，目的是"为了在对歌或赛歌中显示能耐和实力"，是"一种特殊的分类组合"。[34] 当然，如果将之看成一个整体，看成单个歌手对"送郎"类型山歌的天才演绎，而不是两个歌手之间互动型的对歌，显然更有助于理解口头歌谣的特征。

单篇五句子在流转之时，也同样被歌手独具个性的创造能力所改造。这种改造，可以说完全是自然而然的、发自内心的，犹如风雨对岩石峭壁的漫长雕琢，并最终赋予了歌谣恒久的生命力。

不妨以女子（情姐、乖姐）望槐（怀）的主题为例。在江西九江、此主题的山歌至少有两个版本，流传在庐山赛阳的这个版本应该时间在前：

　　情姐门口一棵槐

　　（山歌·隔山丢）

　　情姐门口一棵槐
　　我手攀槐树望我郎来
　　娘问女儿你望什么
　　我望槐花么月开
　　我不好说是望我郎来

　　这个版本的句式尚未整齐，如果去掉第二句及末句的四个"我"字、第三句的"你"字，则每句都是七言了。由此推断，该版本可能是类似主题的原始版本或者说较早的版本。流传到同属九江的永修白槎，句式已经变成七言五句了：

　　靠到槐树望郎来

　　（山歌·车水锣鼓）

　　乖姐门口一棵槐
　　靠到槐树望郎来
　　娘问女儿望什么

　　我望公槐是母槐

　　媳妇说了望郎来

　　这两个版本都存在一个问题，亦即其在人称变化上，歌者的第三人称与歌中"女儿"的第一人称并置，在叙述上存在瑕疵，这应该也是初创期不够完善所致。第一首山歌在演唱时，首句情姐后面是有"我"字，证明其一、二、四、五句均为第一人称，但第三句是第三人称的概述。永修版除第四句为第一人称外，其他四句均为第三人称，同时又引入了另外的人物，由"媳妇"说出"女儿"望郎来的心思，情节更戏剧化，效果上却过犹不及。

　　流传到湖北，可以看出原始版本的瑕疵都被修正了，句式也更为整齐。在湖北兴山，以"姐儿门上（前）"的套语开篇，衍生出系列作品，比如"姐儿门上一树梨""姐儿门上一块菜""姐儿门前一树桑""姐儿门前一条河"。

　　姐儿门前一棵槐

　　手扳槐树望郎来

　　娘问女儿望什么

　　我望槐花几时开

　　差点说出望郎来

　　这个版本的有两个方面值得注意。一是手的动作，"手攀"的动作改为"手扳"，在后面的版本中，我们注意到，"手扳"

的动作还会再次变化，同时动作的对象也从槐树变为其他物体了，以便更加细腻地表现场景。二是在人称处理上，可以将最后两句作为转述的引语，那么人称的问题也就迎刃而解。

在湖北，这首山歌在流传中变异出多个版本，比如：

高山岭上一树槐
望到望到长起来
娘问女儿望什么
我望槐花几时开
差点说出望郎来

可以看出，变化是在前两句，"高山顶上"的意境比"姐儿门前"更为开阔，"望到望到长起来"似乎更证明相望之长、等待之苦。

这首歌谣流传到三峡，再次发生变异：

高高山上一树槐，
手把栏杆望郎来，
娘问女儿望啥子？
我望槐花几时开。
稀乎儿说出望郎来。

它的前两句综合了湖北两个版本的优点，首句在"姐儿门前"与"高山岭上"中选择了"高山岭上"并做了适度调整，第二句在"手扳槐树望郎来"与"望到望到长起来"选择了等待不那么漫长的、更直接轻快的"手扳槐树望郎来"，场景又从树下移到了房前（手把栏杆）。最后一句，"稀乎儿"是三峡一带的方言，"险些、差点儿"的意思，当地人唱起来更感亲切。

继续向西传播，这首山歌流传到四川，第三次发生变异，最明显的莫过于演变为四句：

高高山上（哟呵）一树（喔）槐哟喂，
手把栏杆（啥）望郎来哟喂；
娘问女儿呀"你望啥子哟哟喂呃？"
"我望槐花（啥）几时开哟喂。"

这是外在形式的变化。同时，语气词从"稀乎儿"等换成了更加四川本地化的"啥子哟"。

一路沿长江上溯，这首歌谣流传到云南，成了一首很有名的小调《雨不洒花花不红》。这首小调分两段，第二段和四川版的《槐花几时开》相近，但又有细微区别，一是"啥子哟"等带有川腔特色的语气词没了，二是"手把栏杆"变成了"手把槐花"，也许，在云南的歌手看来，和"手扳槐树""手把栏杆"相比，"手把槐花"更具美感与诗意：

高高山上一树槐，
手把槐花望郎来。

娘问女儿望什么，

我望槐花几时开。

小调的第一段，有论者认为"歌词非常独特"[35]：

哥是天上一条龙，

妹是地下花一蓬。

龙不翻身不下雨，

雨不洒花花不红。

其实，这段歌词尽管独特，但也有类似的版本。试看《淮南民歌集》第2首：

郎比天上一条龙，

姐比后园月月红；

龙在天上不下雨，

干死姐姐月月红，

月月开花落场空。

如果进一步追溯，则它的原型均可在江西九江的山歌中找到。先看"龙不翻身不下雨"等两句的渊源，与九江庐山山歌《日头起山照石崖》的第三、四句何其相似，也可看出在流传过程中第五句遗失的痕迹：

日头起山照石崖，

石崖底下花儿开，

风不吹花花不摆，

雨不洒花花不开，

姐不缠郎郎不来。

这首山歌在九江瑞昌还流传着《姐不风流郎不来》的版本：

日头起山照石崖，

石崖呂底牡丹开，

风不起来是花不谢，

雨不落来花不开，

姐不风流郎不来。

再看"哥是天上一条龙，妹是地下花一蓬"的渊源。有关郎与姐、天上与地下的互比句式，在九江山歌中都能找到原型。如《有心想郎郎不知》的前两句：

郎是天上一枝梅，

姐是地下向日葵。

或者《有心人望有心人》：

郎是天上一颗星，

姐是地下一个人。

郎在天上望着姐，

姐在地上望着星，

有心只望有心人。

郎有心来姐有心，

哪怕山高水又深，

山高也要踩出路，

水深定有摆渡人，

只要我俩是真心。

　　我们不无惊讶地发现，《有心人望有心人》这首山歌的两章，几乎就是《淮南民歌集》中开篇两首作品的合体。显然，在流传过程中，原本一首山歌被分为了两首。

　　回到"姐儿门前一棵槐"这一主题，在淮南民歌中也被反复咏叹。《淮南民歌集》中的第91—93首即为"小乖姐门前一棵柳"、"小乖姐门前一棵槐""小乖姐门前一棵椿"，类似的还有第88首"小乖门前一座窑"。试看第92首：

小乖姐门前一棵槐，

手把槐树望郎来；

干哥问她望什么，

　　望之槐花多咱开，

　　她真心实意望郎来！

　　不妨再将这几首歌谣作横向比较。其一，五句体和四句体各有各的好，不能说五句体就一定强过四句体，但五句体当中"差点说出望郎来"比"她真心实意望郎来"要好，原因也很简单，"差点说出望郎来"是以女子的口吻描摹她的心理活动，而"她真心实意望郎来"是第三人称的角度概述。其二，"娘问女儿望什么"要比"干哥问她望什么"要好，娘是过来人，问女儿很自然；哥本来就是"情郎"的代名词，干哥放在这里显然情境不合。其三，为什么是望一树"槐"居多？首先，槐树较为常见，为吉祥之树，"门前一棵槐，财源滚滚来"，庭前植槐可取其荫，槐花香味清甜又可食用，槐花之绽放正如女子怀春；而柳树不及槐树高大，且"屋后不栽柳"，柳叶味道淡苦，折柳枝乃送别之意，与"望郎来"的意境不合；椿树又次之，气味难闻，"椿"和"蠢"又谐音，尽管可能是见景生情之实景，终缺乏艺术上的美感。在九江，尚有"情姐门前一树梨／背靠梨树望郎回"的五句山歌，情郎既"离"而望其"回"本在情理之中，这是利用谐音手法了，但不巧的是，落脚点本是"回"而非"离"，故"一树梨"传播不广。

　　这种演变，其变化还是局部的，还有一些歌手会根据当地的风土人情而作调整，比如刘半农采集到的《江阴船歌》：

　　结识私情隔条河，

手攀杨柳望情哥。

娘问女儿"你勒浪望舍个？"

"我望水面浪穿条能梗多。"[36]

这首船歌，和前面实际上有异曲同工之妙。

最终，对那些熟知各种歌谣的歌手来说，不同歌谣之间的移用嫁接也就非常普遍，真可谓"运用之妙，存乎一心"。如湖北兴山流传的五句子《姐儿门上一树梨》，实际上就是前面"姐儿门前一棵槐"和"三个乖姐一般齐"两种主题的结合：

姐儿门上一树梨

三个大姐一般齐

前头走的大幺妹

后头走的小幺姨

中间一个是我的

"三个乖姐一般齐"指的是情郎仅凭某个细节或者物件就一眼找到了他的意中人的模式，类似前面《看见她》第 16 首作品，"穿绿裤的是大姨子 / 穿红裤的就是她"。《淮南民歌集》第 34 首，男子听到女子的一声咳嗽便知了，"咳嗽一声头一低 / 那个小乖姐是俺的！"而在兴山，尽管辨识的难度提高了，但男子仅仅是看了一眼就知道他的意中人是哪个了。

不同主题的综合运用是很常见的，套用音乐学者约瑟夫·乔丹尼亚在《人为何歌唱——人类进化中的音乐》中的说法，这关系到"音乐文化中的稳定与易变元素"的思辨，他认为：

"每种文化中都有若干舶来品。对我们而言最重要的是在转换过程中，音乐会根据接受文化固有的规则做一些改变。……文化中的可变元素是演绎了什么（旋律可借自不同的文化），而稳定的成分是如何演绎（遵循文化固有的规则）。每种音乐文化都能从别种文化中引入歌曲与旋律，当接受文化的基本规则未被改变，则新来的旋律会被接受文化自然地吸收。"[37]

这种接受与变化，用在五句子这种形式上，也可以理解为，并非一定是在接受五句子这种形式的基础上对其进行局部的改变创造，也可以是，当地本有的某种形式在演变的过程中趋向于五句子这种结构，外来五句子的传播无疑加快了这一趋势。

比如江西兴国山歌素有"四、六句"之称，但又产生了"五句板"这种重要形式。"五句板"形式的最初形成，有研究者认为"大概由三叠句演变过来的"，而三叠句则又是"有的歌手唱到兴致勃勃不合律时"创造出来的，"把两句话分作三句话来唱"。[38] 当然，我们不可能认为歌手在演唱时都存在不合律的情况，而更应该理解为，这种偶然的、即兴的创作，在传播而至的五句子的影响下，已经变成一种自觉的创造行为——对那些经验丰富的山歌大师来说，更是如此，好比拗律之于杜工部。"五句板"也随客家人流传到梅州、闽西。梅州的五句板又有所变化，像《梁四珍与赵玉麟》，其首句也可以是三、五字不等。据介绍，梅州山歌大师周天和从22岁开始先后创作了《张郎休妻》《春催杜鹃》等63个五句板长篇传本，钟柳红能熟唱100多个竹板歌传本，还自创了《贺新年》等作品。[39] 他们的创作，显然可以用口头诗学理论来解释。

第五节　五句体歌谣的扩展艺术

民间诗歌中的五句体也在不断发展之中，它自我繁衍，又在相互借鉴吸收的基础上不断深层次演化，对内容进行扩展，犹如华夏民族文化基因中诗歌记忆的漫长发酵。这种扩展，既体现为单篇作品扩展为一组或多组作品，也体现为单篇作品在句子数目上的扩展。

先看一个简单的扩充。

九江武宁民歌《一把扇子二面黄》：

一把扇子两面黄，
上面画着姐和郎，
郎在这边瞧着姐，
姐在那边望着郎，
姻缘只隔纸一张。

这首民歌在河南信阳可见到四个版本，其中三个版本各五句，一个版本五句半。为便于对照，考察山歌在流传过程中对字句的改造及扩展，分别罗列如下：

小小扇子二面黄，
一边画姐一边郎，
左扇一下郎望姐，
右扇一下姐望郎，
姻缘只隔纸一张。

一把纸扇两边黄，
一面情姐一面郎，
扇子一伸郎看姐，
扇子一合姐看郎，
两个相隔纸一张。

一把扇子二面黄，
一边画姐一边郎，
左扇一下郎望姐，
右扇一下姐望郎，
姻缘只隔纸一张。

小小扇子二面黄，
一边画姐一边郎，
左扇一下郎望姐，
右扇一下姐望郎，
姐望郎，

姻缘只隔纸一张。

不难发现,与原始版本相比,除了主题不变之外,几乎每个地方的字词都可以改变,即便是关键句"姻缘只隔纸一张"的"姻缘"也可以避而不说。最后一个版本,它在第四句之后作了一个小小的停顿,重复了第四句末尾三字,让流畅的五句山歌别有一番抑扬顿挫的意味。

在湖北,扩展的方式又改变了,从对个别字词或句子的局部调整,变为对内容本身的大幅度改造。《昭君故里五句子歌谣选》收录了两组相关作品,一组是以《一把扇子二面黄》为主题,四首歌谣写情妹与情哥的爱恋,其中一首的首句调整为"一把扇子青如墨",这四首歌谣的内容都与信阳版相差甚远;另一组作品以《一把扇子二面白》为主题,六首作品,其中前五首的首句就在扇子的数量上做文章,类似十二月、十二时辰的表述,扇子的数量从二把到五把不等,颜色除了黄之外还可以是青或者蓝。

如果说这还仅仅是局部扩展的话,那么,还有一种称之为"慢赶牛""抢句子"的形式,主要是在第三、四句对内容进行了较大幅度的扩充,这在安徽、湖南、湖北都很常见。

如流传在安徽金寨的民歌《眼望乖姐靠门庭》:

眼望乖姐靠门庭,
头上青丝赛乌云。
眉毛弯弯初三月,

眼睛好似过天星，

赛天灯，

赛地灯，

赛金灯赛银灯，

赛他三八二十四个琉璃灯，

小乖姐生得爱坏人。

这首民歌是在第四句后面增加了以三字句为主体并逐渐繁复变化的四句，特别是增加的第四句，又在民间俗语"管他三七二十一"的基础上再做变化，显得十分诙谐机智。湖北江陵民歌《喊我情哥吃火烧》则更进一步，它原本规整的五句体形式应该是这样的：

郎在高山薅栗苗，

姐在家中把火烧。

脚踏门坎手叉腰，

喊我情哥吃火烧，

看我火烧泡不泡。

但它却在第二、三句后总结增加了十个"三言垛句"，第四句突破了七言句式也更散文化：

郎在高山薅栗苗，

姐在家中把火烧，

磨里推、

箩筛摇、

冷水调、

猪油包、

锅里烙、

灶里烧、

长棍打、

短棍捞，

脚踏门坎手叉腰，

口里喊、

手一招，

喊我的情哥回来吃火烧，

看我火烧泡不泡。

　　显然，长短句结合的方式不但在形式上别具一格，节奏感极强，戏剧性也非常明显，我们重温了传统"三三七"句式的魅力，也仿佛听到年轻女子呼唤情郎的声音，看到她俊俏而夸张的表情。两相比较，原来的五句倒显得味同嚼蜡了。

　　与齐整的三言垛句相比，还有更复杂的形式。这种演变，既有地域上的跨度，更需经过漫长时代的积淀。为方便起见，我们将在下一节，通过一个历经千年演变的个案加以详述。

第六节　五句山歌之起源探析：九江山歌

如前所述，五句体有很多种，其起源最早可以追溯至《诗经》，但如果就五句山歌这种特例而言，显然就没有这么久远了。就其时间轴与地域轴而言，各种说法都有，但莫不是以攀远亲为荣，以本地为发源正宗，或兼而有之。而其起源之地，更是早已淹没在历史的风烟之中。

时间方面，有的直接追溯到《诗经》，"'五句子歌'最早见于《诗经》……至少在春秋战国时期荆楚大地已经有五句歌出现了。"[40]

还有的认为史游《急就篇》的开篇诗"急就奇觚与众异"、《巴谣歌》"神仙得者茅初成"是比较典型的五句子，《并州歌》"士为将军何可羞"说明了"这种体式的成熟"。[41]

有的则明确表示"尚无确切的考究。但从古代民歌和诗歌，可以推论其历史的悠久，并看出是历代相传的。""两千多年前就有了'五句子'歌，并一直在群众中流传；甚至有的文人（如·魏明帝、梁·沈约、唐·李白等）也模仿其结构形式作诗。"[42]按此观点，最少也在西汉末年之前了。

但这种追溯到《诗经》或者"自古以来"的说法并不可靠。首先，《诗经》以四言为主，尽管间或有五言、七言，但彼时之五言、七言远未成型，而五句山歌则以七言为主，也有一部分是五言。五言诗直到东汉末年才出现《古诗十九首》这样的成熟之作，七言诗直到唐代才真正发展起来，不能说民间发展出非常成熟的五言、七言，文人作品却完全脱离现实，而在流传下来的经典作品中却毫无反映。其次，《诗经》、汉乐府的押韵是相对自由的，而五句山歌押韵方式显然更受近体诗影响。复次，五句子的关键之处是第五句出彩，《诗经》相关篇目显然不具备这个特征。以此衡量，则发现非但追溯《诗经》的说法过于牵强，即便是乐府中的《并州歌》等五句体篇目，也与五句子完全是两回事，说李白等人模仿五句子形式作诗则更是穿凿附会。

就现有史料而言，五句山歌最早可以追溯至唐朝，而兴盛于明代。所以，对下面这个论断，"'五句子'的形式最早见于明朝冯梦龙编的《山歌》，鄂西的'五句子'可能是由吴越之地流传而来。"[43] 因为它的上半句将五句子诞生的时间推后了数百年，所以我们只能勉强认同它的下半句，但它的下半句实际上也是语焉不详，因为牵涉到桐城、鄂西、吴越等五句子传唱的三大区域，而指向五句子发源地究竟在何处的问题，但作者只是泛泛而谈"吴越之地"。如果是从吴越之地流传而来，那么具体是在吴越何地？与《桐城时兴歌》有何关联？

实际上，明代民歌的地域特征较弱，而且与该地域的经济水平及文化积淀有关。"尤其是万历前后，南北民歌合流的声势压倒一切……在描述万历前后民歌流行的大致情形时，我们会将着力点放在长江流域及其以南地区，重点是江、浙、闽、赣一带，这些地区良好的经济基础和深厚的文化积淀，是张扬个性的民歌得以存在和流行的前提条件。"[44]

　　由于民歌资料的散失以及在现代的陆续发现，我们往往又有
了先入为主的印象。《桐城时兴歌》的发现，顾颉刚、胡适等人
的力推，谈及五句子，人们往往又以桐城为起源，"桐城体"遂行，
则此"桐城体"，虽命名晚于桐城古文派，描述的对象却早在明朝。
加之刘半农对淮南民歌的搜集整理，无疑又加深了这种七言五句
民间歌谣源自安徽的印象，"桐城体"更成为当仁不让的代表。
诚然，文化界的名流相比民间歌手，其话语权和影响力不啻于天
上地下。所以，尽管湖北省的广大区域到处流传五句山歌，河南
信阳、安徽淮南也莫不如是，但就知晓程度而言，"桐城体"更胜；
河南信阳和湖北多地的研究者就起源问题各有争执，认为本地为
正宗，但面对冯梦龙、胡适等大佬，对"桐城体"的命名却又毫
无还手之力。

　　这可以从几个层面来加以解释。

　　首先，冯梦龙编纂的《山歌》，收录的是明代万历年间苏湖
一带的民歌小调，桐城本不属于此地区，标注桐城这个地名实为
区别不同地域民歌之故。也就是说，对《桐城时兴歌》的命名，
实质上是文人的有意识的行为。刘半农搜集家乡的民歌，直接命
名为"淮南民歌"也是一例。但对于乡间百姓而言，则地域之名
并不重要，并无特别强烈的地域观念，他们更多地从这种形式的
特点命名，如"五句子""赶五句""慢赶牛"等等。这并不奇怪，
就像文人很自觉地为自己作品著名强调独创性一样，民间作品大
多只能标注无名氏，是集体的创作，毕竟每个歌手都可能在他演
绎的时候加入新的变化，引入新的歌辞，只要流传，就有新的可能，

因而我们无从知晓或者确定某一个确切的名字。

其次，命名有先后及准确与否的问题，命名早自然占有优势，同时，鉴于年代久远，还要考虑散失因素。明代民歌遗失严重，"集中收录民歌作品的专门集子，今天已难以见到，明代民歌更多地是以'寄生'于各种戏曲选集的形式，被无意识地保存下来。"[45]那么，有的尽管命名时间早，但一旦遗失，则对现代人而言几近于无。比如前引的《精镌汇编杂乐府新声雅调大明天下春》，尽管年代早于冯氏《山歌》，但《山歌》之发现正值歌谣运动如火如荼之际，而《大明天下春》遗失恒久，直到1989年3月才由俄罗斯科学院李福清在奥地利国家图书馆发现，国内直到1993年6月才出版，故而其中的《弋阳童声歌》虽也标注地名，但影响则远未能起。与《大明天下春》同样遭遇的，还有《乐府万象新》《乐府玉树英》。

复次，采用的语言形式也决定了其传播范围。比如冯氏《山歌》的内容大多采用苏州湖州一带的方言，且是散文化句式，而《桐城时兴歌》则采用了与近体诗相似的七言五句的韵文形式，两者谁更利于流传是不言而喻的。不妨看《山歌》卷一"私情四句"中的几首作品。

东风南起打斜来，
好朵鲜花叶上开。
后生娘子家没要嘻嘻笑，
多少私情笑里来。

这是第一首《笑》，非常经典的作品，方言用的很少，除了第三句，都好理解，也能看出其中的意味。但如果方言多了，对不懂方言的读者来说就云里雾里了，也难以看出这样的山歌能唱出什么意思又有什么情趣。比如下面这首：

> 约郎约到月上时，
> 那了月上子山头弗见渠。
> 咦弗知奴处山低月上得早，
> 咦弗知郎处山高月上得迟。

至于像"弗如做子灯煤头落水测声能"之类的方言句子，外人更是想不懂装懂也难。这就不难解释，尽管不少五句子也受《山歌》影响，但因为方言阻隔之故，《山歌》中的原作反倒不为人知。

那么，现在的问题就是，"桐城歌"的命名是否恰当，如果恰当，它是否就是最初的源头？它何以能在明朝中晚期盛行？

关于"桐城歌"，郑振铎在《明代的时曲》一文中引用了明代沈德符《顾曲杂言》中的一段"关于时曲的很重要的记载"："……嘉、隆间，乃兴《闹五更》《寄生草》《罗江怨》《哭皇天》《干荷叶》《粉红莲》《桐城歌》《银丝铰》之属，自两淮以至江南，渐与词曲相远。不过写淫媟情态，略具抑扬而已。"[46]

桐城歌尽管是俗曲，如前分析，却颇有文学色彩，与纯粹的乡间小调俚语俗话并不相同，而是吸收了近体诗乃至词曲的一些特点，否则也不易为文人学士接受而刻印传播。但在桐城歌兴起之际,桐城却并非古文派之后的桐城那样文化底蕴深厚,实在难以产生像桐城时兴歌这样的民间作品。正如研究者从《桐城县志》了解到的那样:

唐以前的桐城(同安),"其俗信鬼神,好遥杞,父子或异居,人性劲躁"。直至隋平陈之后,才勉强"近于礼"。可以说,唐以前的桐城,在文化上几乎无可取之处,如此灿烂、丰富的桐城歌缘起于唐之前是不可想象的。自唐至宋,桐城依然是"行问啬夫多不记,坐论公瑾少能谈"(王安石诗句)的文化边缘地区……元末天下大乱,桐城一带十室九空。[47]

上文作者分析,桐城之所以在明代能够人文勃兴,"与洪武年间的瓦屑坝大移民有莫大的关系。洪武之后,徽州移民经瓦屑坝渡江而来,不仅改变了桐城族群的构成,更重要的是带来了崇文重教、耕读传家的思想,对桐城文化产生了划时代的影响。"[48]

遗憾的是,作者尽管找到了"瓦屑坝大移民"的方向,却将这种影响归结于"洪武之后,徽州移民……",有点囿于地域文化的牢笼了。实际上,"徽州移民"仅是其中极小的一部分,而且也不是导致七言五句形式民歌必然出现的原因。

要找到桐城歌的出处,还得将视野回到瓦屑坝大移民。

瓦屑坝大移民的主力军是江西移民。综合曹树基《简明中国移民史》等研究资料来看,就江西而言,当时移民主要分两个方向:一是自东向西流入湖广(当时包括湖南、湖北),其中移民湖南主要通过陆路，移民湖北主要通过水路也即是长江汉水；另一个方向是沿着徽饶水道到安徽。据测算，洪武年间，江西移民超过210万，其中饶州府近100万。据考证，至洪武二十六年（1393年），江西人数898万，湖广人数470万，其中移民约285万人，江西籍移民约208万，粗略地说，在移民之前，江西人数约为湖南湖北总人数的5倍左右。而江西移民，则主要出自物产富庶、人文鼎盛的饶州、南昌、吉安、九江四府，瓦屑坝所在的鄱阳县即当时饶州府治所在。江西当时富庶程度如何？时间稍微前移即可看出，两宋时期，有"天下财富半江西"之说，人才、物产都远超各省。南宋洪迈《容斋随笔》转引了吴孝宗《余干县学记》中的文字："江南既为天下甲，而饶人喜事，又甲于江南。"[49] 及至元初元世祖至元二十七年（1290年），根据《元史·志第十·地理一》记载，当时全国"南北之户总书于策者，一千三百一十九万六千二百有六，口五千八百八十三万四千七百一十有一，而山泽溪洞之民不与焉。"[50] 今江西范围的人口超过1400万，接近全国四分之一，其中饶州路人口403.66万人，为全国185路之第一，吉安222万人居第五，龙兴（今南昌）148.60万人居第七。朱元璋当时与陈友谅鄱阳湖大战，即是依靠江西民众特别是饶州百姓的支持才获胜的，饶州之富庶助了他一臂之力，却也让他忌惮，此乃瓦屑坝大移民发动者的深层次的心理原因。

众所周知，江西自唐宋以来即是儒释道文化重镇，也是文章诗词大省，王勃"物华天宝、人杰地灵"之誉实不为过。究其原因，在于江西重视文化教育。即以书院为例，作为官学的补充乃至升级版，最能提升民众整体文化素质和思想修养，为经典文化之传承与新生文化之创造提供丰沃土壤，奠定千载繁盛之根基。作为古代书院的发源地，千余年来，江西书院总量为全国之首，据统计，唐朝设置书院44所，江西15所；宋代623所，江西229所；元代408所，江西94所；明代1571所，江西287所；清代3847所，江西991所。书院质量更不遑多让，庐山白鹿洞书院、吉安白鹭洲书院、铅山鹅湖书院、南昌豫章书院，并称"江西四大书院"，其中白鹿洞书院为天下书院之首，《白鹿洞书院揭示》为天下书院立规定制，影响深远；鹅湖书院因朱陆讲学而名垂千载，"鹅湖之会"于中国文化之功甚于兰亭集会；白鹭洲书院延续八百年，江万里、文天祥之文章节义实为高标巨纛。巧合的是，这四大书院，正好地处前述江西移民之四大重镇饶州、南昌、吉安、九江四府。

在这种文化氛围的孕育下，江西雅、俗文化方面的发展，比如诗词文章、宗教哲学、史学、戏曲等，至少在宋元明三朝都是一骑绝尘，其开宗立派、衣披群生之恢弘气象，非今日之可揣度，而江西周边诸省份之发展大多在明清或更后。也正因此之故，洪武初年，朱元璋考虑战乱后发展问题，自然就把江西作为人口输出的省份之一，瓦屑坝大移民伴随人口输出的就是文化输出。作为旁证，赣方言的使用范围除江西本身外，还包括湖南、湖北、安徽、福建等省的部分地区。显然，五句山歌尽管是民歌，属于俗文化的范畴，但却不是神话中从石头里蹦出的孙猴子，而仍是真实的文化的产物，其中蕴含的丰厚的文化底蕴，从历史观点来看，在当时只有江西具备这个条件。

"山歌"一词的最早使用，据日本学者大木康考证，或许最早见于中唐诗人李益的诗作《送人南归》：

> 人言下江疾，君道下江迟。五月江路恶，南风惊浪时。
> 应知近家喜，还有异乡悲。无奈孤舟夕，山歌闻竹枝。

"山歌闻竹枝"是一个倒装句式，即"闻山歌竹枝"，"山歌"实际上等同于"竹枝"，即竹枝词，巴渝地区的民歌。从现在流传下来的文本看，竹枝词形式是七言两句或者四句，鲜有例外，和我们谈到的五句山歌并无关联。

之后，使用"山歌"一词的，是白居易的作品，而且都是写于他贬谪江西九江期间。

> 浔阳地僻无音乐，终岁不闻丝竹声……
> 岂无山歌与村笛？呕哑嘲哳难为听。今夜闻君琵琶语，如听仙乐耳暂明。
>
> ——《琵琶行》

> 江果尝卢橘，山歌听竹枝。相逢且同乐，何必旧相知？
>
> ——《江楼偶宴赠同座》

> 山歌猿独叫，野哭鸟相呼。……渭北田园废，江西岁月徂。

——《东南行一百韵，寄通州元九侍御、澧州李十一舍人……窦七校书》

白居易诗中的"山歌"，就和五句山歌有关联了。

众所周知，白居易认为诗歌"合为事而作"、"惟歌生民病"。但这正是典型的士大夫的思考方式，他是站在"生民"之外将"生民"作为他关注的对象，他的作品仍属于传统的文人作品范畴，与民间歌谣属于不同路数。贬谪给他带来了经久不息的痛楚，"我本北人今谴谪，人鸟虽殊同是客"，司马又本是闲职，因而他在九江期间情绪低落，几乎是毫无作为。我们知道，山歌即是徒歌，是老百姓随意哼唱的，并无所谓的音乐伴奏，这对习惯丝竹之声的白居易而言，未免简陋；加之赣方言本来就难懂，自然难让白居易感兴趣，"呕哑嘲哳"成了他对九江山歌挥之不去的印象。而"岂无"这个词也暗示了当时山歌已成为普通百姓寻常的娱乐活动，否则就不是"岂无"而是"偶尔"了。一种歌调从发端到兴起再到流行成为日常，而且又是有别于传统诗歌的形式，这个过程的时间肯定不短。《琵琶行》作于元和十年（815年），那么，九江山歌的历史，最保守也在八世纪末。

白居易的这几句诗，旁证了九江山歌早在唐朝中期就流传的悠久历史。如今，在九江仍旧流传着这样的五句子：

唐朝起来宋朝兴，
自古流传到如今，

祖祖辈辈把田种，

世世代代传歌声，

唱支山歌解心闷。

　　这和白居易的诗歌可以说是相互印证。除此之外，明代《九江府志》也有"山歌本是古人留，不唱山歌忘了祖"的记载。这首山歌分两节，流传至今：

我在此处唱一声，

我今唱歌有好音，

唱得好来你就听，

唱得不好你莫嫌，

我唱山歌不卖钱。

山歌本是古人留，

留给后人解忧愁，

唱起歌来开开心，

管它忧愁不忧愁，

山歌不唱忘了祖。

　　四库全书中有关于《九江府志》的介绍，"考九江郡志，创修于明弘治年间太守童潮……"根据记载，童潮（1437—？）于成化十一年（1475年）参加殿试，于弘治三年（1490年）修建濂溪祠以纪念理学大师周敦颐，修《九江府志》当在此前后。仅从这条记载就可看出，九江山歌实在要早于桐城歌。原因在于，作为官方编纂的地方志，收录其中的条目必求精准确切，九江山歌收录其中，证明早有流传，至少在当地广为人知方能收录。而桐城歌，如前所述，"……嘉（靖）、隆（庆）间，乃兴"，嘉靖在 1522–1566 年，隆庆在 1567–1572 年，"嘉、隆间"差不多就是嘉靖末年隆庆初年这样一个时间段比如 1560 年，那么，不难看出，在九江山歌于 1490 年左右已成为官方视野中的历史的六七十年后，桐城歌才开始兴起，进入民间视野，而且记载也非常之少，两者的先后不言而喻。

此外，九江山歌显然受地域文化之影响，而又以南唐文化为最。为何这么说呢？我们前面谈及词牌时曾经提到，文人词初发于中唐，成熟于唐五代，其中，南唐词特别是冯延巳、李煜的词作更是影响深远。南唐政权始于公元 937 年，终于公元 976 年，其疆域"包括今江苏大部分地区、安徽淮河以南、湖北东部、福建西部及江西全境。但保大十二年（公元 954 年）后，逐渐丧失长江以北、淮河以南十四州，江西遂成为其立国最重要的地域依托。"[51] 公元 961 年，南唐迁都南昌，江西的重要性又进一步增强。正是在此意义上，"江西地域文化在实质上是南唐文化的'嫡派传人'。故而南唐君臣所遗留的词学传统，亦是江西地域文化的一部分。"[52]

南唐词学传统对江西文化的影响，最为彰显莫过于其为晏殊父子、欧阳修等江西词人创作提供了最早的词作范本。诚然，南唐词的影响是普遍性的，但在当时的流通条件下，似乎不是每个人都能接触到他们的作品，而对北宋前期的江西籍词人而言，其受南唐词的影响，"主要原因应当是：一，地域上的便利，使得他们相较于其他地域的词人，有更多的机会接触到南唐词；二，基于桑梓之情所产生的亲切感，使得他们更愿意更自觉于承祧南唐词的传统。"[53] 由于冯延巳曾在保大六年（948 年）至保大九年（951 年）任抚州节度使，这无疑就加深了他对江西词学的影响。叶嘉莹评价："罢相当年向抚州，仕途得失底须忧。若从词史论勋业，功在江西一派流。"[54] 显然，晏殊、欧阳修等人沿袭南唐词风，并非偶然，即便词风与之不同的王安石，也崇尚冯延巳的词作，"《阳春》一集，为临川、珠玉所宗"。[55]

　　同时，南唐词学传统显然也对包括九江山歌在内的江西俗文化产生重要影响。词起源民间，又对山歌等民间文艺发生影响。南唐词以《鹊踏枝》《南乡子》《蝶恋花》《临江仙》等词牌为主，形式上以五句、七言居多，内容上侧重"男女情事"，这对原本就流行的九江山歌显然会造成影响，推动其在七言五句形式方面的完善。可以推断，九江山歌之"唐朝起来宋朝兴"，始于中唐，大约八世纪中后期，最晚也在白居易创作《琵琶行》之前的数十年；至南唐，受南唐词之熏陶影响，又得到很大的发展；至北宋，由于江西词派的崛起而达于兴盛。包括后面提到的《弋阳童声歌》的用典，显然也是流风所及。

　　我们还得明白一个地理方面的简明事实，才能更好地理解这中间的源流关系。就地域而言，九江与上饶位于鄱阳湖两侧且陆路相接，又通过徽饶水道与安徽连通；同时，九江亦是鄱阳湖与长江相汇之处，沿长江出发，东可至安徽、江苏，西可达湖北、湖南。说得更通晓一点，此地属鄱阳湖平原，位于"吴头楚尾"，可"西控蛮荆""东引瓯越"，这样一个地理位置，有利于商业的发展，自然也有利于九江山歌的传播。

除了瓦屑坝大移民之外，山歌也随着江右商帮的足迹传遍四方。江右商帮兴起于唐宋，盛于明清，在瓷器、茶叶、粮食、布匹、药材、盐业等方面影响巨大，对山歌的传播至关重要。瓦屑坝大移民和江右商帮的扩展也是相互影响相互促进，它们本质上都具有人口迁徙、货物流通、文化传播的多重属性，都对江西雅俗文化的传播产生了积极作用。

复次，弋阳腔的传播及其广受欢迎，也会促进包括《弋阳童声歌》在内的山歌的传播。我们现在将戏曲归入雅文化范畴，但在当时，它和山歌一样，都是俗之又俗的，为一般文人所轻视，但又受到老百姓的欢迎。唯一的区别在于，弋阳腔因其"杜撰百端""错用乡语"而获得了超越地域文化及方言俗语的时空穿透力，对中国戏曲文化作出了卓越贡献而在后世享有崇高地位，而山歌毕竟范围窄，受众少，尽管也可以传唱，但影响自然不及弋阳腔，也难以被文人墨客记载。弋阳腔作为强势传播载体，自然会惠及山歌的流传，但也因为其强势，一来对传统五句的九江山歌进行了改造，二来民众更多关注弋阳腔而不大关注山歌的发展，则传统五句山歌之兴衰生灭犹如大地上的野草，最终迸发出旺盛的生命力。

诚然，在瓦屑坝大移民这段浩荡的洪流中，弋阳腔及当地流行的山歌一并随着那些远离故土的黎庶百姓在辽阔的土地上扎根了，每一个人都天然携带着当地的文化密码，不可能只带走了一个戏曲腔调，而其他方面仿佛绝缘一般一点都没有流传扩散。虽然山歌的历史不彰，但我们仍可从弋阳腔的传播看出山歌传播的蛛丝马迹。

根据史料记载，弋阳腔形成于元末明初，随人口流动特别是明代的人口迁移等传播四方。弋阳腔向外流播大致可分三个时期，第一个时期于元末明初，弋阳腔目连班在江西兴起，随着军旅的戍征和移民的外迁，带去了"目连戏"的搬演与传播；第二个时期为明初至嘉靖年间，弋阳腔十二种连台大戏的勃兴，即由江右商帮和赣籍官吏的流动而蔓延四方；第三个时期是明万历以后，弋阳腔以"改调歌之"的传奇剧目为标志，向着大江南北广为推进。[56] 可见，弋阳腔的传播，早在元末明初就开始了，近至周边的安徽福建，远至云贵高原，繁衍出诸多变体，形成庞大瑰丽的高腔体系。

自然，这也是当时山歌传播的状况。自明初洪武年间（1368-1398 年）开始大移民以来，经建文（1399-1402 年），至永乐（1403-1424 年），中间相距的数十年，正好是移民之后两代人的时间，为弋阳腔及山歌在移民之地生根发展创造了条件。

山歌所至之处，对当地民歌的改造，最直观的体现即是在形式上的，当然，这也是最缓慢的进程。比如，"自古山歌四句成，如今五句正时兴。"出自《风月词珍》中《时兴桐城山歌》的这两句歌词，生动地表明了一个事实，即桐城民歌原本是传统的四句形式，后来才"时兴"五句，显然，五句体这种形式对桐城民歌来说是一种外来的输入型的形式。

胡希张在研究客家山歌历史时发现，"桐城人大部分是宋末明初因战乱由江西婺源、万安迁入……婺源的民歌也有七言五句体……以婺源民歌与桐城时兴歌比较，可以说后者是一脉相承。"[57] 至于万安，"万安小曲更有大量的七言五句体格式……现在收集的万安小曲歌词的七言四句体、五句体格式，应该是明代以前万安民歌的遗风。就是说，明代以前，即桐城人从万安北迁的时候，万安县就流行七言四句体、七言五句体格式的民歌。从万安民歌可以看出，桐城时兴歌与它也是一脉相承的。"[58]

当然，这种形式上的接受与传承是需要时间的，如前所述，桐城歌"……嘉（靖）、隆（庆）间，乃兴"。嘉靖年间为1522—1566 年，隆庆年间为 1567—1572 年，距永乐年间最少也有百年之久。

无独有偶，弋阳腔自江西传入安徽，最后演变为青阳腔，也经历了差不多同样长的时间。学者考证，弋阳腔在安徽演变为徽州、青阳腔，约在嘉靖年间。戏曲大师汤显祖谈到，"江以西弋阳，其节以鼓，其调喧。至嘉靖……变为乐平、为徽、青阳。"[59]

一条历史线索已经水落石出，即在安徽局部而言，青阳腔和桐城时兴歌的出现几乎是同步的，那么，弋阳腔与九江山歌在安徽的传播也可以说是并驾齐驱。

综上所述，九江山歌的流传，一是由于其地处便利的地理位置，而随着人口的正常流动自然传播，特别是大移民加速了向四方的传播，因而周边安徽、湖北、湖南都有其踪迹，江西省内的传播自不待言；二是随江右商帮的足迹而传播，影响更及云贵高原，这当中长江航道对其传播发挥了重要作用；三是弋阳腔的兴盛促进了它的传播。上述原因，简言之，就是地理因素、人口流动因素及文化因素。

在比照了众多作品之后，我们不禁要问，为何在如此广阔的地域，流传的民歌包括其演绎的版本竟然惊人地相似甚至一致？不同地域之间为何又存在区别？这种区别透露了什么信息？

显然，单纯地将之归结于各地民众的自发创造未免牵强，民歌作为需要人们发挥创造能力的载体，不可能像鸡蛋一样，不管哪里的母鸡生的都是大致相同的鸡蛋。显然，这种七言五句体民歌的流传，更像是先有了原型的种子，然后在人口流动特别是大移民的时代背景下飘散四方，并最终形成其传唱流行区域。这种文化的流传及其在新地域的接受、生根发芽乃至演变是一个漫长的过程，绝非一日之功。作为佐证，我们发现，各地版本的大同之处反映了其共性及传播的广度，而小异之处则显示了不同地域的特点乃至源流先后。

在进一步论证之前，不妨简述一下前述观点，即江西九江乃是五句山歌之源头，始于唐兴于宋，而彼时被视作"呕哑嘲哳难为听"的乡音，不为人所重视，及至明代，俗文化兴起，乃随着瓦屑坝大移民遍传周边省份，近达湘鄂豫皖，远抵云贵川渝。作为源头的九江山歌，有如一把种子播种在四方，而各地山歌的特点，既受当初流传至该地的种子基因的影响，也融入了当地地域文化的特色。

我们现在看到在明代有关九江山歌及弋阳童声歌的记载很少，一方面可能和资料遗失有关，李福清在发现《大明天下春》等戏剧孤本时就不无感慨地表示："我对三种选集里保存的俗曲与江湖方言等资料，特别重视，因为我发现其中不少曲名和作品，不但是傅云子先生四十年代在东京观书阶段所没有看到的，甚至根本未见于明人及近人的任何记载，例如《大明天下春》所收《时兴玉井青莲》《弋阳童声歌》《九句妙龄情歌》。"[60]

更重要的是，相关文献记载之少也客观上和江西文化本身的发展进程有关。如前所述，江西是一个文化大省，自宋季以来，诗歌文章、儒释道、书画、陶瓷等雅文化高度发达，民众也以书香为荣，以仕途为正途，加之儒家理学之影响，因而，尽管山歌小调就在日常生活中，但却认为是一般性的娱乐，并不觉得这当中有何可圈点之处，不被重视自在情理之中。

李平先生认为，"弋阳的俗曲'童声歌'，虽然也是弋阳人的骄傲，熟悉的人却不像很多，它还没有发展为《山坡羊》、《锁南枝》、《罗江怨》、《挂枝儿》那样家喻户晓，所以够不上进入文人笔记杂著的资格，其流传领域，尚局囿于江西境内甚至弋阳左近。只有本地人才比较熟悉。"[61]

这实际上存在误解。我们在下文将谈及，《弋阳童声歌》的发展及传播远不是"局囿于江西境内甚至弋阳左近"，而是有相当广泛的传播。

　　当然，《弋阳童声歌》的未被重视并非个例，也并非江西如此，在当时社会大环境下，举国亦然。及至明朝，市井文化、俗文化兴起，俗文化时代到来，于是山歌小调始进入官方视野，但也不过一笔带过而已，有的则只出现在私人笔记。比如有关《桐城时兴歌》的记载就很少，"然明代文献中，说桐城歌流行情况的资料并不多见（《康熙桐城县志》《道光续修桐城县志》均无一字提及），惟顾起元《客座赘语》、沈德符《万历野获编》有记载。"[62]《桐城时兴歌》的知名度，首先得益于文人或选家的留意及刊印，其次得益于现代歌谣运动的推波助澜，是歌谣运动将这一个别现象扩大化了，仿佛其在明代即有此影响，实则不然。

　　前面谈到弋阳腔对传统五句的九江山歌的改造，主要是在原来七言五句的基础上增加了两个三字句，这当然更吻合戏曲唱段的特点，也是对传统句式的继承，可以视为山歌在传播过程中的变化形式。试看《大明天下春·弋阳童声歌》的第一首：

　　　时人作事巧非常，
　　　歌儿改调弋阳腔。
　　　唱来唱去十分好，
　　　唱得昏迷姐爱郎。
　　　好难当，
　　　怎能忘，
　　　勾引风情挂肚肠。

毫无疑问，这首作品改编自一首郎唱山歌姐织绫罗的民歌。增加的两个三字句并无实指，但却打破了原来通篇七言的齐整结构，也较为自然，与传统"三三七"节奏相吻合，更符合口语及词的长短句混杂的特点，由此而成为当时民歌的主流结构，甚至比四句更普遍。《弋阳童声歌》14 首歌谣，均是这种结构。

《大明天下春》中，《时兴玉井青莲歌》共收录民歌 32 首，均是在五句的基础上增加了一个三字句，比《弋阳童声歌》少一个三字句，增加的三字句实为衬句，有的有实指，更多的是虚指，如"我的郎""我的亲"；《新增协韵耍儿》的结构则和《弋阳童声歌》完全相同，共有 38 首，将全国各地的女儿小伙说了个遍，最后落脚到道教发源地龙虎山上清镇。《九句妙龄情歌》则是在《弋阳童声歌》的结构基础上再增加了两个三字句，共有 12 首。《风月词珍》中，《时兴桐城山歌·斯文佳味》有 11 首，《时兴桐城山歌·私情佳味》有 43 首，都是在五句的基础上加一个一字句或三字句，只有两首是扩展型的。在《乐府万象新》中，与之结构相似的还有《五句妙歌》14 首，仅在第四、五句之间增加了一个一字句。此外，冯梦龙《山歌·卷十》中有桐城时兴歌 24 首，只有 1 首是 6 句的，可看作是五句的简单扩展。综上，这 176 首作品，基本能够反映这种五句体及其扩展结构的特点。

不妨看两首《时兴桐城山歌·私情佳味》的作品：

自古山歌四句成，如今五句正时兴。看来好似红纳袄，一番拆洗一番新。兴，多少心思在尾声。

一别如同隔几秋，终朝放不下我心头。苍天若肯从人愿，免得思乡泪暗流。免我愁，生在同衾死同丘。

显然，对歌手而言，不管是增加一个字或一个三字句，都仍视为五句体形式，即便再增加几个三字句，也仍是如此。

此外，《乐府万象新》中还有《时尚太平新歌》这种纯粹五句，但每句字数为74773的区别于七言五句式的歌谣17首；《风月锦囊》中，《新增楚江秋后联清江引》作品24首，均为在第四、五句之间增加了第五句开头的三字作为独立句；《大明天下春》中的《清江引调》26首，基本为五句，或在五句基础上增加一句，各句的字数变化更加丰富。这些都可以视为有别于五句山歌的五句体形式。

现在，我们以一个流传至今仍具有很强生命力的主题，即女子被情郎歌声所吸引而忘记织绫罗的故事为例，来阐述民歌在普遍意义上的演变。之所以选择这个主题，是因为它具有较强的代表性，它的各种演变，在时间上延续千年，在地域上横跨千里。

九江山歌中关于这个主题的山歌，还保留着多个版本。一种类型是句式仍为五句，首句仍以"郎在高山"为开头，对后面"唱山歌"三字进行了改编，"织绫罗"也改为了"绣芙蓉"：

郎在高山打弯工，
姐在房中绣芙蓉，
百般花朵都不绣，

单绣牡丹花一丛,

把郎绣在花当中。①

另外一种是扩展型山歌,名称也是各有侧重,有的就以首句"郎在高山唱山歌"为题,有的叫"我郎山歌唱得好",就连尾句都有变化,或者是"绫罗不织听山歌",或者是"耽误我三尺三寸好绫罗",后一种句式是在九江地区独有的,值得注意。如《我郎山歌唱得好》:

郎在对面唱山歌,

姐在里面织绫罗,

我郎山歌唱得好,

唱得我手颤心跳、心跳手颤、坐不得坐板、踏不得踏板、推不得纵板、过不得扣眼、抛不得梭,

耽误我三尺三寸好绫罗。

而不同歌手在演绎时,对同一首山歌的扩展程度也各不一样,长篇版本的已经引入了对话结构。下面这首是流传在九江瑞昌的山歌《郎在高山唱山歌》:

---

①以下有关九江山歌,大多选自徐嘉琪编辑的交流资料《九江新编民歌》《九江民间歌谣》等。

郎在高山唱山歌，

姐在房中织绫罗，

要不是大富人家读书子，

如何唱得这好歌，

唱得我头闷眼花、脚酸手软、手酸脚软、上不得高机、坐不得凳板、踩不得踏板、推不得筱来、抛不得梭，唱得我钻肠、肠肚、钻肺、钻心，眼泪抛梭织绫罗。

娘骂女臭妖精，绫罗不织听歌声，山歌本是前朝古人作，一半假来一半真。

叫声妈妈你莫骂我，您老人家年轻头里也爱听山歌哇，你不听山歌，哪有外孙伢子喊你做外婆。

我们现在能见到的这个主题的演绎，最早见于万历前期的《弋阳童声歌》。《弋阳童声歌》共 14 首歌谣，有 6 首是同一个主题，其中 5 首的首句是"姐在房中绣（织）**"，次句是"郎在外面唱歌声"，另外 1 首的首句是"郎唱山歌唱得新"，次句是"姐在房中不做声"。如前所述，民歌中多有围绕一个主题不断展开的案例，这并不为怪。它的奇特之处，在于中间的两个三字句是衬句，并无太多的实质意义，也就是说，这七句歌谣，本质上是五句，也就是原初九江山歌的本来面目。如第 11 首：

姐在房中织红绫，

郎在外面唱歌声。

轻轻巧巧唱得好，

唱得昏迷织不成。

好难禁，

我的亲，

只恨蓝桥水又深。

实质上等同于：

姐在房中织红绫，

郎在外面唱歌声。

轻轻巧巧唱得好，

唱得昏迷织不成。

只恨蓝桥水又深。

　　这首童声歌还有一个显著特点，也就是它的末句用典。这个典故源自《庄子·盗跖》中痴情男子尾生的故事，"尾生与女子期于梁下，女子不来，水至不去，抱梁柱而死。"[63]梁下，即蓝桥的梁柱之下。

　　典故的运用为这首民歌增添了浓郁的悲情。我们知道，民歌讲究通俗易懂，本来就是乡野创作又传唱在乡野的，极少用典，但这首用了，而且加重了语气，"只恨"。这透露出一个重要信息，即经过宋元的积累，江西地域的文化积淀已经非常丰厚了，否则不可能在民歌中出现这种情况。而且，这并非个案。《弋阳童声歌》

中用典不少，这在民歌中是不多见的，比如"春宵一刻值千金"出自苏轼《春宵》，"鸾凤和鸣"出自《左传》，"何时得遂楚阳台"出自宋玉《高唐赋》。

《弋阳童声歌》还透露出两个信息。其一，包括了首句为"郎在"或"姐在"的两种结构，当今流传的主要是首句为"郎在"的结构，而《弋阳童声歌》包含了两种形式。其二，改调的内容，除了唱腔采用弋阳腔之外，唱词增加了两个三字句，使得唱词成为长短句相间的结构。经过宋元词曲戏的熏陶，长短句正是适合流传的，也是戏曲中多采用的。但从结构及语义来说，即便删掉"好难禁，我的亲"之类的句子，对整首作品而言也无伤大雅，没有实质性影响。

上述主题在《弋阳童声歌》中还有一首是这样的：

姐在房中绣鸳衾，
郎在外面唱歌声。
谁家心肝唱得好，
唱得昏迷吊了针。
没处寻，
气杀人，
恨不得搂抱命肝心。

就现有史料来看，这首童声歌最少在当时就衍生了另外一个版本，见于《九句妙龄情歌》：

姐在房中织绫罗，

郎在外面唱山歌。

你是谁家风流子，

口唱这等异样歌。

吊了梭，

满地摸；

使脚蹉，

我的歌，

恨不得番身搂抱呵。

这个版本较前版本，再次增加了两个三字句，如前所述，如果把这四个三字句删掉，就显出了五句山歌的骨架，同时也不影响情歌的意思。

再从韵脚方面来看，我们发现，最初版本的"织红菱""绣鸳衾"这种讲究修辞的结构，在流传过程中渐渐弱化了，取而代之的是"织绫罗"这种难度较低的通俗结构，不必再字斟句酌考虑"红绫""鸳衾"是否妥当，而且"绫罗"与"山歌"的押韵显然较"绫、深、成、禁、亲"或者"衾、声、针、人、心"更为自然，更有脱口而出的群众基础。

但换个角度思考，这种特色也显示出改编者的文化素养，也许他正是通过这些细节的变化来显露自高一等的心理。从这个角度来看，这种讲究修辞的用语及用韵结构，以及前面提到的典故的运用，正是改编者的缜密心思所在，他通过这些细节显示了自高一筹的文化素养。他改调的原民歌版本，也许正是"绫罗＋山歌"这种通俗结构，这也解释了为何这个主题的作品，绝大部分都是"绫罗＋山歌"体式的原因。

在九江修水，"绫罗＋山歌"还有一个特殊的搭配，为其他地方所鲜见：

> 会织绫罗梭连梭，
> 会唱山歌歌连歌；
> 唱得茶花并蒂开，
> 唱得蝴蝶花上落，
> 唱得妹子配阿哥。

再来看这个主题在各地流传至今的版本。

先说未扩展的五句体版本。比如流传在湖北兴山的《郎在高山唱山歌》：

> 郎在高山唱山歌
> 姐在房里织绫罗
> 哪里来的浪荡子
> 唱得奴家手脚软
> 难织绫罗难抛梭

在河南信阳，"郎唱山歌"的版本似乎在回答一个根本无需回答的问题：

> 妹在屋里织绫罗，
> 哥在门前唱山歌，
> 山歌唱得人心乱，
> 织错儿尺花绫罗，
> 你说该怪哪一个。

两相比较，信阳版本多了一层该怪谁的明知故问，应该时间在后，因为后来的版本总是试图对前一个版本进行艺术加工，否则就无法得到认可并流传了。

次说扩展的版本。

前述九江瑞昌《郎在高山唱山歌》的扩展版本流传甚广，在湖南、河南都夹带了地方方言，显出地方文化的特色：

> 郎在外面打山歌，
> 姐在房中织绫罗，
> 咯不晓得是何之个上屋下屋岭前坳背巧娘巧爷生出咯样聪明
> 伶俐的崽，
> 打出咯样干干净净索索利利攒天入地漂洋过海的好山歌，
> 打得鲤鱼游不得水，
> 打得黄牛子滚下坡，
> 绫罗子不织我听山歌，

娘骂女你咯只死妖婆，

为何绫罗子不织你听山歌。

山歌郎的歌子听不得，

唱得你去把他做堂客。

叫声妈妈你莫骂我，

你年轻也爱听山歌。

你不听山歌哪有我？

我不听山歌哪有外孙伢子喊你做外婆！

　　为了渲染情绪，天才的歌手增加了一系列俏皮直率的内容，把山歌的篇幅增加了四倍多。先是用八组四字句去形容情郎和山歌的好，然后是三个排比句，让人想起《陌上桑》中"少年见罗敷"的诗句；之后是娘与女儿的对话，正好与"高山岭上一树槐"中"娘问女儿望什么"形成鲜明对比。"我望槐花几时开"与"你不听山歌哪有我"完全是两种风格。情绪表达得如此酣畅淋漓，让人感觉到浓郁的湖湘文化的特色。但如果对比一下先前引用的江西瑞昌的版本，显然不言而喻，是瑞昌版的延伸。

　　在湖南桑植，男歌手在演绎这个主题时，创造性地将自己作为第一人称，"郎在高山我要唱山歌呃"，然后主动表明"我要做个浪荡子来／唱它一首'轻薄'歌／唱得她脚瘫手软……"这充分显示出歌手的创造能力以及代入感。

　　而在河南固始，这首山歌名为《姐在楼上织绫罗》，内容大同小异，但句式更齐整，有文言色彩。

郎在高山唱山歌，
姐在楼上织绫罗，
乖姐听着郎言语，
手颈一软掉了梭。
绫罗不织听山歌。

娘骂奴小臭婆，
绫罗不织听山歌，
山歌哪有好人唱，
不是坑来就是确，
哪有好歌到你学。

奴说娘糊涂婆，
不知听歌为什么，
山歌都是情人唱，
古人留下俺得学。
乖姐就爱唱山歌。

流传到陕南后，这首山歌的表达就要相对适度一点，风格更接近九江山歌《我郎山歌唱得好》版本：

郎在对门唱山歌，
姐在房中织绫罗。

哪个短命死的、发瘟死的、挨刀死的唱得这样好！

唱得奴家脚跛手软、手软脚跛、踩不得云板、丢不得梭，

绫罗不织听山歌。

我们相信，能够将一首五句子演绎得如此妙绝的歌手，当她再次开口歌唱的时候，又会诞生另外一个精彩绝伦的版本了。

这也让我们深刻感受到口头诗学与书面文学的天壤之别，正如洛德所说："'作者'和'原创的'这两个概念在口头传统中毫无意义，或者说它们的意义与我们强加上去的意义这两者之间压根不同。……一部口头史诗就是一次表演的文本……每一次表演都是唯一的；它是一次创造，而不是重复制作。所以，它只能有一个作者。"[64]

当然，这是站在学者研究的角度。但对歌手来说，无所谓创造，也根本不以创造为能事，他的目的，乃是要借山歌之口，与情妹两情相悦。正如山歌所唱：

郎唱山歌姐要听

莫学装聋作哑人

唱歌如同在说话

说话如同在交心

山歌原是牵线人

郎唱山歌我在听

只见歌声不见人

晓得你要说的话

晓得你想交的情

嘴里不说心里明

令人惊异的是，这个经典主题的山歌在安徽一带却流传甚少。台静农《淮南民歌集》搜罗广泛，年代也较早，但未见类似主题的作品。当然，不排除他收录到了却未将之发表，但从编选的角度来看，鉴于该主题的特色，如果搜罗到类似作品，必定会在选本中为之留一席之地。我们只在新近出版的书籍中看到类似主题。如流传在安徽金寨的：

郎在高山唱山歌，

小乖姐在房里织绫罗。

耳听山歌动了心，

手颈子一软掉了梭，

不织绫罗听山歌。

与原版相比，这首山歌在结构上并没有变化，第三句"耳听山歌"的说法从前两句的第三人称转为第一人称，转换并不成功，而且也嫌累赘，与前述版本相比，无生动性可言。第四句"手颈子"是属于赣语怀岳片的用法，"手颈子"即手腕，这也可以看出这首山歌是自九江一带流传至安徽近江西区域诸如安庆、怀宁再流传至金寨的痕迹。对比《淮南民歌集》的收录情况来看，有可能是晚近才流传到金寨所致，这也是安徽为五句山歌输入地而非输出地的一个例证。

另外，《安徽民歌200首》中收录了一首《织绫罗》，是作为小调而非山歌流行在安徽霍山县，其在歌词上做了较大改编，颇有特色，兹录如下：

姐在楼上织绫罗，突然想起小情哥。难织这绫罗，甲子乙丙丁戊己庚辛壬子癸，难织这绫罗。

轻轻放下手中梭，越想越念小情哥，隔着山座座，甲子乙丙丁戊己庚辛壬子癸，隔着山座座。

牛郎织女本幸福，男耕女织情意多，怨就怨天河，甲子乙丙丁戊己庚辛壬子癸，怨就怨天河。

生来不爱金银多，只爱勤劳的小情哥，想哥梦也多，甲子乙丙丁戊己庚辛壬子癸，想哥梦也多。

我们也注意到，民歌对这个主题的处理与文人的处理方式呈现截然不同的面貌，它对绫罗绸缎有关金钱的隐喻视而不见，忽视了贫富及阶级对比的色彩，而聚焦于男女相思之情的抒发。由此，它获得了更加永恒的生命力，似乎千百年来，人们就这样无忧无虑地生活，没有战争，没有压迫，尽管离别总是让痴男怨女相思不已，但那又怎样，深情足以对抗岁月的无情，有一相思之人也就足矣。

　　以上，我们主要是从内容探讨了五句山歌的各种延展形式，如果进一步扩大范围，那么，还存在曲调方面的借鉴与发展，倘若就词、曲两方面进行综合考察，又可以延伸不少了。冯光钰在《中国同宗民歌》中对此进行了探讨。所谓同宗民歌，"是指由一首民歌母体，由此地流传到彼地乃至全国各地，演变派生出若干子体民歌群落。"他主要是从音乐的角度，对民间小调中的同宗现象进行分析，主要包括六种类型，即：词曲大同小异、词同曲异、曲同词异、框架结构相同而词曲各异、衬词相同而词曲各异、框架结构及尾腔相同而词曲各异。[65]

　　对于产生的这些变化，作者认为："民歌之所以能传播起来，正是由于同宗民歌的母体具有较强的适应、整合功能。当这个文化圈的民歌传播到另一个文化圈时，必然要与当地的文化土壤和生活土壤相适应，从而使原来的民歌在一定程度上改变原有的旋律进行及节奏形态，并加入具有当地特色的衬字、衬腔，特别是改变演唱的润腔手法，派生出新的变体来。所以，各种同宗民歌变体的类型，都是由多种因素相融汇的综合体。"[66]

　　作者收录的25首民歌，共收录了142个版本，像《绣荷包》就有8个版本，从山西到云南、四川、江苏、陕西都有。诚然，我们上面探讨的五句山歌的演变，就词而论，有大同小异之分；就曲而言，有平腔、高腔等区别；就手法而言，不同山歌之间更有借鉴，比如下面这首民歌，就和《一把扇子二面黄》有异曲同工之妙：

郎在山上挖黄姜

姐在河下洗衣裳

郎挖黄姜望下姐

姐洗衣裳望下郎

下下捶在石板上

第四章

中国民间歌谣中的"五句体"（下）

第一节　"五句体"花儿：折断腰及变格

花儿被誉为"大西北之魂"，广泛流行于青海、甘肃、宁夏、新疆等西部省份，是国家级人类非物质文化遗产。"'花儿'在民间已经存在好几百年了，但它经过文化人搜集整理而进入文化圈，只不过短短 70 来年的历史。"[67] 始作俑者，即是地质学家袁复礼。

1923 年至 1925 年，袁复礼在甘肃作煤田地质调查时注意到，"外省人一入了甘肃境，就可以听得一种极高亢的歌调，其音调之高，及音程音阶变换之奇特，尤能使外省人特别注意"。[68] 他一时兴起，便搜集了一些这样的歌谣，如"樱桃好吃树难栽"：

樱桃好吃树难栽，

白葡萄搭着个架来；

心儿里有话口难开，

旁人上答着个话来。

　　和董作宾志在甲骨学，研究歌谣只是偶尔涉猎却成就斐然一样，袁复礼长于地质，花儿研究只是其考察之余的兴趣，甚至由于对甘肃方言不熟悉，花儿也误作"话儿"，搜集的内容有些也不合格律，但这并不妨碍他就此掀开了现代花儿研究的序幕。当时，袁复礼在北京大学兼课，自然知晓征集歌谣之事，于情于理都会予以支持。1925 年 3 月 15 日，《歌谣周刊》刊载了他撰写的文章《甘肃的歌谣——"话儿"》以及搜集整理的 30 首歌谣。其后，张亚雄《花儿集》的出版，更意味着花儿就此走出大西北，成为歌谣研究的重要对象。

　　从传播路径来说，与五句山歌在长江流域传播类似，"黄河及其支流是花儿重要的传播途径，同时峡谷型河段相连地带也是花儿三大体系交错流行的最重要的集散地之一，著名的花儿会也都在这一区域举行。"[69]

　　花儿主要分为河州花儿和洮岷花儿，两者存在源流关系。研究认为，"洮岷花儿与河州花儿是同一祖源的，河州花儿是洮岷花儿的继承和发展，而洮岷花儿只是原始形式。"[70] 还有学者认为，应该将流行在陇中高原一带的"陇中花儿"单列。[71]

　　河州花儿与洮岷花儿各有不同特点，以下分而论之。

　　先说河州花儿。

　　河州即"黄河之州"，其设置历史久远，始于前凉太元二十一年（344 年），直到民国二年（1913 年）改为导和县，沿用近 1600 年，民国十七年（1928 年）又改为临夏县。河州的范围，当然远不止现在的临夏，其辖境大致包括现在甘肃省的黄河、大营川以西，乌鞘岭以南，西倾山以北，青海省的民和县、循化县、化隆县，黄南藏族自治州的保安，海南藏族自治州的贵德等地。河州花儿的传唱区域，较之则又更为广阔，"东从宁夏的贺兰山、甘肃宁夏交界的六盘山，西抵新疆阿拉山口的温泉、霍城一带，北起宁夏、甘肃边沿、新疆塔城等地，南至新疆焉耆、青海格尔木、四川的若尔盖附近。面积约四十多万平方公里，横跨八十多个县市。"[72]

　　河州花儿的句式结构，是一首四句，其中第一、三句每句十字，分四顿，前三顿每顿三字，第四顿单字尾；第二、四句每句八字，分三顿，前两顿每顿三字，第三顿双字尾。这种句式在河州花儿中是最为典型的，也是河州花儿的最大特色，被称为"头尾齐式"。比如著名的《河州令·上去高山望平川》：

上去个高山者望平了川，

平川里有一朵牡丹；

看去是容易者摘去是难，

摘不到手里是枉然。

　　同时，"当四句式的唱词不能完全表达歌者的情感时，他们就用重复演唱扩充句和下乐句的手法，使四句式的唱词增加为五句式……五句式花儿还不能完全表达丰富的情感时，人们就用增加一段词的手法来表现，结果使花儿唱词成为六句式。"[73] 扩充句在第一二句之间的称为"上折腰"，在第三四句之间的称为"下折腰"，两个地方同时扩充的称为"双折腰"或"两担水"。扩充句通常是三至五个字的半截句。

先看两首在第一句后面加半截句的，即"上折腰"：

亮不过太阳蓝不过天，

回头看，

看不过花园的牡丹，

美不过现在的好光阴，

美不过当一个樵夫。

★　★　★

白袍（嘛）小将的薛定（呀）山，

下射了鱼，

上射了张口的雁了；

尕妹的模样们赛天（呀）仙，

想死者再不能见了。

再看三首将半截句加在第三句后面的，即"下折腰"：

十八马站的三座店，

哪一座店口里站哩；

十个指头拉掐者算，

十二个月，

哪一个月里头见哩。

★ ★ ★

平贵西凉十八年，

五典坡挑菜的宝钏；

穷光阴好比打墙的板，

上下里翻，

摧老了英俊少年。

★ ★ ★

平贵在西凉十八年，

立立的看一趟宝钏；

阳世上好像打墙的板，

上下翻，

活人也没个定然。

从后面两首可以看出，这是不同歌手对同一歌谣的不同演绎。

"摧老了英俊少年"与"活人也没个定然"指向了两种不同的人生感慨。

　　当然，五句或六句并无一定数，对歌手来说，采取哪种形式可能还是和当时的特定情形有关，既可以五句，也可以六句，意象上也相应地发生变化。比如"青石头崖里的药水泉"，最少有三种唱法：

> 青石头跟里的药水泉，
> 桦木的尕勺（拉）舀干；
> 若要我俩人婚姻散，
> 三九天，
> 青冰上开一朵牡丹。

　　★　★　★

> 青石头崖里的药水泉，
> 万鸟飞，
> 常年里吸给的不干；
> 要得我俩的婚缘儿散，
> 二九天，
> 青冰上开一朵牡丹。

　　★　★　★

青石头跟里的药水泉，

担子拉担，

桦木的尕勺（拉）舀干；

若要我俩的婚姻散，

青石头烂，

十二道黄河的水干。

郗慧民注意到，河州花儿的节奏方式并非无根之水，也有其渊源。我国古代四、六言诗都是双字尾，每句分别为两、三顿，五、七言诗都是单字尾，每句分别是三、四顿，而河州花儿"不同句中的不同停顿和句尾，都是对不同古诗停顿和句尾的继承……比四、五、六、七言诗都进了一步；在这一点上，它很有点像词。"[74]

也许不止是像词，还像元曲。元曲有很多衬词衬句，且多为俚言俗语或各种虚词，河州花儿也不例外。

王沛比较了 500 首河州花儿的唱词，发现其中仅 35 首唱词全部由实词构成，"大量的唱词，是以衬字填充来完成演唱过程的。"[75]他将这种衬字称之为"节奏性衬字"或"格律性衬字"，认为歌手为了突出三字停顿的节奏美，往往将节奏性衬字与实词互为补充，"实词多则衬字少，实词少则衬字多。节奏性衬字多由虚词中的助词充任，多出现在三音节停顿的第三个字上。"[76]如《尕马儿令》：

> 月亮（们）上来（者）三星（呀）走，
>
> 七星们摆八（呀）卦哩；
>
> 尕妹们走路是风摆（呀）柳，
>
> 站下是耀天（呀）下哩。

这种虚实词的押韵方式，使得河州花儿的押韵显得特别，仍以前述 500 首唱词作分析，"在各类韵式中虚字单押，双押和单双押占 23.8%，这在传统的诗歌中是罕见的。实虚字结合、混合及多字韵的唱词有 29%，其中虚词的作用是相当重要的。"[77]

衬词不仅在花儿格律方面发挥了重要作用，也使得花儿在同一个曲令之间产生丰富的变化。研究发现，作为口头诗学，河州花儿与五句山歌一样，"同一个曲令，由于流传的地区不同、传唱的民族不同，往往会有很多差别，甚至同一地区、同一民族的不同歌手也会有较大的差异，所以其音乐形态有不稳定和不规范的特点，这就是民间所谓的'十唱九不同'。"[78]

"十唱九不同"带来的变化是多方面的，既避免了内容单一造成的千篇一律，为唱词引入了新的元素，也对花儿唱词的风格产生微妙的影响，还能够为花儿形式的不断发展创造可能。

内容方面，最典型的例子是《水红花令》，其衬词有十余种，实际上也形成了衬句，比如：

> 水红花大哥哥去哩呀，妹子坐哩哎，二牡哎哈丹哪喂。
>
> 我的水红花的大眼睛，尕妹连手去哩么，走哩啥妹妹领上了

哈浪走。

　　水红花你的大哥哥去哩么妹妹你就坐哟，哥哥们是出门的人哟。

　　可以说，每一种衬词，都是歌手根据当时的具体情形而在他大脑存储的花儿库里面挑选、组合而确定的，或者就是他现场即兴创作出来的，不管哪种方式，都是为了最大限度地表达感情。

　　民歌本来就是下里巴人，哩言俗语尽在其中，有的难免流于粗俗，当衬词发生改变，花儿的风格自然也随之而变。王沛认为，《河州三令》的衬词"阿哥的肉"，有其原始性、直露性的一面，但这种"呼喊是纯真感情的正常流露，是合乎人性情理的"，因而并不能指责"阿哥的肉"是"黄色""下流"。随着社会的发展，"阿哥的肉"逐渐演变成"阿哥的憨肉肉"，或者"我的好花儿"、"阿哥的白牡丹"、"我把我的大眼睛想者，我把我的憨敦敦们哈想者"等，"完全避免了《三令》衬句的直露俗气，充满着想象的美，意境的美。"[79]

　　前面谈到"折断腰"式花儿的来源，乃在于四句式唱词不足以完全表达歌手的情感，因而要增加一个扩充句，而这个扩充句，往往就是通过衬词来完成的。"正是这个《河州三令》扩充句的空间，为花儿唱词的进一步发展创造了有利条件，被群众称为'双折腰'或'单折腰'的唱词应运而生了。"[80]

　　在这里，我们再次看到了民间歌手的天才创造。之前，我们提到，民间歌手在表演五句了的时候，为了表达更为丰富的感情和内涵，会在五个主体句的基础上对内容进行大幅扩充，比如通过一些排比形式的垛句，形成"慢赶牛""抢句子"等形式，与河州花儿的衬句的效果实则有异曲同工之妙。显然，不管是五句山歌还是花儿，其原有主体句的寥寥数言都无法形成一个意义完整的乃至在气势上酣畅淋漓的垛句，而必须借助这些虚实相融的扩充句来完成。

比如马占山先生采集的《红花姐令》：

打马的鞭子（哈）闪折了，

（哟）闪折了，

（呀）走马的脚步（哈早）乱了；

（呀我的红花儿姐白汗褟儿青夹夹儿瓜子模样大眼睛哈想呀着）

尕妹妹不像（哈）从前了，

（哟）不像了，

（呀）如今把心思（哈早）变了。

（呀我的红花儿姐白汗褟儿青夹夹儿瓜子模样大眼睛哈想呀着）

王沛认为，"较快节奏的垛腔，高度集中地表现着歌者对'白汗褟儿、青夹夹儿、瓜子模样、大眼睛'的'红花儿姐'的想念之情，'心思哈变了'的'尕妹妹'如能听到歌者如此痴情的歌声，定当被垛腔火热的情绪所感动，而重归于好的。整个曲调也正是在加垛衬腔的地方形成了高潮。"[81]

再对比一下之前引述的《郎在外间唱山歌》的片段：

郎在外面打山歌，

姐在房中织绫罗，

咯不晓得是何之个上屋下屋岭前坳背巧娘巧爷生出咯样聪明伶俐的崽，

打出咯样干干净净索索利利攒天入地漂洋过海的好山歌，

打得鲤鱼游不得水，

打得黄牛子滚下坡，

绫罗子不织我听山歌……

显然，如果没有这样一组垛句，不管是花儿还是山歌，都要逊色许多。这种语言表达的天才，几乎可以说是普遍性的，不因地域、风土人情乃至歌谣种类的不同而有分别。

又如《不见阿哥的影像》：

给尕妹买下的白冰糖，

手巾里包上，

巴掌里捏上，

袖筒里筒上，

怀怀里揣上，

挨肉儿捂上，

立立儿等在你走的路上；

我人伙里望，

不见个阿哥的影像？

第二至第五句的垛句，和江陵民歌《喊我情哥吃火烧》的垛句"磨里推、箩筛摇、冷水调……"有异曲同工之妙。

再来说洮岷花儿。

洮岷即指临潭（古称洮州）、岷县。洮岷花儿的主要流行区，是甘肃省的临潭、卓尼、岷县、康乐、临洮、渭源等县。

洮岷花儿有南路、北路之分，又有单套、双套之分，还有正格、变格之分。所谓南路、北路，是从地域上划分的，南路指莲花山一带的花儿，北路指二郎山一带的花儿。所谓单套、双套，单套即每首花儿三句，双套即每首花儿六句，花儿研究专家宁文焕认为，"洮州花儿之所以不同于其他花儿，有单套、双套的格式是其明显特征之一。"[82] 所谓正格、变格，当然是就单套、双套的形式而言的，正格的单套是指一首花儿三句（也就是三腔），每句七字，分四顿，形成二二二一节奏，这是洮岷花儿中最基本的格式；正格的双套是指一首花儿六句，也是每句七字，"双套花儿并不是单套花儿在句数上简单的增加，而要看前后两句之间有无一定的关联，否则便不是双套花儿。"[83] 所谓变格，自然就是指单套不止三句，双套不止六句，每句也不一定才七字。从句数上看，单套的花儿有增为四句、五句的，增为七句以上的叫"长套花儿"；双套的花儿有增至八句以上的"长套花儿"。从字数上看，变格的花儿一般是增加字数使每句不止七字、嵌入"薁（不要）"、"将（就像）"等合音字、填补助词语气词等衬词。此外，正格的单套花儿一般一韵到底、双套花儿前后句押韵或各自为韵（奇句押一个韵，偶句押一个韵）。比如：

> 锅一口，一口锅，
>
> 隔山姊妹实话说，
>
> 叫你想的没睡着，
>
> 衣裳披上当院坐，
>
> 星星数了八万多。

★ ★ ★

> 把怜儿如比阴山林里红樱桃，
>
> 把我如比阳坡山上的柔茅条，
>
> 茅条缠住红樱桃，
>
> 缠去容易绽去难，
>
> 一绽就是十八年。

显然，前面一首是正格，首句七字用两个三字句替代；后面一首是变格，首句和第二句分别增加衬字"把怜儿如比""把我如比"。

也有研究者对洮岷花儿的南路、北路流派作进一步区分，认为洮州花儿与岷州花儿"是截然不同的两个流派的花儿"，洮州花儿通常以"啊"或"哎"音开腔，抒情性浓，或独唱或对唱，对唱则领唱者除拖腔部分不唱之外，其他全部逐一完成，有单套、双套之分；岷州花儿以"啊欧怜"或"哎啊哎"开腔，曲调高昂，领唱者只唱每句的前半句，无单套、双套之分。[84]

关于洮岷花儿中五句体的来源，也有不同的观点。

郗慧民分析莲花山花儿的格律和其演唱方式密切相关，"一般采用对唱与轮唱相结合的方式……也就是说，它是一种集体演唱的民歌……一首花儿的创作过程极短，通常只有一分钟左右。"[85]

具体来说，两组歌手对唱，每组最少三人，其中有一个"串把式"即编歌人，这个串把式能够根据对方的演唱情况迅速编辑己方的歌词让"头腔"唱，"这第一句词由于时间紧迫，往往使用一些没有太多文学意味的套语，诸如'一根杆的杆两根'，'一道夐的两道夐'之类；但这一句的重要处在于它为以后的歌词定下了韵脚"。[86] 之后是"二腔"、"三腔"，"三腔"通常由"串把式"自己唱，三句唱完后歌手一起拖长腔调唱结尾套语"花儿哟，两叶儿啊"。

鉴于第一句套语居多，第二句作铺垫，不难看出，对于总共才三句、而且三句结构都相同的洮泯花儿来说，要想出彩，就只能靠第三句了。同时，要在极短的时间内完成一首像样的花儿，除了前两句的演唱者配合，采用衬字拖长音节反复咏叹以延长时间之外，对"串把式"来说，最经济稳妥的方法，自然就是在第三句创造出各种变化，既避免应对的仓促，也为花儿的精彩提供了可能，由此产生了变格。这就是洮泯花儿的变化"一般出现在末句"的原因。

在这种情况下，"单套就是每人唱一个单句，大家共同把一首花儿唱完。而双套则是每人唱一个双句，大家共同把一首花儿唱完，因此每首六句应当是完整的双套花儿的样式。……至于四句、五句的花儿是不完整的双套花儿（由三人演唱小组中的某一位或两位歌手少唱一句形成的）。"[87]

由此可见，河州花儿、洮岷花儿尽管都有五句体，但此五句非彼五句，两者构成的方法及方式是不一样的，一个是扩充型的整句，一个是衬字的半截句。

与河州花儿一样，洮泯花儿也有类似五句山歌一般的变化，如《大山林里的乌龙头》：

竹竿篾子编背斗

把你如比大山林里的乌龙头

摘到尕背斗后头（里边）

洗到清水河儿后头

煮到尕铁锅后头

捞到洋瓷碟儿后头

脆生生儿

香喷喷儿的吃两口

　　这首花儿，如果没有中间四句说唱节奏的铺垫，以及半截句"脆生生儿"造成的似乎吞咽了口水般的停顿，后面的"吃两口"就不会那么"香喷喷儿"了。这正是垛句的魅力所在。

　　值得注意的是，尽管花儿对字数及格律有严格限制，但它采用的语言仍旧是日常口语，而非文言文式的韵语。这也是黄河流域花儿与长江流域五句山歌的区别之一。五句山歌尽管也是口语化的，但明显受传统诗词影响，其扩展方式都留有韵语印记，完全口语化的并不多。

　　如前所述，尽管河州花儿与洮岷花儿各自有不同特点，但两者存在源流的关系。从句式上看，洮岷花儿只有一种句式反复咏唱，显得古朴……河州花儿比洮岷花儿自由，有一韵到底、交错韵、两半韵，是比较完善成熟的民歌。"[88]

　　前面讨论五句山歌时，我们曾引入口头诗学理论，说明五句山歌与文人作品之间存在的重大区别。同样，这一理论也适合用来探讨花儿文本。

　　魏泉鸣分析了《甘肃民歌选》（第一辑，1953 年 11 月铅印本）中 356 首传统花儿运用现成词组（包括语意词组、句法词组）的情况，发现无论是洮泯花儿还是临夏花儿，"两类现成词组运用的程度（也可称之为词组化程度）竟高达 99%"。由此，他也理解了花儿歌词的创作者"能在三十秒钟之内，迅即构思成一首完整的花儿的这种惊人的现象"，"现成词组掌握的多寡，运用的恰当与否，正是他构思水平高下的先决条件。"[89]

　　那贞婷、马自祥对 1252 首花儿进行分析，发现花儿最常见的、占比超过 10% 的程式有凤凰、鹞子与鸽子等鸟类的程式（198 首），牡丹程式（156 首），疾病与药的程式（140 首），蜜蜂采蜜的程式（130 首），肝花、心、肺的程式（130 首）。此外，数量在 100 首及以上的还有人物行动的程式（111 首）、时间的程式（108 首）、柳树的程式（100 首）。将牡丹程式进一步细分，则尕妹 – 牡丹程式（34 首）、牡丹与蜜蜂程式（29 首）、凤凰戏牡丹程式（26 首）、牡丹与孔雀程式（19 首）占比都超过 12%。这些程式"从结构的角度讲……像是建筑用的部件，成为构筑诗段的单元。"比如牡丹与蜜蜂程式，不管怎么变，都不会脱离"你 / 我合牡丹……我 / 你合蜜蜂……"的基本格式。[90]

第二节　少数民族的"五句体"歌谣样本

我国是个多民族国家，各族人民"大散居、小聚居、交错杂居"，其中少数民族主要分布在西南的云贵川藏、华南的粤桂琼、西北的甘青宁新、东北三省及内蒙古，他们能歌善舞，歌谣作品自然非常丰富。前述有关五句山歌、花儿的讨论，已经涉及土家、回、藏、东乡、保安等民族。这里再介绍其他少数民族的五句体歌谣。

西南、华南地区少数民族的五句体歌谣，主要分布在布依、瑶、仫佬、门巴、珞巴等民族的民歌中，此外，也散见于壮、苗、彝、白、景颇等民族的民歌中。就题材而言，情歌或婚嫁歌固然是常见题材，反映生活疾苦、辛勤劳作的作品也不少。

先看一些情歌或婚嫁歌。布依族民歌既有用汉语唱的，也有用本民族语言唱的，用布依语唱的分五言、七言、杂言三种形式，且包含单段、双段、长篇三种结构，这几种结构均包括五句体。比如流传在贵州望谟的《等妹歌》：

> 哥的斗笠等妹编，
> 哥的家庭等妹建，
> 哥没有成家立业，
> 专门等待你一个，
> 专门等待妹一人。

又如流传在贵州罗甸的《想念歌》，这首歌分两节，前三句都相同，仅后两句有区别：

> 想你妹想得太多，
> 一碗饭都吃不下，
> 一个芭蕉吃不完，
> 看不见你就想念，
> 看不见妹就想念。

> 想你妹想得太多，
> 一碗饭都吃不下，
> 一个芭蕉吃不完，
> 要看见你才吃下，

要看见你才吃完。

五句体的瑶族民歌主要分布在杂言体之中，包括33777、33979两种体例，单篇、联章均有。下面是一首33979式的五句联章：

出门来，
望四处，
望见阿妹住在白云里，
白云离地千万里，
谁帮阿哥搭架登天梯。

忽然间，
山风起，
云端垂下一根常青藤，
哥攀青藤上山顶，
登天钻云寻找妹家门。

白族五句歌源自五句山歌，既保留了本民族的民歌特色，也吸收了五句山歌的养分。白族五句歌的第一句往往是呼语，比如"阿哥呀"、"阿妹呀"，这是它本民族的特色；第二、四句后增加一句衬句，就是借鉴了五句山歌的扩展手法了。如：

阿妹呀，

小哥弦子弹到你门外

隔路远，有情呢

咋个不理不睬不招唤？

你晓得小哥我想你，

隔路远呢，心肝你

你可晓得阿哥把你来牵挂？

仫佬族语隶属汉藏语系壮侗语族，其民歌形式别具一格，有以句计算的二句腔、三句腔直至十句腔，有以字计算的七字腔、十一字腔、三十字腔等，共七八十种之多。其中，五句腔有两种，均为二、三、五押韵，一种是23字五句腔，由3个三字短句和2个七字句组成，如《总怪哥你情太薄》。另一种是24字五句腔，由2个三字句、1个四字句和2个七字句组成，其中两个三字句既可相连，也可隔行。三字句相连的话，就和后面的七字句形成"三三七"节奏，这也是汉族歌谣的常见句式：

哥连妹，

妹连哥，

好比秤杆连秤砣。

不秤钱财，

只秤感情有几多！

再看一首三字句隔行的五句腔：

铜里人，

寒冬雪夜最折磨，

围火坐，

仔女喊冷，

爹娘心像挨刀割。

　　显然，与三字句相连相比，三字句相隔，将原本顺畅的韵律感打破了，更像是一首叙事诗。西南地区群山林立，横断山脉更是让人们交通不便，加之社会阶层分化，民众生活困苦。类似的作品还有很多，比如彝族歌谣《唯有歌声才是自己的》：

遍山羊群是奴隶主的，

软软牧鞭是奴隶主的，

牧羊姑娘是奴隶主的。

牧场上响起了歌声，

唯有歌声才是自己的。

　　彝族歌谣可分为一段体、三段体、多段体，一段体以四句歌、五句歌最为常见。上面这首五句歌，反映了对社会压迫的极大愤慨，他没有财产，没有自由，也没有爱情，只好借歌声抒发悲哀的心情。

　　劳动歌是民间歌谣中常见的一种题材。以舂米为例，景颇族有一种歌体名曰"耶鲁"，特指妇女在舂米时唱的劳动歌，五句的很常见，且歌词简单，有时甚至是一些无实质意义的语气词，类似"思无邪"之"思"。下面这首"耶鲁"，反映的是女子劳动时的情景，她力气不够，感到舂棒沉重，即便力气足够，也依然会有此感，因为"没有伙伴"：

> 舂米没有伙伴，
> 我的舂棒是多么沉重，
> 耶撒鲁，假如有了伙伴，
> 我心中该有多高兴，
> 耶撒鲁，耶撒鲁。

显然，她希望这个伙伴不但可以一起舂米，也能在生活上相助，或者是志趣相投的女子，或者是可以陪伴、让她依偎的男子，我们无意探测字面背后的意思，只希望她不要那么辛劳，希望她高兴。

同样是舂米，海南黎族的《舂米谣》呈现了一种欢快的节奏感：

> 舂窟来舂米，
> 一舂米谷壳，
> 二舂除粗皮，
> 三舂成白米，
> 舂米舂白米。

　　在西藏，五句体在门巴族及珞巴族民歌中表现更为突出。

　　门巴族民歌主要有"萨玛"酒歌、"加鲁"情歌和叙事诗三种。酒歌分独段体和多段体两种，以多段体居多，通常为三段，每段三到五行，每行6或9音节。如：

檀香树啊根深叶又茂哟，

手握斧头啊左枝砍哟，

手握小刀啊右枝削哟，

斧头小刀啊无区别哟，

母鸡得福啊搭鸡架哟。

金刚山啊高峻岩又坚哟，

手举大石啊左边砸哟，

手举小石啊右边打哟，

大石小石啊无区别哟，

蜜蜂得福啊筑蜂巢哟。

　　这首民歌还具有史料价值。西藏和平解放前，门巴族社会中封建农奴制统治与原始村社组织并存，"手握斧头啊左枝砍哟，手握小刀啊右枝削哟"，透露出原始社会特有的刀耕火种的劳动方式，正是这一史实的反映。

　　门巴族叙事诗每章包含的诗节、数目不定，各章不要求统一，但是在同一诗章中的各个诗节，则要求章法句式统一，其诗节以五行或三行居多。《太波噶列》是叙事长诗的重要作品，广泛流传，下面是第八章中的《搭灶歌》，这首诗共五节，结构相似，最后一节副歌稍有变化：

　　　我从南山上采来的
　　　三块灶石架了起来，
　　　噢，不像是三个显贵
　　　聚首在那里么？
　　　"靠儿热……"

　　　我从东山上采来的
　　　神柏树枝放进灶坑，
　　　噢，不像是神鹰修筑
　　　逢起的窝巢么？
　　　"靠儿热……"

　　　我从西山采来的
　　　乌黑火石冒出火星，
　　　噢，不像是夜晚天庭
　　　缀满的星斗么？
　　　"靠儿热……"

　　　我从北山上采来的

斑斓天陨凿出石锅，

噢，不像是庙宇净地

供奉的神炉么？

"靠儿热……"

我修起的火灶有三个：

右灶、左灶、中央灶。

右灶供养我神牛，

左灶供养大神鹏，

中央之灶供三宝。

"靠儿热……"

和酒歌一样，这首《搭灶歌》也反映了当时门巴族人的生活方式，用三块石头搭起灶石架，用火石取火，然后用石锅做饭。

珞巴族民歌大部分是即兴作品，歌体分"夹日"和"博力"两种。"夹日"是一种古老歌体，多用于叙事性的赞颂和祈祝，常表现神话内容，由巫师演唱。"博力"多用于喜庆和酒会场合，一般篇幅较短，偏于抒情，分四言、五言、六言三种。如旭龙民歌《求婚歌》：

愿结知交，

恕我歌少；

唯有短歌，

　　一只口弦，

　　羞愧赠献。

　　这种句法，类似于汉族早期的四言诗。从诗歌形式的演变来看，诗句字数的多寡有一个从少到多的过程，类似我国古代诗歌从四言、五言到七言。珞巴族五句体民歌恰似五行诗的活化石。

　　将视线转向北方，同样可以发现大量的五句体民歌。

　　在广袤的新疆，维吾尔族、塔吉克族、哈萨克族、柯尔克孜族的民歌，更多地受到了阿拉伯-波斯诗歌传统的影响，其五句体又另有特色。

　　古代维吾尔族诗歌大多也像现代民歌一样有音节韵律，即每行诗的音节数目相等。随着伊斯兰教的传入以及阿拉伯-波斯文学的影响，阿拉伯-波斯诗歌的阿鲁孜韵律和诗歌形式也为维吾尔古典诗人所采用。阿鲁孜韵律可按诗体性质或诗行多少划分，如双行格则勒、三行穆山来斯、四行柔巴依、五行穆海麦斯。穆海麦斯的结构特点是每节五行，第一节全部押韵，以后各节前四句押韵。它的源头是阿拉伯五行诗 Mukhammas（穆哈迈斯体），但又在此基础上作了一定变化。

　　维吾尔语文学中的"叙事长诗"尽管主要采用麦斯纳维（Masnawi，双行诗）、穆勒伯（Murabba，四行诗），也有一部分采用穆海麦斯五行诗，如《被蹂躏人们的叹息》（迪丽巴尔·多尔孜）、《关于马的五行诗集》（艾合迈德·夏·哈里哈希）、《苦难纪历》（赛依提·穆罕默德）、《水果之书》（阿布都哈德尔·大毛拉）等。长诗《阿布都热合曼和卓》中，双行诗、四行诗、五行诗形式同时并用。比如：

> 你的苦痛已是学堂爱育的经典，
>
> 除去悲伤，我心中已不存在任何忧虑和不安，
>
> 看到你香唇上的黑痣，
>
> 我就会变得无比勇敢，
>
> 连卖糖的俗人都说这黑痣人世罕见。
>
> ——则勒力《穆海麦斯》

哈萨克诗歌可以分为单篇，也可以分为连章，按诗行的句数划分，常见的有二行、四行、六行，也有混合诗行；按诗句的音节数划分，可分为混合音节诗、非混合音节诗。下面这首歌，在哈萨克原文中，即属于混合诗节的五行体，前四句为七个音节，最后一句为八个音节：

> 昨日黑暗岁月里
>
> 被巴依踩在脚底
>
> 黄花姑娘成寡妇
>
> 强壮男儿成奴隶
>
> 我哭泣着度过人世

柯尔克孜族民歌的段式多为每节四句，但也有五句、六句一

节的。比如《美在哪里》：

> 老人的美在于有银须，
>
> 话儿的美在于有谚语，
>
> 夜莺的美在于放声唱，
>
> 牧场的美在于有畜群，
>
> 巧手的美在于绣远景。

值得注意的是，这一传统下的五行诗，仍旧严格遵循格律要求，因而在形式上多为联章结构，且篇幅多在三节以上。

在蒙古族及东北少数民族中，五句体同样有突出表现。蒙古民歌的形式以四行一节居多，两行一节次之，少数情况下也有三、五、六行一节的，《三十二个棋子》的五行构成，是典型的三行体外加两行的复沓结构组合而成。

> 在那须弥山上转的是太阳月亮两个，
>
> 在那佛堂庙宇里转的是喇嘛官吏两个。
>
> 娱乐的棋子是美好的。
>
> 我那三十二个棋子是美好的，
>
> 愿我们永远幸福安康。

> 黎明的标志是那东方的启明星，
>
> 衰老的标志是那斑驳的白头发。

娱乐的棋子是美好的。

我那三十二个棋子是美好的，

愿我们永远幸福安康。

　　此外，水族、羌族、朝鲜族、鄂温克族、塔吉克族等民族的民歌中都有不少五句体，此处从略。

　　至此，我们系统梳理了我国民间诗歌歌谣中的五句体的不同形态，涉及汉族及多个少数民族，其间有相互融合的部分，也有独自发展成型的原生态，以及受外来文化影响的形态。应该说，五句体并非哪个民族的独创，而是人类诗歌形态的共享形式，并且在不同民族、不同时代的大环境下沿着各自的轨迹发展。我们也深刻感受到不同地理环境对民歌的影响，有的民歌曲折起伏、山高路长，有的民歌天高地阔、一马平川，以后再就这个话题加以探讨。

第三节　北方民族的样本

　　将视线转向北方，同样可以发现大量的五句体民歌。

　　在广袤的新疆，维吾尔族、塔吉克族、哈萨克族、柯尔克孜族的民歌，更多地受到了阿拉伯－波斯诗歌传统的影响，其五句体又另有特色。

　　古代维吾尔诗歌大多也像现代民歌一样有音节韵律，即每行诗的音节数目相等。随着伊斯兰教的传入以及阿拉伯－波斯文学的影响，阿拉伯－波斯诗歌的阿鲁孜韵律和诗歌形式也为维吾尔古典诗人所采用。阿鲁孜韵律以长短音节的组合、变换为基础，构成不同的调式、格式，从而赋予诗歌最大限度的乐感。阿鲁孜韵律可按诗体性质划分，也可以诗行多少区别，如双行的"格则勒"、三行"穆山来斯"、四行"柔巴依"、五行"穆海麦斯（Muhammas）"。穆海麦斯的结构特点是每节五行，第一节全部押韵，以后各节前四句押韵。它的源头是阿拉伯五行诗Mukhammas（穆哈迈斯体），但又在此基础上作了一定变化，后面将有详细阐述。

维吾尔文学中的"叙事长诗"尽管主要采用麦斯纳维（Masnawi，双行诗）、穆勒伯（Murabba，也译"木拉巴"，四行诗），也有一部分采用穆海麦斯五行诗，如《被蹂躏人们的叹息》（迪丽巴尔·多尔尕）、《关于马的五行诗集》（艾合迈德·夏·哈里哈希）、《苦难纪历》（赛依提·穆罕默德）、《水果之书》（阿布都哈德尔·大毛拉）等。长诗《阿布都热合曼和卓》中，双行诗、四行诗、五行诗形式同时并用。

比如：

你的苦痛已是学堂爱育的经典，
除去悲伤，我心中已不存在任何忧虑和不安，
看到你香唇上的黑痣，
我就会变得无比勇敢，
连卖糖的俗人都说这黑痣人世罕见。

——则勒力《穆海麦斯》

　　塔吉克族格律体诗也有一部分采用阿鲁孜格律，只规定长短音节组合、变换的规则，而对于诗段、诗行的数目和押韵方式未做限定，因此也有五行体（穆亥木买斯），其押韵方式类同穆海麦斯。

　　哈萨克诗歌可以分为单篇，也可以分为连章，按诗行的句数划分，常见的有二行、四行、六行，也有混合诗行，即每个诗段的句数不一样；按诗句的音节数划分，可分为混合音节诗、非混合音节诗。下面这首歌，在哈萨克原文中，即属于混合诗节的五句体，前四句为七个音节，最后一句为八个音节：

　　昨日黑暗岁月里
　　被巴依踩在脚底
　　黄花姑娘成寡妇
　　强壮男儿成奴隶
　　我哭泣着度过人世

　　柯尔克孜族民歌的段式多为每节四句，但也有五句、六句一节的。比如《美在哪里》：

　　老人的美在于有银须，
　　话儿的美在于有谚语，

夜莺的美在于放声唱，

牧场的美在于有畜群，

巧手的美在于绣远景。

　　值得注意的是，这一传统下的五行诗，仍旧严格遵循格律要求，因而在形式上多为联章结构，且篇幅多在三节以上。

　　在蒙古族及东北少数民族中，五句体同样有突出表现。蒙古民歌的形式以四行一节居多，两行一节次之，少数情况下也有三、五、六行一节的，《三十二个棋子》的五行构成，是典型的三行体外加两行的复沓结构组合而成。

在那须弥山上转的是太阳月亮两个，

在那佛堂庙宇里转的是喇嘛官吏两个。

娱乐的棋子是美好的。

我那三十二个棋子是美好的，

愿我们永远幸福安康。

黎明的标志是那东方的启明星，

衰老的标志是那斑驳的白头发。

娱乐的棋子是美好的。

我那三十二个棋子是美好的，

愿我们永远幸福安康。

朝鲜族流传的民歌不下 2000 首，以三行为主，也有五行这种形式。比如：

叔伯姐姐呀，
你在婆家日子
过得怎么样啊？
妹妹呀别问了，
受的苦，酸水吐不完啊！

朝鲜族民歌的音步有三·三调、四·四调、四·三调、三·四调等。举一个四·三调的例子：

干得好啊嗡嘿呀
只要两个嗡嘿呀
齐心协力嗡嘿呀
可以赛过嗡嘿呀
十个汉子嗡嘿呀

此外，鄂温克族民歌中的五句体，主要为杂言五句式。

至此，我们系统梳理了我国民间诗歌歌谣中的五句体的不同形态，涉及汉族及众多少数民族，其间有相互融合的部分，也有独自发展成型的原生态，以及受外来文化影响的形态。也许应该说，五句体并非哪个民族的独创，而是人类诗歌形态的共享形式，并且在不同民族、不同时代的大环境下沿着各自的轨迹发展。

第四节　五句体歌谣之"真"

中国古人特别注重诗歌的真情实感。

《毛诗序》云："诗者，志之所之也，在心为志，发言为诗，情动于中而形于言，言之不足，故嗟叹之，嗟叹之不足，故咏歌之，咏歌之不足，不知手之舞之足之蹈之也。"[91] 如果写出来的诗、唱出来的歌不"真"，那么何以"咏歌"，又何以"手之舞之足之蹈之"呢？如果说文人诗歌尚有一种"做"出来的嫌疑，那么，民间歌谣则无此必要。

班固《汉书·艺文志》云："自孝武立乐府而采歌谣，于是有代赵之讴、秦楚之风，皆感于哀乐，缘事而发，亦可以观风俗，知薄厚云。"[92] 显然，如果不具备"真"的基础，那么，也就无从"观风俗、知薄厚"了。特别注意的是，班固只是说民间歌谣具备这个特点，并未说通过文人诗歌也同样有此效果。两相比较，在"真"的价值方面，他更相信民间歌谣了。

及至金元之际，刘祁云："今人之诗，惟泥题目、事实、句法，将以新巧取声名，虽得人口称，而动人心者绝少，不若俗谣俚曲之见其真情而反能荡人血气也。"[93] 和班固说的是同一个意思。

冯梦龙在《叙山歌》中明确提出了他关于山歌之"真"的观点，这篇序言不长，字字玑珠，全文录入如下：

　　书契以来，代有歌谣，太史所陈，并称风雅，尚矣。自楚骚唐律，争妍竞畅，而民间性情之响，遂不得列于诗坛，于是别之曰"山歌"。言田夫野竖矢口寄兴之所为，荐绅学士家不道也。唯诗坛不列，荐绅学士不道，而歌之权愈轻，歌者之心亦愈浅。今所盛行者，皆私情谱耳。虽然，桑间濮上，国风刺之，尼父录焉，以是为情真而不可废也。山歌虽俚甚矣，独非郑、卫之遗欤？且今虽季世，而但有假诗文，无假山歌，则以山歌不与诗文争名，故不屑假。苟其不屑假，而吾藉以存真，不亦可乎？抑今人想见上古之陈于太史者如彼，而近代之留于民间者如此，倘亦论世之林云尔。若夫借男女之真情，发名教之伪药，其功于《挂枝儿》等。故录《挂枝词》而次及《山歌》。[94]

　　"但有假诗文，无假山歌"，正因有此认识，冯梦龙才搜集整理当时的民间歌谣，编纂《山歌》等作品。冯梦龙重视民间文学、通俗文学，辑著的作品涉及小说、戏曲、民歌、笑话等多种形式，这在文人中是很鲜见的。

　　顾颉刚认为，秦汉以前，民间的诗歌，故事和士大夫阶级的制作不会有很大的分别的，而自秦汉以后，中国文学便因士大夫和民间两种趣味的不同而逐渐分成二派主流。他高度评价民间文学："'五更转'，'子夜'等民歌，却从征夫思妇的心中流露出来，不以卑俗为病，不以雅致为高，因为是绝无矫饰的心声，自然就占据了民间儿女的心境。而那些士大夫的制作者，在廊庙或山林中搅得不耐烦了，或者看着那些民间作品虽然真挚，然而太卑俗了，也就自告奋勇的加入这团体来模仿制作。作到后来，又会渐渐的变成高雅；而爱好卑俗的民众们却并不感谢士大夫的修饰或改良。他们依然流行他们的。"[95]

"不以卑俗为病，不以雅致为高"，"绝无矫饰的心声"，"真挚"，这些用语无非是要表明山歌等民间文学情真意切特点。不管是五句子山歌还是花儿，或者其他形式的民间五句体，都特别注重"真"，有真实不虚的特质。这种"真"，既体现为情感上的真情实感，也体现为风格上的质朴率真。

台静农在《山歌原始之传说》一文中谈到山歌来源的两个传说，然后写道："我每每在田夫野老的队中搜山歌的时候，他们都这样地告诉我'诌书立戏真山歌'，意即书是编的，戏是创造的，山歌可是真的。因此我们可以知道：这两条在我们只能认作传说，在他们却认为是山歌的历史上之第一页呢。"[96]

庞德在《诗的起源于叙事歌》中谈到他对民歌的观点，"在文学史家看来，无论哪种歌，只要满足下列两个条件的，便都是民歌。第一，民众必得喜欢这些歌，必得唱这些歌。它们必得在民众口里活着。第二，这些歌必得经过多年的口传而能留存。它们必须能不靠印本而存在。"[97]要具有"必得在民众口里活着""必须能不靠印本而存在"的能力，真情实感显然是最基本的。

事实上，民间歌谣的流传，也确实属于口头诗学的范畴，传统的抄本以及现代的印刷术尽管保留了很多民间歌谣，但那仅仅是汇编性的工作，对民间歌谣的流传播散基本无功绩可言。这就好比博物馆珍藏了很多蝴蝶的标本，但活的、有生命力的蝴蝶却在大自然飞翔，展示其优美灵动的舞姿。在冯梦龙《山歌》失传近三百年间，桐城歌的流传并未受到影响，五句山歌照样大行其道，如果依托于抄本，则五句山歌可能真的早已绝迹了。

《淮南民歌集》中有作品谈到"真"，如第 102 首：

> 新打洋船下江河，
>
> 洋船桅杆系丝罗；
>
> 丝罗不要重锤打，
>
> 撩姐不要话语多，
>
> 只要五句真山歌！

在河南信阳的光山县，五句山歌被称为"隔山应"，陈有才认为，"隔一座山都能听见，说明其悠长高亢"，他还指出五句山歌是"吐露真情的千古绝唱"。[98] 诚然，虚情假意的、言不由衷的话，出于表演的需要也能够演绎得很自然，但在一个面对大自然的独处场合，或者除了交流情感，几乎毫无功利色彩的场合，人们大概很难将自己不相信的东西大声唱出来。

为了体现这种"真"，其旋律节奏也往往高亢，音域跨度大。研究认为，这也有其客观因素。"'五句子'歌多在山地野外歌唱，环境空旷，如果演唱的调子低了，音量小了，声音就传不远，也就无法交流思想感情，因此人们习惯于大声高唱，这就自然地形成了高亢的特征。"[99]

五句山歌如此，花儿也如此。论者认为，"洮岷花儿所表达的感情是极其真实的。它是真有感而发，真有情可抒……表达的感情是十分强烈的。因为它抒发的是真实情感，往往来的很执着、猛烈，热腾腾、火辣辣的。"[100]

　　歌谣之"真"，还体现在它并不回避情感与欲望，而且通过艺术手法加以大胆表达。在谈到《时兴玉井青莲》《弋阳童声歌》《九句妙龄情歌》等作品时，李福清认为："畅言'情'与'欲'则是平民社会的时髦，它意味和代表着一种抗击礼教的自发潮流，当然也体现了人性的觉醒。看看三种选集收刻的俗曲民歌，有的哀怨凄楚，有的奔放炽烈，如果撇开保守的成见，不能不承认它们对爱情的表白与追求，朦胧地表达了运用自主形式安排生活、支配行动的强烈愿望，即便稍涉放荡，也是几千年封建礼教禁锢的逆反之必然结果。"[101]

　　诚然，对山歌的误解，不仅仅是道学家，即便民众也不遑多让，民歌搜集者在搜集民歌时也经常遭到误解乃至嘲笑。在经济相对落后的山区，山歌更容易得到保留，这也许和山区经济不发达，民风更为淳朴有关。远离了物欲，更容易显出山歌的价值。

注释：

[1] 张弢.《传统与现代的激荡——报刊中的"歌谣运动"研究》[M]. 北京：社会科学文献出版社，2016：20-21.

[2] 张弢.《传统与现代的激荡——报刊中的"歌谣运动"研究》[M]. 北京：社会科学文献出版社，2016：33.

[3][4] 胡适.《谈谈"胡适之体"的诗》[M]. 北京：光明日报出版社，

1998：243—244.

[5] 张弢.《传统与现代的激荡——报刊中的"歌谣运动"研究》[M].北京：社会科学文献出版社，2016：36.

[6] 胡适.《谈谈"胡适之体"的诗》[M].北京：光明日报出版社，1998：248—250.

[7] 胡适.《谈谈"胡适之体"的诗》[M].北京：光明日报出版社，1998：248—250.

[8] 胡适.《胡适文存二集》（卷四）[M].北京：外文出版社，2013:309.

[9] 胡适.《胡适文存二集》（卷四）[M].北京：外文出版社，2013:310.

[10][11] 台静农.《淮南民歌集》[M].郑州：海燕出版社，2015:121.

[12] 台静农.《淮南民歌集》[M].郑州：海燕出版社，2015:121—122.

[13] 台静农.《淮南民歌集》[M].郑州：海燕出版社，2015:122.

[14] 张亚雄.《花儿集》[M].北京：中国文联出版公司，1986:10.

[15][16] 乔建中.《花儿研究第一书——张亚雄和他的＜花儿集＞》.《音乐研究》[J].2004（3）：20.

[17] 顾颉刚.《顾颉刚民俗学论集》[M].上海：上海文艺出版社，1998：312—373.

[18] 季绪才.《岷州花儿选集》[M].兰州：甘肃文化出版社，2013:340.

[19] 董作宾.《一首歌谣整理研究的尝试》（原载《歌谣周刊》第63号第2版，1924）.《＜歌谣＞合订本》（第三册）[J].上海：上海文艺出版社，1962.

[20] 董作宾.《一首歌谣整理研究的尝试》（原载《歌谣周刊》第63号第5版，1924）.《＜歌谣＞合订本》（第三册）[J].上海：上海文艺出版社，

1962.

　　[21] 董作宾 .《一首歌谣整理研究的尝试》（原载《歌谣周刊》第 64 号第 3 版，1924）.《＜歌谣＞合订本》（第三册）[J]. 上海：上海文艺出版社，1962.

　　[22] 董作宾 .《一首歌谣整理研究的尝试》（原载《歌谣周刊》第 63 号第 6 版，1924）.《＜歌谣＞合订本》（第三册）[J]. 上海：上海文艺出版社，1962.

　　[23] 大木康 .《冯梦龙＜山歌＞研究》[M]. 上海：复旦大学出版社，2017：206.

　　[24] 岳永逸 .《保守与激进：委以重任的近世歌谣——李素英的＜中国近世歌谣研究＞》.《开放时代》[J].2018（1）：95.

　　[25] 大木康 .《冯梦龙＜山歌＞研究》[M]. 上海：复旦大学出版社，2017：204.

　　[26] 大木康 .《冯梦龙＜山歌＞研究》[M]. 上海：复旦大学出版社，2017：205.

　　[27] 大木康 .《冯梦龙＜山歌＞研究》[M]. 上海：复旦大学出版社，2017：207.

　　[28] 大木康 .《冯梦龙＜山歌＞研究》[M]. 上海：复旦大学出版社，2017：208.

　　[29]〔美〕约翰·迈尔斯·弗里 .《口头诗学：帕里－洛德理论》[M]. 北京：社会科学文献出版社，2000：5.

　　[30]〔美〕约翰·迈尔斯·弗里 .《口头诗学：帕里－洛德理论》[M]. 北京：社会科学文献出版社，2000：136.

[31]〔美〕阿尔伯特·贝茨·洛德，尹虎彬（译）.《故事的歌手》[M].北京：中华书局，2004：300-301.

[32]〔美〕阿尔伯特·贝茨·洛德，尹虎彬（译）.《故事的歌手》[M].北京：中华书局，2004：148.

[33] 周玉波、陈书录.《明代民歌集》[M].南京：南京师范大学出版社，2009：246.

[34] 梁前刚.《五句子概说》[M].武汉：湖北人民出版社，2007 年：118.

[35] 杜亚雄.《中国民歌地图》（南方卷）[M].合肥：安徽文艺出版社，2013：265.

[36] 刘半农（采集）.《江阴船歌》（原载《歌谣周刊》第 24 号第 2 版，1923）.《＜歌谣＞合订本》（第一册）[J].上海：上海文艺出版社，1962.

[37]（澳）约瑟夫·乔丹尼亚，于浩、毕乙鑫（译）.《人为何歌唱——人类进化中的音乐》[M].上海：上海音乐学院出版社，2014：32.

[38] 黄家泉.《兴国"客家话"山歌格律》.《少数民族诗歌格律》[C].西藏：西藏人民出版社，1986：97-98.

[39] 刘晓春、胡希张、温萍.《客家山歌》[M].文化艺术出版社，2015:42-43.

[40] 董学民.《论五句子歌的形成》.《交响—西安音乐学院学报》[J].1997（3）：33-36.

[41] 梁前刚.《五句子概说》[M].武汉：湖北人民出版社，2007：15-17.

[42] 李映明.《谈谈山歌"五句子"》.《音乐研究》[J].1985（2）：100.

[43] 田发刚.《鄂西土家族五句子传统情歌初探》.《鄂西大学学报（社会科学版）》[J].1989（1）：61.

[44] 周玉波.《明代民歌研究》[M].南京：凤凰出版社，2005：P58-59.

[45] 周玉波、陈书录.《明代民歌集》[M].南京：南京师范大学出版社，2009：8.

[46] 郑振铎.《郑振铎全集》（5）[M].石家庄：花山文艺出版社，1998:180.

[47][48] 郭骊.《说说桐城歌——浅谈桐城歌的起源、影响与传承》.http://www.tcwhg.cn/fywh/shownews.php?lang=cn&id=363.

[49] 洪迈.《容斋随笔》[M].长沙：岳麓书社，2006:518.

[50] 宋濂.《元史》.《二十五史》（九）[M].郑州：中州古籍出版社，1998：265.

[51][52][53] 陈未鹏、吴聘奇.《论地域文化与词学流派的演进——以南唐词风与晏欧词派为例》.《厦门广播电视大学学报》[J].2015（1）：45.

[54] 叶嘉莹.《迦陵文集（五）》[M].石家庄：河北教育出版社，1997：35.

[55] 王兆鹏.《唐宋词汇评：唐五代卷》[M].杭州：浙江教育出版社，2004：428.

[56] 陈红.《江西弋阳腔戏曲新探》[M].南昌：江西人民出版社，2009:4.

[57][58] 胡希张.《客家山歌史研究》[M].广州：广东人民出版社，2013：55-59.

[59] 汤显祖，徐朔方（笺校）.《汤显祖全集》（二）[M].北京：北京

古籍出版社，1999:1189.

[60]【俄】李福清、【中】李平.《海外孤本晚明戏剧选集三种》[M].上海：上海古籍出版社，1993：5-6.

[61]【俄】李福清、【中】李平.《海外孤本晚明戏剧选集三种》[M].上海：上海古籍出版社，1993：18-19.

[62] 周玉波.《月上茶蘼架——明代民歌札记》[M].南京：南京师范大学出版社，2009：350.

[63] 庄周，陈鼓应（注译）.《庄子今注今译》（下册）[M].北京：商务印书馆，2007:894.

[64]〔美〕阿尔伯特·贝茨·洛德，尹虎彬（译）.《故事的歌手》[M].北京：中华书局，2004：146.

[65] 冯光钰.《中国同宗民歌》[M].北京：中国文联出版公司，1998：1-4.

[66] 冯光钰.《中国同宗民歌》[M].北京：中国文联出版公司，1998：5.

[67] 郗慧民.《西北民族歌谣学》[M].北京：民族出版社，2001：298.

[68] 袁复礼.《甘肃的歌谣——"话儿"》.（原载《歌谣周刊》第82号第1版，1925）.《<歌谣>合订本》（第三册）[J].上海：上海文艺出版社，1962.

[69] 屈文焜.《关于构建花儿流域文化生态系统一体化保护框架的思考和建议》.《花儿论文选集（上）》[C].兰州：甘肃文化出版社，2017：86.

[70] 马珑.《花儿源流试探》.《花儿论集》[C].兰州：甘肃人民出版社，1983：106.

[71] 卜锡文.《试论花儿的体系与流派》.《花儿论集》[C].兰州：甘肃人民出版社，1983：165-166.

[72] 王沛 .《河州花儿研究》[M]. 兰州：兰州大学出版社，1992：40.

[73] 王沛 .《河州花儿研究》[M]. 兰州：兰州大学出版社，1992：154.

[74] 郗慧民 .《花儿的格律和民间文学工作的科学性》.《花儿论集》[C]. 兰州：甘肃人民出版社，1983：181-182.

[75] 王沛 .《河州花儿研究》[M]. 兰州：兰州大学出版社，1992：165.

[76] 王沛 .《河州花儿研究》[M]. 兰州：兰州大学出版社，1992：167.

[77] 王沛 .《河州花儿研究》[M]. 兰州：兰州大学出版社，1992：190.

[78] 董克义 .《＜水红花＞赏析》,http://www.chinalxnet.com/a/huaer/huaerShiting/

2020/0515/58270.html?spm=zm1299-001.0.0.1.ZWCCMK

[79] 临夏州档案馆主编 .《王沛中国花儿散论》[M]. 兰州：甘肃人民出版社，2018：23.

[80] 临夏州档案馆主编 .《王沛中国花儿散论》[M]. 兰州：甘肃人民出版社，2018：23-24.

[81] 王沛 .《河州花儿研究》[M]. 兰州：兰州大学出版社，1992：298.

[82]、[83] 宁文焕 .《洮州花儿散论》[M]. 兰州：甘肃民族出版社，1992：58.

[84] 丁桂珍 .《论洮、岷花儿的区别》.《花儿论文选集（上）》[C]. 兰州：甘肃文化出版社，2017：15-19.

[85] 郗慧民 .《花儿的格律和民间文学工作的科学性》.《花儿论集》[C]. 兰州：甘肃人民出版社，1983：183-185.

[86] 郗慧民 .《花儿的格律和民间文学工作的科学性》.《花儿论集》[C]. 兰州：甘肃人民出版社，1983：184.

[87] 陶柯.《论藏族文化对洮岷花儿的影响》.《花儿论文选集(上)》[C].兰州:甘肃文化出版社,2017:262.

[88] 马珑.《花儿源流试探》.《花儿论集》[C].兰州:甘肃人民出版社,1983:106.

[89] 魏泉鸣.《花儿新论》[M].兰州:敦煌文艺出版社,1991:19-21.

[90] 那贞婷、马自祥.《花儿程式类型及牡丹程式探析》.《花儿论文选集(上)》[C].兰州:甘肃文化出版社,2017:234-239.

[91] 于民、孙通海(编著).《中国古典美学举要》[M].合肥:安徽教育出版社,2000:210.

[92] 班固.《汉书》[M].西安:太白文艺出版社,2006:268.

[93] 刘祁.《归潜志》.《宋元笔记小说大观》[M].上海:上海古籍出版社,2001:6017.

[94] 冯梦龙.《叙山歌》.《中国历代乐论选》[M].上海:华东师范大学出版社,2018:335.

[95] 张弨.《传统与现代的激荡——报刊中的"歌谣运动"研究》[M].北京:社会科学文献出版社,2016:226-227.

[96] 台静农.《淮南民歌集》[M].合肥:海燕出版社,2015:142-143.

[97] 朱自清.《朱自清全集》(第六卷)[M].南京:江苏教育出版社,1996:317.

[98] 陈有才.《信阳历史文化丛书·民歌卷》[M].郑州:中州古籍出版社,2017:28.

[99] 李映明.《谈谈山歌"五句子"》.《音乐研究》[J].1985(2):104.

[100] 王殿、雪犁.《论洮岷花儿的艺术性》.《花儿论集》[C].兰州:甘

肃人民出版社，1983：145-146.

[101]【俄】李福清、【中】李平.《海外孤本晚明戏剧选集三种》[M].上海：上海古籍出版社，1993：5.

第五章
日本短歌: 五七因素的异域演变

　　中国古代文学尤其是五、七言诗的句式特征, 在中日文化交流的过程中, 逐渐在日本落地生根, 促成了日本短歌的定型。

第一节　短歌与中文翻译

　　不过, 也许很多读者并无短歌为五句的印象, 主要原因在于, 规范的短歌遵循 "五七五七七" 音律, 也就是其结构为五句三十一音, 但我们平常看到的翻译成中文的和歌, 其语言及形式却基本和中国古诗或近体诗无异。原来, 正如翻译家王晓平所言, 日本短歌在翻译成中文的过程中, "主张文言翻译的多, 虽然也有主张用现代汉语来译的, 但在实践上还是以文言为主。" [1]

　　严绍璗也提到, 万历年间编撰的《日本考》, 其卷三 "歌谣" 辑入的和歌多达五十一首, "译者随歌辞本身的意境, 采用多种表达形式。" [2] 他列举的形式包括四言四句诗、五言四句诗、七言二句诗、四无言相杂诗、五七言相杂诗、五七三言相杂诗、韵文与散文相杂等近十种。晚清黄遵宪采用歌骚体。现当代译界提出"五七五七七"、"三七七"、诗经句型等多种译法，日本学者提出"三四三四四"型。时至今日，这些形式依然广泛采用。

上述译法以将整首短歌译为四句的居多，当我们看到这样一首诗，绝对想不到它的原文是分为五行的：

遥望久不厌，清心吉野川。
苔滑石岸湿，愿结重游缘。

诗中的"吉野川"还能使读者知道它和日本有关，但下面这一首，由于不存在带有日本民族特征的地名，与中国古诗决无差别，除了"只管"这种翻译的表述之外：

折来翠柳丝，只管插双鬓。
美酒共盈觞，何怜凋落尽。

如果你不懂日语，翻译者又不能将短歌最基本的形式结构反映出来，那么读者很难建立日本短歌分五行的概念。诗歌尤其是格律诗的形式就是它的生命，在翻译时应该得到尊重。比如十四行诗，翻译水平再高妙，如果多一行或少一行都会成为笑谈，正所谓"凫胫虽短，续之则悲；鹤胫虽长，断之则哀"。学界显然也注意到这个情况。王晓平指出，"首先和歌（除去早期和歌之外）

和俳句都是七五字交错的定型诗，而不是自由诗。我们的翻译不应该忽视这样一个形式上的特点。"[3]

第二节　短歌的定型与中国五七言因素

近代以来，短歌几被视为和歌的代名词。日本原始形态的和歌是以歌谣形式出现的，主要保存在《古事记》和《日本书纪》中，除去重复之作有 200 首左右；此外，在《风土记》《古语拾遗》《日本灵异记》等文献中，也保留了 50 首；加上《万叶集》中收录的古歌 80 首，总计 330 余首，一般称为"记纪时代歌谣"，是"研究日本和歌起源的最直接的史料，它为探索'短歌'诗型的形成，提供了最可靠的依据。"[4]其中，《古事记》记述了日本从古代传说的神代到推古天皇时代（593—629）的历史和物语，《日本书纪》则记述了从神代到持统天皇时代（686—697）的历史和物语，这两部书都是由太安万侣奉命编撰，分别在 712、720 年完成，而《万叶集》作为早期和歌代表作品合集则成书于 759 年前后。

如此相近的成书年代，意味着即便是《古事记》中的所谓原始形态的和歌，也已非纯粹的"原始形态"。严绍璗在《日本古代短歌诗型中的汉文学形态》一文中指出，"当《古事记》和《日本书纪》把流传于神话传说和民间的'歌'以书面形式记录下来，收入文献时，由文人创作的和歌，以及由他们所确立的'五七音音数律'已经开始流传。因此，现在收集在《记》、《纪》二书中的早期形态的和歌，无疑是受到了文人创作的'万叶调'的影响的。"[5]

比如，原始形态的和歌不具备"五七音音数律"，"它们在音数的组合和诗行的排列上，只考虑便于咏唱，并不接受某种统一节律的制约。就音数而言，从三音数到九音数，参差错落；就诗行而言，奇偶并存，并无定规。"[6]但在《古事记》中，却有一首被《古今和歌集·序》称为日本和歌史上最早的作品，具备完整规范的短歌形态。速须佐之男命斩杀八头八尾大蛇，打算娶本地神的女儿为妻的神话，当他盖起了宫殿后作歌："腾起层层云彩兮，出云地建起深宫。为我爱妻兮，造起八重宫垣。嗬兮，八重宫垣！"

为何会出现这种反常现象？严绍璗认为，它和出现在《古事记》中的类似形态的短歌一样，"大概都是经过七、八世纪文人歌人加工过的作品。事实上，这首歌第四、五句两个七音群相重复，原歌一定只有四行，是一种偶数诗行的歌，仍然显露出了它的原始的痕迹。"[7]

那么，和歌"五七五七七"这种体例是如何形成的呢？当然也有多种说法，或寄托于神话传说，或持"自然形成论"，或臆断是"日本语音律的绝对形态"。在《万叶集》问世近150年之后，905年，醍醐天皇敕令编辑的《古今和歌集》汉文序在提及和歌的产生时，仍如此表述："然而神世七代，时质人淳，情欲无分，和歌未作。逮于素戈鸣尊，到出云国，始有三十一字之咏。今反歌之作也。其后虽天神之孙，海童之女，莫不以和歌通情者。"[8]

这种说法当然与事实不符。

实际上，"《万叶集》歌的创作、成集年代，正值日本大量接受汉文化、尊崇汉文化的时期，日本天皇下诏编辑了《怀风藻》等汉诗集，官方通用汉文，和歌在当时并未受到重视。"[9]同样是在《古今和歌集》汉文序中还有这样的表述："自大津皇子（663–686）之初作诗赋，词人才子慕风继尘，移彼汉家之字，化我日域之俗。民业一改，和歌渐衰。"[10]

辰巳正明认为："《万叶集》中和歌的创作时代是日本文化史上与中国、朝鲜半岛交流最为频繁的时代。也可以说，《万叶集》正值遣隋使、遣唐使的时代。""日本文学的形成自古以来就基于日中之间的密切交流，日本在文学方面也毫无例外地接受了近邻诸国的文化影响。"[11]

故而，严绍璗认为，短歌定型化的过程，"不能离开特定的历史文化条件。如果我们把短歌诗型的形成，与中国韵文文学在日本流传的过程互相联系起来考察，那么，也许就能洞悉其中的许多幽奥之处。"[12]

汉文化对日本的影响，有论者认为最早可以上溯到公元前200年（日本弥生时代），距离《万叶集》诞生年代有千年之久，这势必产生非常深远、重要的影响。

严绍璗认为，中国古代文学不同发展阶段上的某些特质为日本文学所消化吸收，大约需要二百年左右，其中四、五世纪的六朝文学为七、八世纪的奈良文学所融合。通过分析《楚辞》骚体、汉乐府五七言交错句式、五言诗、七言诗对日本短歌的影响，他发现"奈良时代日本汉文学（主要是日本汉诗）其融合中国秦汉六朝文学的最主要的内容，便是在诗句的形态方面，出现了从句式模拟开始，其后逐步深化的'形态模拟诗'"。这种模拟包括从某个句式到整首诗全形态的模拟创作，且是"从中国乐府体歌诗"亦即五七言句式开始的。[13] 在此过程中，"从汉诗发展而来"的汉字训读和歌"依据日语表现的特点，抛弃了汉诗原有的押韵，以及纯粹由象形的特点所构成的对仗，保留了汉诗音节与句型，造成一种新的韵律。当这类和歌大量出现的时候，由万叶假名（汉字音读）创作的和歌，正从自由音数形态，整顿韵律，向定型化过渡……从而，原始形态的自由音数的和歌便得以接受这种新的基本韵律，并把它融合于自己的传统之中，运用表现日本民族感情风貌的修辞方式，形成了'五·七·五·七·七'的诗型。"[14]

由于枕词"仅起调整语调的作用，与诗文的整体含义并无直接关系。并且，本身往往也没有什么十分明确的实质含义……在把短歌译成现代日语时，枕词的含义一般可以略去不译。"自然，译成中文时也是如此，这也是短歌太多译成四句的一个客观原因吧。

其中，所谓"表现日本民族感情风貌的修辞方式"，指的是"枕词"。关于"枕词"，严绍璗认为："一般说来，一首短歌必有一组枕词。所以，主文实质上就是四行偶数。枕词原先是三音、四音不等，只是由于五七音'音数律'的确立，枕词也演变成以五音群为主的短句了。由于枕词的运用，这就回答了这样一个问题，即在短歌'音式'模拟汉诗'句式'的过程中，为什么汉语诗是偶数诗行，而短歌最终是奇数诗行。"[15]

由于祝词"仅起调整语调的作用，与诗文的整体含义并无直接关系。并且，本身也没有什么十分明确的实质含义，……在把短歌译成中文时也是如此，这也是短歌大多译成四句的一个客观原因吧。

第三节　短歌的两种风格："五七调"和"七五调"

下面探讨短歌的两种风格亦即"五七调"和"七五调"。

所谓"五七调"，即在"57577"五句中，断句形式是在第二、四句后面断句，五音句后续七音句，即"57//57、7"，句式结构相当于"2-3"。所谓"七五调"，则是在第三句后面断句，七音句后续五音句，即"5、75//77"，句式结构相当于"3-2"。

一般来说，"五七调"的风格朴素雄伟，盛于《古事记》《日本书纪》《万叶集》时代；"七五调"风格优雅柔美，在《古今集》《新古今集》时代取代了"五七调"的地位，作品数量更多。诚然，从质朴到繁复，从写意到工笔，从豪放到婉约，似乎也是一般文学形式在发展过程中转变的趋势。不管如何，诗歌总是人类情感的表现，豪情壮志未必时时有之，内心平和才是常态。因而，体现在这两种风格的作品上，就是在《万叶集》以及"五七调"兴盛的时代，"七五调"的作品也不在少数。据濑古确所言，当时"七五调的势力也有其难舍之处"，像柿本人麻吕就"超出众人，所作的和歌中七五调比五七调还要多"，连他的作品在内，当时的七五调作品对五七调作品的比率是 77:100，而到了《古今集》，这个比例上升到 165:100，及至《新古今集》时代，则跃升至 394:100。[16]

现将短歌的类型及特征列表如下：

类型	调式	风格	断句形式	主要作品
万叶调	五七调	朴素雄伟	偶数断句	万叶集（759年前后）
古今调	七五调	优雅	奇数断句	古今和歌集（905年）
新古今调	七五调	优美纤细	奇数断句	新古今和歌集（1205年）

备注：
1. 在"记纪歌谣"中，非定型的短歌约占一半，同时存在五七、四六、三八等多种音律形式，这说明日本的上古歌谣并无严格的音节要求。
2. "记纪歌谣"中的和歌，可以视为"无标题诗"，这也是此一时期"短歌"尚未定型的体现。在《万叶集》中，"短歌"（反歌）已作为"长歌"的尾声出现。"长歌"只要附有"短歌"，整首诗就一定有歌题，亦即"短歌"作为诗型的定型，是与《万叶集》"标题诗"同时出现的。

至于为何会发生从"五七调"到"七五调"的转变，可谓见仁见智。川本皓嗣认为，"造成五七调和歌衰退的直接因素，显然是因为人们'发现'了七五调这个更好的形式。诗人们只要在五音句的三拍子后面加上一个一拍两个音的休止，就能使每个句子保持住四拍子的平衡。"[17]松浦友久认为，"'五七调'的一联的中间有三个'休音'，而在一联的末尾只有一个休音。因此，'上句和下句'容易分离；而相反地，'前联和后联'则容易结合。换而言之，在意义上是'五七'之结合而在音声上则容易变为'七五'之结合。也就是'五七'作为'联'来讲，安定度不高。反之，'七五'作为'联'的安定度极高。"[18]

松浦友久还认为，"在'五七五'之后再加上一个'七七'句，成为'五七五七七'调时，则前半'五七五'的流动感，和后半'七七'的安定感结合，造成一种优美典雅的节奏感。而这个节奏感刚好是'短歌'所要表现的正统的、纯粹的抒情诗歌的面貌。"[19]

第四节　日本歌人在中国创作的短歌

短歌既然在其成型过程中受中国文学如此深刻的影响，在中日文化交流中，短歌创作地也不可避免地发生在中国。奈良时期的著名歌人山上忆良的《在大唐时忆本乡作歌》是《万叶集》中唯一写于长安的短歌。701 年，山上忆良作为"少录"（正八品上的小官）参加第 8 批"遣唐使团"，但因海上风浪被迫返航，第二年 6 月再次出发，当年 10 月份到达盐城。在中国逗留了近两年之后，于 704 年回国。这首短歌即作于回国前的宴席上：

归兮，归兮，
众家子！
速速归日本。

大伴御津海岸松，

翘首盼归舟。

在回国之际，欢愉之情溢于言表，遥想海岸对面的松树都在盼望游子的归来。

山上忆良深受中国古典文学滋养及影响。辰巳正明在《万叶集与中国文学》一书中，主要分析了中国文学对柿本人麻吕、大伴旅人、山上忆良和大伴家持的影响。在谈到山上忆良时，又从中国儒释道传统及诗歌传统、六朝士大夫精神、《文选》及王梵志作品对其的影响展开，认为："忆良对人生之苦所作的'无可奈何'的咏叹，或者也可以说与'相闻'恋情的痛苦、'挽歌'对死者的伤感具有等同之处。但是，除去相闻和挽歌中的'无可奈何'，在忆良之前却没有忆良式的'无可奈何'用例。忆良的'无可奈何'这样的咏叹，是与《文选》的'杂诗'可相吻合的诗的应有状态。"[20]

所谓"《文选》的'杂诗'"，这里特指被置于《文选》"杂诗"开头的《古诗十九首》。《古诗十九首》对山上忆良的影响是显而易见的，"《古诗十九首》中还有咏叹不能立名于后世的：'盛衰各有时，立身苦不早。人生非金石……'它充分暗示出忆良的《沉之时歌》是受其影响的。此歌人亦称之为忆良的辞世歌，吟咏的止是对立名的感叹"：[21]

为士重功名，

岂能碌碌度平生，

回首一场空？

万代流芳人所愿，

奈何到底名未成！

　　同样是思念故乡，同样是在饯别的宴席上，换一个歌人，表述就迥然不同了。阿倍仲麻吕作为遣唐留学生于717年到达洛阳，此后在大唐生活了35年，其间他改名晁衡，考中了进士，是日本施行遣唐使制度200余年来唯一科举及第之人，他也和李白、王维、储光羲等人交往密切。752年，阿倍仲麻吕获准离唐回国，王维等诗人设宴饯行，并有诗作相赠。据说，阿倍仲麻吕的这首短歌就是写于此刻：

仰首望苍穹，

春日三笠山，

月出皎皎明。

　　这首短歌后来被收录在《古今和歌集》和《小仓百人一首》，从艺术上来说，它比山上忆良的作品更胜一筹，更为含蓄、自然。

　　然而，这次回国却并不顺利，航行途中遭遇海上风暴，阿倍仲麻吕所乘坐的船触礁，与其他船只失去联系，被风吹至安南（今越南），登陆后又遭当地土人追杀，全船一百七十多人，仅幸存十余人，所幸在历经艰难后，最终回到了长安。其间，长安友人以为他已经溺亡，李白作《哭晁卿衡》以悼念：

> 日本晁卿辞帝都，征帆一片绕蓬壶。
>
> 明月不归沉碧海，白云愁色满苍梧。

李白对"明月"这个意象可谓情有独钟，郁闷时"举杯邀明月，对影成三人"，悲悯时"长安一片月，万户捣衣声"，安慰友人时"我寄愁心与明月，随风直到夜郎西"，想念家乡时"举头望明月，低头思故乡"，但在写这首诗之时，他采用"明月"这个意象，显然更有和阿倍仲麻吕短歌中"皎月"相呼应的意味。

两年后，亦即 755 年阴历六月，回到长安的阿倍仲麻吕"看到李白为他写的诗，百感交集，当即写下了著名诗篇《望乡》"，"我更为君哭，不得长安住"。[22] 此时，已经是山雨欲来了，是年岁末"安史之乱"暴发，他和李白应该再未相见。

第五节　短歌对唐代词的模仿

下面再简要谈一谈日本文人对中国五句体诗词方面的模仿。应该说，随着中日文化交流的加深，特别是在唐朝，这种模仿速度加快了。

白居易作品在日本的流传是其中特出的事例。"从公元九世纪到十二世纪，日本文坛因崇拜中国唐代文学家白居易而刮起了一股'白旋风'，历四百年而不衰……这一时期的日本汉诗、和歌、物语、散文——几乎在文学的一切样式中，都在不同程度上显露了模拟白居易文学的痕迹。"[23]

这里仅以白居易的三首小词《忆江南》为例，这三首词大概作于开成二年（837 年），"一旦传入日本，汉诗人变起而仿效。在中国填词史上，白居易虽然并不是始作俑者，但在白居易的'词'的刺激下而出现的'仿体诗'，却创造了日本诗体的新形式。"[24]

日本平安时代兼明亲王有仿作《忆龟山》二首"是现在已知的最早的日本汉词"[25]，兼明亲王特别在题前自注"效江南曲体"，考察当时诸种江南曲体，唯白居易《忆江南》的体例格式与此相同。其一云：

忆龟山，龟山久往还。南溪夜雨花开后，西岭秋风叶落间，岂不忆龟山？

又如唐代诗人张志和（732—774）的名作《渔父词》，问世仅 7 年，就流传到日本，被嵯峨天皇（786—842）看重并列入教科书，嵯峨天皇还仿作《杂言·渔歌》五首，其一为：

江水渡头柳丝乱，渔翁上船烟景迟。乘春兴，无厌时，求鱼不得带风吹。

张志和的这组作品"为日本弘仁（公元 810-823 年）诗坛带来了中唐新风"，[26] 而嵯峨天皇的《杂言·渔歌》五首诗作甫出，也有诸多和作，"带来中唐新风"确非虚语。当然，就整体而言，这仅仅是中国文学对日本文学巨大影响中的一朵浪花而已。

注释：

[1]〔日〕川本皓嗣，王晓平、隽雪艳、赵怡（译）.《日本诗歌的传统——七与五的诗学》[M]. 南京：译林出版社，2004：15.

[2] 严绍璗.《中日古代文学关系史稿》[M]. 福州：福州教育出版社，2016:281.

[3]〔日〕川本皓嗣，王晓平、隽雪艳、赵怡（译）.《日本诗歌的传统——七与五的诗学》[M]. 南京：译林出版社，2004：16.

[4]、[5] 严绍璗.《中日古代文学关系史稿》[M]. 福州：福州教育出版社，2016:59.

[6]、[7] 严绍璗.《中日古代文学关系史稿》[M]. 福州：福州教育出版社，2016:60.

[8][日] 佚名，钱稻孙（译）.《万叶集》[M]. 杭州：浙江教育出版社，2020:5.

[9][10][日] 佚名，钱稻孙（译）.《万叶集》[M]. 杭州：浙江教育出版社，2020:6.

[11][日] 辰巳正明，石观海（译）.《万叶集与中国文学》[M]. 武汉：武汉出版社，1997:1-2.

[12] 严绍璗.《中日古代文学关系史稿》[M]. 福州：福州教育出版社，2016:63.

[13] 严绍璗.《中日古代文学关系史稿》[M]. 福州：福州教育出版社，

2016:66-71.

[14] 严绍璗.《中日古代文学关系史稿》[M].福州：福州教育出版社，2016:87.

[15] 严绍璗.《日本古代短歌诗型中的汉文学形态》.《北京大学学报（哲学社会科学版）》[J].北京：1982(5):73.

[16]〔日〕濑古确《关于＜万叶集＞之表现研究》.〔日〕川本皓嗣，王晓平、隽雪艳、赵怡（译）.《日本诗歌的传统——七与五的诗学》[M].南京：译林出版社，2004：399.

[17]〔日〕川本皓嗣，王晓平、隽雪艳、赵怡（译）.《日本诗歌的传统——七与五的诗学》[M].南京：译林出版社，2004：398.

[18][日]松浦友久，[日]加藤阿幸、陆庆和（译）.《日中诗歌比较丛稿：从＜万叶集＞的书名谈起》[M].北京：民族出版社，2002：89.

[19][日]松浦友久，[日]加藤阿幸、陆庆和（译）.《日中诗歌比较丛稿：从＜万叶集＞的书名谈起》[M].北京：民族出版社，2002：118.

[20][日]辰巳正明，石观海（译）.《万叶集与中国文学》[M].武汉：武汉出版社，1997:314.

[21][日]辰巳正明，石观海（译）.《万叶集与中国文学》[M].武汉：武汉出版社，1997:309.

[22] 李濯凡.《万叶诗情——日本＜万叶集＞和歌及其歌人》[M].北京：世界知识出版社，2014:309.

[23] 严绍璗.《中日古代文学关系史稿》[M].福州：福州教育出版社，2016:165.

[24] 严绍璗.《中日古代文学关系史稿》[M].福州：福州教育出版社，

2016:194.

[25] 严绍璗.《中日古代文学关系史稿》[M]. 福州：福州教育出版社，
2016:195.

[26] 严绍璗.《中日古代文学关系史稿》[M]. 福州：福州教育出版社，
2016:226.

第六章

殊途同归：东西方诗歌中的"五行诗"

五行诗有很深的历史渊源。东西方诗歌史上产生过各种五行诗体，但相关介绍极少，且极为混乱。以下试作梳理，以览全貌。

第一节 欧美五行诗：从格律体到打油诗

在西方诗歌中，五行诗节（5–line stanza）指的是由 5 行诗组成的诗节，另外两个与之同义的词是 quintain、cinquain，指的都是由五行诗组成的一个诗节。[1]当然，这种泛指称谓还有 Pentastich，指五行诗，即一组、一节或一首由五行构成的诗歌。

先说 quintain。quintain 在法语里与 quintet 同义，后者指五行体，即由五行构成的诗节，诗行可以长短不等，最常见韵式是 ababb。[2]如埃德蒙·瓦勒的《去吧，可爱的玫瑰》：

去吧，可爱的玫瑰！

告诉她别把我们的时光荒废，

我用你作比方，

是说她多么姣好甜美，

她现在就该体会。

quintain 的一种特例是二韵五行诗，即 Quintilla，指八音节、二韵的五行诗节，或任何有二韵的五行诗节，但连续押韵不超过两行。有些诗行的音节数量不等。在西班牙的卡斯蒂尔，五行诗是一种最普遍的八音节诗节，如弗尔南代·德·莫拉廷的《马德里的斗牛节》，剧作家维加也曾使用。

次说 cinquain，原指中古时期音韵富有变化的五行诗节，押韵规律一般为 ababb。如罗伯特·勃朗宁（Robeyt Browning，1812—1889）的第一首戏剧独白诗《波菲利雅的情人》，第一节是这样的：

今夜的大雨来得太早，

　紧接着刮起了阴冷的风，

他凶狠地折断榆树梢，

　把湖水搅得乱翻腾，

　我用快要碎的心在听。

Cinquain 通常指所有的五行诗节，但也特指美国女诗人阿德莱德·克拉普塞（Crapsey，1878—1914）受俳句启发而创作的一种无韵 22 音节五行诗体，每行音节分别为 2、4、6、8、2。比如她的《十一月的夜晚》：

LISTEN...

With faint dry sound，

Like steps of passing ghosts，

The leaves，frost-crisp'd，break from the trees

And fall.

这种形式还发展出一种变体，即在此基础上写成联章形式，第一节诗的最后一行重复，作为第二节的第一行，以此类推，然后最后一个诗节的最后一行又与整首诗的第一行相同，这种形式被称为 Cinquain Chain，这种联章形式有如自行车的链条环环相扣，最后首尾相接。

五行诗还有一种形式被称为蒙奇耶诗节（Monchielle Stanza），是挪威诗人 Jim T Henriksen 创作的，通常由四个诗节组成，每节五行，每行由六个音节组成，每一节的第一行都相同，相当于副歌，然后第三行、第五行押韵。《I dream in arcane blue》即是如此。

五行诗节除了那些定型诗歌外，其押韵格式大多不是固定不变的，但是最普通的押韵格式只有 ababb、abaab、abccb 三种。比如约翰·但恩（John Donne，1572—1631）的《病中赞上帝，我的上帝》就是 ababb 韵式，这首诗共 6 节，这里仅录入第一节：

　　既然我就要来到那神圣殿堂里，

　　　　从此与您的圣徒唱诗班长相伴，

　　我就将被造成您的音乐；到来时，

　　　　在这里，我在这大门前调理丝弦，

　　　　且此刻先考虑，到时该怎样表演。

　　同样，五行诗既有单篇，也有联章形式。单篇的姑且不用说，联章的上面也列举了不少例子。从现有资料来看，最早可以追溯到十一世纪的法国诗集《Vie de Saint Alexis》，它可能源于拉丁文作品《天主教圣徒生平集》，由 125 首 5 行诗组成，该诗第13—14 节是这样的：

　　当屋里只剩下他们俩，

　　阿莱克西便叫住她，

　　开始对他谴责尘世生活，

　　并向她表明天国的真情，

　　他现在就渴望脱离尘世。

　　"听我讲，姑娘，嫁给那个

　　用他那珍贵的献血拯救我们的人！

　　在这世界是哪个没有十全十美的爱情，

　　生命易逝，在生活中没有永恒的光荣，

　　喜悦转眼就会变作巨大的悲痛。"

埃里希·奥尔巴赫（Erich Auerbach，1892—1957）认为，这首诗和《罗兰之歌》一样，"并列结构在两部诗歌中都大大超过了单纯的构句技巧：每段都同样是重新开头，同样都有间歇式提前推后，各个事件及事件的各个部分都同样具有独立性……是一系列自成一体、相互之间联系松散的事件，是选自一个圣徒生平的相互间独立性很强的系列画面，每个画面都包含着丰富的表现力和简单的神情。"[3]

十六世纪西班牙黄金时代诗人莱昂修士（Fray Luis de Le ó n，1527—1591）可能是欧洲大量采用五行联章结构的第一人，他的名篇《隐居的生活》《致弗朗西斯科·萨利纳斯》《宁静的夜晚》都是这种形式。他的创作也对后世产生巨大影响。稍后，西班牙诗人中的巨擘克鲁斯（San Juan de la Cruz，1542—1591）也用五行联章这种形式创作了不朽的名篇《灵魂的黑夜》《精神的颂歌》等。

此后，许多诗人都有传世名作采用这种形式。威廉·布莱克（William Blake，1757—1827）的《序诗》《大地的回答》出现在其《天真与经验之歌》之中，且放在"经验之歌"之首。对于布莱克这样伟大的诗人而言，将两首与传统形式迥然不同的五行诗安排在这样关键的位置，必定有其深邃的考虑。这两首诗，也是《天真与经验之歌》中仅有的两首五行诗。雪莱的名作《给云雀》也是这种形式。

当然，以五行诗节写成的诗也不尽是这种传统诗歌，五行打油诗即是特例。

　　五行打油诗起源不详，有人认为古希腊阿里斯托芬（Aristophanes，约公元前446年—前385年）的喜剧就常以这种打油诗结尾。也有人认为起源于幼儿歌谣，证据是《鹅妈妈童谣集》（1719）。但更多学者认为原是法国的一种诗歌样式，1700年被参加对法作战后回国的士兵带到了爱尔兰的利默里克（Limerick）小镇，他们哼唱的《你愿不愿到利默里克来》（Will you come up to Limerick）大受欢迎而被争相模仿。这也是五行打油诗现在一般称为Limerick的原因。

　　这种诗体由五行抑抑扬格诗句组成，以aabba形式押韵，第一、二、五行为三音步，三、四行只分别包含两个音步。有些五行打油诗只有四行，但这时它的第三行通常包含一个行内韵而被视为两行。

　　最早的五行打油诗集是1821年由J·哈里斯出版的《十六位奇异的老太婆传》和1822年由约翰·马歇尔出版的《十五位绅士的轶事和冒险故事》。此后，1846年，爱德华·利尔（Edward Lear, 1812—1888）《幽默诗画》出版，使五行打油诗达到全盛时期。

　　爱德华·利尔是英国著名的幽默画家、儿童诗作家，被戏封为"滑稽诗桂冠"。诗人丁尼生曾写诗相赠，而著名艺术评论家约翰·罗斯金（John Ruskin, 1819—1900）更是倍加推崇，"我真不知道除了爱德华·利尔，还有谁能让我这个木头人如此开怀。哪怕抵得上他一半也好。我要把利尔列为我精选的百位名家之首。"

　　利尔在《幽默诗画》的序言中说，"为了使这些题材不可能被人错误地解释，谁也不会知道我有多么小心谨慎："不搀杂有意识的东西"，纯粹而绝对，是我始终如一的目标。"[4]《幽默诗画》连同此后的续集，共收录了 212 首五行打油诗。不妨欣赏几首：

> 年轻女娃，
>
> 有个针尖样的下巴；
>
> 弄得它可以把人扎，
>
> 再买台竖琴回家，
>
> 用下巴弹奏一曲又一曲。

　　　★ ★ ★

> 有个人的鼻子真不小，
>
> 能停靠许多空中的鸟；
>
> 可是到了早上，
>
> 鸟儿一飞而散，
>
> 这人和他的鼻子顿时得到解放。

　　　★ ★ ★

> 法国有位教跳舞的大妈，
>
> 学生是小鸭，
>
> 她说"滴答滴答"，

小鸭偏说"嘎嘎嘎"，

弄得老妈妈的心情很差。

论者认为，"五行打油诗通常以不严肃的方式描写普通诗歌
大多不描写的主题，结构松散，韵律自由。五行打油诗由于诙谐
风趣，韵律简单流畅，因此也受到读者的欢迎。五行打油诗属于
喜剧和讽刺作品的类型，在童谣中广泛运用。"[5] 上述观点，用
在利尔的作品上，可谓恰如其分。

当然，利尔的打油诗也不是无本之源。在他之前的几个世纪，
约翰·斯格尔顿（John Skelton, 1460？—1529）就擅长写作打油
诗。所谓"斯格尔顿体"，每行有三至七个音节，含二或三个重音，
采用排比句作为主要修辞手段：

尽管我的韵律破烂

不规、混乱，

像淋湿的落汤鸡，

像锈蚀的铁器、虫蛀的书籍，

如果你细心地观察，

其中仍有一些精华。

幸运的斯格尔顿在忍受了时人的微词之后，终于盼来了利尔，
后者对这根接力棒稍作改良，以五行知名，更泛滥至幽默故事。
及至 19 世纪，柯勒律治、华兹华斯开始对它青睐有加，打油诗

终于在文学圣殿赢得了一席地位。到了现代，据说这种五行打油诗又有所发展。前面提及的无韵 22 音节五行诗体也是打油诗的一种。

在现代诗学范畴，五行打油诗也"与克莱里休四行诗（Clerihew）、回旋短诗（Rondelet）一并归入轻体诗的行列。轻体诗是英国诗歌传统中一个非常重要的诗歌类型，以幽默讽刺为主要特征。"[6]

此后，很多诗人都写过轻松诗或五行打油诗，如丁尼生、斯温伯恩、吉卜林、斯蒂文森。吉卜林的《最后的起锚歌》共 13 节，是这样开头的：

> 小神儿头上穹窿里的主这样说着，
>
> 　把各就其位的天使们和魂灵们呼唤：
>
> 　　"诸位请看！地球已经消泯
>
> 　　随着末日的烟雾腾腾。
>
> 　　为了证实我们的命令，是否应将海洋收揽？"

和利尔所谓"小心谨慎：'不搀杂有意识的东西'，纯粹而绝对"不同，吉卜林在这首诗里显然有所讽喻。

杰弗里·格里格森在编纂《新诗选》的序言中曾说，"史诗和五行打油诗都是诗，这是事实。你不能假定一种神圣的或者源于灵感的诗体高于另一种世俗的或者源于理性的诗体。你只能区别它们在质量和效果方面的差异。"[7]W·H·奥登在给《牛津轻松诗选》所写的序言表达了同样的看法，轻松诗和严肃诗之间并无本质区别。

　　相比这种盛况，中国的打油诗除了民间即兴口头之作，大多数诗人都无意为之。这也很好理解，看看杜甫的《戏为六绝句》就知道了，自称"戏为"，却思虑深远，称得上是杜甫最好的诗作之一。"诗言志"的传统在很大程度上决定了打油诗在中国不可能有大的发展。

第二节　中亚五行诗：严守古典诗歌准则

　　再来简要探讨波斯－阿拉伯诗歌传统中的五行诗，以及受其影响的我国维吾尔民族的五行体诗歌，其中最重要的体例就是Muhamms，可译为五行诗、五联诗或五韵诗。体例大致如下：

　　Mukhammas（穆哈迈斯体）是阿拉伯五行诗。一首诗有若干诗节，每节五行，前四行同韵，末行独韵，但全诗每个诗节的末行又同韵，即韵式为aaaab/ccccb/ddddb/……。黎巴嫩诗人艾布·马迪《啊，我的祖国》即为典型的穆哈迈斯体。穆哈迈斯体是穆塞迈特体（Musammat）最为常见的一种形式。穆塞迈特体是由若干诗节构成的长诗。每个诗节由4行或4行以上的诗句组成。韵式和穆哈迈斯体类似，即aa…ab/cc…cb/dd…db/……。

　　Mukhammas（五行组诗），该词来源于阿拉伯数字5的词根，是"波斯－阿拉伯"古典诗歌经常采用的一种诗歌形式，一般由3–9个五行诗句构成，也可能很长，韵式是每节前四行押韵，通篇末行也押韵，为 aaaab/ccccb/ddddb/……。如各诗节末行诗句是同一诗句的重复，即为叠句五行组诗（mutakarrir mukhammas）；相反，末行诗句各不相同，则为变句五行组诗（muzdawij mukhammas）。这种诗体，最著名的例子是赞颂先知穆罕默德的长诗《穆罕麦斯》。《穆罕麦斯》的原作是埃及著名诗人穆罕默德·谢里夫丁·蒲绥里（1213—约1296）所著，名为《盖绥德·布尔德》，直译为"斗篷之歌"，是双句双行诗，即现在五韵诗中的后两韵。15世纪，波斯籍呼罗珊地区诗人穆罕默德·毛拉威·台巴迪喀尼·图希（？—1486）得到该诗的手抄本，对其进行扩展增补，使本为每联两句、双行双韵的《盖绥德·布尔德》变成了每联五句。《穆罕麦斯》中译本有多个名称，如《衮衣颂》《天方诗经》。

　　《穆罕麦斯》由160首五行诗组成，"在音韵、格律、节奏、句型方面严守阿拉伯古典诗歌准则，铿锵和谐、琅琅顺口。"[8]如第16首《私欲走向绝望》：

　　　　本性私欲，在迷惑中走向绝路，
　　　　为了让它满足，我竭尽奔波、全力以赴，
　　　　谁能够为我掀起通向正道的帷幕？
　　　　谁能够为我从痴迷中把劣性拦阻？
　　　　正像缰绳笼头把野马的暴烈羁住。

　　Muhammas（穆海麦斯）是维吾尔传统诗歌中的五行诗。这种诗歌的结构特点是，每节有五行诗句，第一节五行全部押韵，以后各节的前四行押韵，第五行和第一节的韵脚相同，即为 aaaaa、bbbba、cccca……多用于抒情诗，也可用于叙事诗。从名称和韵式来看，和前面两种大致相似，又有一些细微的演变。

维吾尔族诗人创作穆海麦斯体的诗人很多，但相关资料极为分散，而且很多都没有译成中文。这里仅举数例，如伟大诗人纳瓦依（1441—1501）的传世之作《四卷诗集》中有 10 首，则勒力（1676—1755）有 18 首，诺比提（1697？—1750？）有 21 首，凯兰代尔（18 世纪末至 19 世纪前期）有 20 首，毛拉·毕拉勒（1824—1899）有 6 首。这些诗人你也许不熟悉，但你在《十二木卡姆》中能看到他们的身影！

比如则勒力赞美情人的"黑痣"：

你的苦痛已是学堂爱育的经典，
除去悲伤，我心中已不存在任何忧虑和不安，
看到你香唇上的黑痣，
我就会变得无比勇敢，
连卖糖的俗人都说这黑痣人世罕见。

情人眼里出西施果然不假，喜爱的人连嘴唇上的黑痣都是可爱的。但一旦被拒绝，就要声讨情人的狠心了。比如诺比提的这首诗：

离开你，我的一切都笼罩着艰辛忧伤，

在痛苦中度过一个个春秋有多么凄凉,

哎, 美人! 难道你心房就没有"仁慈"二字?

为了你, 我双眼泪汪汪, 日夜愁断肠,

哎, 萨克, 请给我斟上毒酒一觞!

维吾尔文学中的"叙事长诗"尽管主要采用麦斯纳维(Masnawi, 双行诗)、穆勒伯(Murabba, 四行诗), 也有一部分采用穆海麦斯五行诗, 如迪丽巴尔·多尔孞《被蹂躏人们的叹息》、艾合迈德·夏·哈里哈希《关于马的五行诗集》、赛依提·穆罕默德《苦难纪历》、阿布都哈德尔·大毛拉《水果之书》等。长诗《阿布都热合曼和卓》中, 双行诗、四行诗、五行诗形式同时并用。不妨欣赏一下《关于马的五行诗集》的别样风格:

我认定你是知心朋友, 无比崇拜,

爱的锦带, 叫人乐滋滋笑开心怀,

估计你新从和田来,

特给你寄上银元五十块,

巴望你能为我买一匹骏马来。

一年过后, 日夜梦思的马才来身边,

个头没有驴驹大, 可脾气不是一般。

拉着走会停下, 任你抽打它也不管,

鞭子抽断了, 只好把它拴在路边。

我天天在这些芝麻大的事上忙乱。

让我细细地讲一讲它的蠢相：
弯弯的尾巴，尖而枯干，腿瘸腰也瘦僵，
有时踢腿，有时喷沫，整天鼻涕流淌，
一次可吃五袋草，走一步也东张西望，
这样的马没有哪个人肯把它喂养。

《关于马的五行诗集》是穆海麦斯格式的诗体书信，据说被当众宣读，乃泽尔穆夫提羞愧不已。该书信名称有不同说法，如《关于劣马的穆海麦斯五行诗》《慰劳信集》《致乃泽尔穆夫提的韵文书信》等，是维吾尔讽喻文学的典范，在民间广为流传。

至此，我们已经探讨了世界范围内五行诗的形成沿革及创作情况，涵盖五句体古诗、乐府、词作、散曲、民间五句体歌谣、日本短歌、欧美等国的五行诗、波斯－阿拉伯诗歌的五行诗传统。概言之，五行诗的出现有其必然性，虽非主流，却源远流长，可上溯几千年；名篇佳作迭出，五行诗形式越来越受到重视。

注释：

[1] 聂珍钊.《英语诗歌形式导论》[M]. 北京：中国社会科学出版社，2007：65.

[2] 周式中、孙宏、谭天健、雷树田.《世界诗学百科全书》[M]. 西安：陕西人民出版社，1999：668.

[3][德] 埃里希・奥尔巴赫，吴麟绶、周建新、高艳婷（译）.《摹仿论》[M]. 天津：百花文艺出版社，2002:134-135.

[4][英] 爱德华・利尔，沈小均（译）.[M]. 北京：群言出版社，2006:3.

[5] 聂珍钊.《英语诗歌形式导论》[M]. 北京：中国社会科学出版社，2007：67.

[6] 聂珍钊.《英语诗歌形式导论》[M]. 北京：中国社会科学出版社，2007：294.

[7] 周式中、孙宏、谭天健、雷树田.《世界诗学百科全书》[M]. 西安：陕西人民出版社，1999：443.

[8][埃及] 穆罕默德・谢里夫丁・蒲绥里，[波斯] 毛拉威・台巴迪喀尼・图希，林松（译）.《穆罕麦斯》[M]. 北京：朝华出版社，2012:3.

第七章

五行诗结构探析

第一节　从"句"与"行"之区分看诗歌体式兴衰

细心的读者可能早就看出来了，我在前文或用"五行诗"或用"五句体"，尽管"句"与"行"混用，但还是比较谨慎的，原因是我国古诗中只有"句"的概念，而没有"行"的区分。本文就来详细区分二者之异同，而全书相关部分亦循所叙。

先说"行"。按卞之琳的说法，"由一个到几个'顿'或者'音组'可以成为一个诗'行'"。当诗歌中需要较大的语气停顿时，"行"就出现了。

这个语气停顿，不单指自然呼吸的客观需要，也可以是诗人主观上的判断。由此，一行诗的结束，也可能是止于一个完整意思的表达，或者与其他诗行押韵的需要，或者对于整着诗形式美感亦即视查效果的考量，概言之，与诗人对诗作的风格追求及节奏处理有关。

"行"可以跨"行"甚至跨"节",但不能连排,连排就成"句"成"段"了。按"行"写成的诗歌,如果连排,会产生什么效果?以孔孚《含鄱口望鄱阳湖默思》为例:

是谁种的
这风波

谁来
收割

看它都荒了

连排之后:

是谁种的这风波?谁来收割?看它都荒了。

简直就在糟蹋诗,罪过大了。从这里就可以看出,前文提到五行诗分节形式并非多此一举。以冰岛诗人哈姆里(Thorsteinn far Hamri,1938—)《船只遇难》为例,原诗是这样的:

陌生于在涨潮的
水流中醒来

透过一片浪顶看见你

踏上
陆地

合在一起，就成了：

陌生于在涨潮的
水流中醒来
透过一片浪顶看见你
踏上
陆地

读起来的效果就差多了，原诗的形式意味、空间感也丧失殆
尽。如果连排，更是不忍卒读。

还可以从诗歌的空间艺术性来谈论五行诗分节的必要性。一
首诗摆在那里，不同的词语排列、分节形式造就的形式美，有如
现代造型艺术。朝仓直巳《艺术·设计的平面构成》提到，在一
个正方形的边的四等分点上，以 1 条直线分割，可形成 10 种造型，
以 2 条直线分割，可形成 45 种，以 3 条直线分割，则多达 120 种。
诗歌尽管不是严格意义上的造型艺术，但其分节形式，则与之同
理，2–3 与 3–2 与 4–1 所产生的形式意味大有区别。

再来看"句"。"句"作何解释？从"句读"可知，《古汉

语常用字字典》是这样解释的："现所说的句子和分句末尾的停顿处，古人叫'句'，句中语气停顿的地方，古人叫'读'。'句读'指标点、读通文章。"

"句"通常用一个圆点表示，它和现代标点符号中的句号相同，但并不是一回事。例如王维的《送别》：

山中相送罢。日暮掩柴扉。春草明年绿。王孙归不归。

现在的版本，一般就这样排列标注：

山中相送罢，日暮掩柴扉。
春草明年绿，王孙归不归？

古人谁用问号？挥毫泼墨，无论在宣纸还是客栈墙壁，文不加点，懂的人自然就懂了。

"句"可以连排，但不能"跨句"，这就是它的特点。再举个长一点的例子，阮籍《咏怀》第五十八首：

危冠切浮云，长剑出天外。细故何足虑，高度跨一世。非子为我御，逍遥游荒裔。顾谢西王母，吾将从此逝。岂与蓬户士，弹琴诵言誓。

但绝对不可以这样"跨"：

危冠切浮云，长剑
出天外。细故
何足虑，高度跨一世。非子
为我御，逍遥游荒裔……

可见，按"句"写成的诗歌，每句的意思大体完整，其外在
形式主要是通过每句的字数来区分限制，所以增减一字，尤其是
四言诗与五言诗，就对语言形式产生重大影响。古体诗形式参差
不一，近体诗每句字数相同，词就有变化，曲的弹性更大，但词
又和曲不同，词不管如何增减字数都有自身格律，但曲则采用格
律之外的衬字衬句。

再就各种形式作进一步阐发。第一，古体诗和现代诗在形式
上最为相似，没有行数限制，每行字数不一，韵脚可有可无。第二，
近体诗整齐划一的句式、严格的平仄及对仗，可能符合闻一多先
生关于诗歌"建筑美"的理想，但相对于词而言，显然不够灵活。
每种词牌有固定句数，每句有规定字数，每字也有限定的平仄，
但句式和古体诗一样，是错落有致的，如果按"行"排列，就呈
现出很强的形式美感。第三，不管哪种形式体例，其处理题材的
能力可以说都是不设限的，犹如一个箩筐，可以承载各种内容，
当然，不同诗人作家，会对某种特定形式更为偏爱，甚至更偏重
某种风格。从篇幅来看，似乎是篇幅越长容量越大，但也不尽然，
得看诗人自身驾驭题材的能力。

以词牌《临江仙》为例，来看看这个筐有多大，从字面上看，

它上下阙才 60 字，刚算得上中调，似乎容量有限，其实不然。

　　滚滚长江东逝水，浪花淘尽英雄。是非成败转头空。青山依旧在，几度夕阳红。　　白发渔樵江渚上，惯看秋月春风。一壶浊酒喜相逢。古今多少事，都付笑谈中。

　　杨慎的这首《临江仙》气象阔大，堪称《临江仙》压卷之作。同样是这个词牌，到了晏几道的笔下，又呈现不同的风格：

　　梦后楼台高锁，酒醒帘幕低垂。去年春恨却来时。落花人独立，微雨燕双飞。　　记得小苹初见，两重心字罗衣。琵琶弦上说相思。当时明月在，曾照彩云归。

　　晏几道这首婉约词当然也非常出色，但因主题之不同，其呈现出来的气象就和杨慎的词作完全不一样了。因而，《临江仙》这个箩筐，既可以言说一段短暂却刻骨铭心的恋情，也可以纵横古今，说尽千古事，一粒芥子藏须弥。
　　诗家词客在创作时，对形式是有所选择的，尤其是选择某种定型诗体时，筐大筐小是一个很关键的因素，适当的长度可以容纳一定量的内容，因为情感曲折微妙，有时采用小令、绝句、柔巴依就够了，有时候就非十四行莫属，但篇幅只是关键而非决定因素。选择哪种体式，也取决于诗人的个人喜好及把握能力，三千弱水，何妨取一瓢饮？十八般武艺，精通一门也难。像杜甫那样的全能冠军，毕竟千年难遇。

　　事实胜于雄辩。诗人对不同词曲有极强的"偏爱"。现存宋词20000多首，有姓名可考的作者1400多人，《词谱》列出的词牌有826个，共2306体；元曲4310首，作者可考的有200余人，《九宫大成南北词宫谱》收北曲曲牌581支、南曲曲牌1513支。

　　那么，是否每种词牌曲牌都被平均使用呢？并非如此，因为比较常用的词牌和曲牌，都不到100个。从统计情况看，这些常用的词牌曲牌中，"五句体"词牌有32种，散曲有20多种，但这些形式造就的作品，尽管不是"长篇巨制"，却无一不是"情之热烈深切者，如恋爱的苦甜，离合生死的悲喜"，当然也"足以代表我们这刹那的内生活的变迁"。

　　外国定型诗的情况也是如此，既有两行的铭文体、三行的俳句、四行的鲁拜体，也有六行、八行、九行、十四行。即便是两到四行的"小诗"，也足以在内涵、诗意上成为大作。

　　由此可知，一种诗歌体式的形成，它的兴衰，实在是由种种因素促成，篇幅长短不是决定因素。

　　尽管我们前文谈到即便是两到四行的"小诗"，也足以在内涵、诗意上成为大作。不过，"筐"的大小，即诗歌的长短对诗歌来说还是影响深远。王国维《人间词话》中有两段话可用来说明：

　　四言敝而有《楚辞》，《楚辞》敝而有五言，五言敝而有七言，古诗敝而有律绝，律绝敝而有词。……（五十四）

近体诗体制，以五七言绝句为最尊，律诗次之，排律最下。盖此体于寄兴言情，两无所当，殆有韵之骈体文耳。词中小令如绝句，长调似律诗，若长调之《百字令》、《沁园春》，则近于排律矣。（五十九）

施子愉曾就《全唐诗》中存诗至少有一卷的诗人的作品数量加以统计分析。[2]结果显示，律诗的总数超过了古诗和绝句的总和，其中五言律诗（排律除外）和七言绝句的作品数量最多，占统计作品总量的49.04%，律诗和绝句占总数的78.65%。详见下表：

体裁 ＼ 时期		初唐	盛唐	中唐	晚唐	合计	
古诗	五言古诗	663	1795	2447	561	5466	7244
	七言古诗	58	521	1006	193	1778	
律诗	五言律诗	823	1651	3233	3864	9571	17478
	七言律诗	72	300	1848	3683	5903	
	五言排律	188	329	807	610	1934	
	七言排律	0	8	36	26	70	
绝句	五言绝句	172	279	1015	674	2140	9210
	七言绝句	77	472	2930	3591	7070	
合计		2053	5355	13322	13202	33932	33932

金性尧编选的《唐诗三百首》以蘅塘退士的选本为底本，篇目稍有调整，共313首（见下表），其中绝句、律诗占七成，而五言律诗又尤其受到诗人青睐，这很能说明问题。该选本中，收

录了李白诗 27 首，其中古诗、乐府 17 首，杜甫诗 39 首，其中
律诗 23 首。

体裁	五言诗	七言诗
乐府 (37 首)	15	22
古诗 (61 首)	33	28
绝句 (80 首)	29	51
律诗 (135 首)	80	55

在唐朝诗人中，李白飞扬的才华更适合写古体歌行、乐府、
绝句，宇文所安在《盛唐诗》中写道，"……此处李白显示出对
律诗的一定反感"；[3] 王维的《辋川集》全部为五言绝句；孟浩
然总共才写了几首七言诗，中唐的刘长卿更是被誉为"五言长城"，
至于七言而且律诗，只有杜甫是公认的大师，叶嘉莹在《杜甫秋
兴八首集说》一书中作了高度评价："如果说在中国诗史上，曾
经有一位诗人，以独力开辟出一种诗体的意境，则首推杜甫所完
成之七言律诗了。"[4]

由此亦可知，一种特定体式固然有其优势和局限，但其兴废，
则和创作者才情的高下、天性的奔放或谨严更加密切相关。朱光
潜说，"律诗有流弊，我们无庸讳言，但是不必因噎废食，任何
诗的体裁落到平凡诗人的手里都可有流弊。"[5]

瓦莱里在谈及《恶之花》时曾说，"对一种更坚实的内容以
及对一种更巧妙和更纯粹的形式的渴望"[6] 构成波德莱尔追求完
美的意愿。这句话，也适用于五行诗创作。

第二节 庖丁解牛："五句体"词曲解剖

上文从"句"与"行"的区分探讨了五行诗的形式，意犹未尽，想起庖丁解牛的故事，不妨继续对词牌情况进行一番探讨。

古人虽然没有明确地在形式上命名所谓的"五句体"，也未谈分节之事，但在内容、节奏、气韵上，则是一定存在的。比如张志和首创的《渔歌子》，它的实际结构应该是在第二句后面断开：

西塞山前白鹭飞，
桃花流水鳜鱼肥。

青箬笠，
绿蓑衣，
斜风细雨不须归。

不管是从朗诵的语气，还是从内容、意义上，都应该是这样的，而绝对不可能在第一句或第三句末尾断开。

通过这种分析，我们将有可能发现"五行诗"存在的典范结构。前面已经对包括《诗经》篇目在内的"五句体"诗歌的结构做了分析，发现除了不分节之外，尚有 3-2、2-3、1-4、4-1、2-2-1 等多种体式，其中前两种虽然采用较多，但并不占绝对优势。

而在词牌和散曲中，情况就不一样了。以词而论，单阕的，大多采用"3–2"结构，《凭阑人》（三平韵）、《潇湘神》（四平韵）、《章台柳》（三仄韵、一叠韵）、《捣练子》（三平韵）、《忆王孙》（五平韵）都是。如秦观《忆王孙》：

> 萋萋芳草忆王孙，
> 柳外楼高空断魂。
> 杜宇声声不忍闻。
>
> 欲黄昏，
> 雨打梨花深闭门。

也有采用"2–3"结构的，像《南歌子》（三平韵，以对句起）、《渔歌子》（四平韵）都属于这种结构，但比较少。如温庭筠《南歌子》：

> 手里金鹦鹉，
> 胸前绣凤凰。
>
> 偷眼暗形相，
> 不如从嫁与，
> 作鸳鸯。

还有一种是《望江南》采用的"2–2–1"结构，押三平韵，中间七言两句，常用对偶，这样就无形之中将最后一句独立起来，如：

江南好，
风景旧曾谙。

日出江花红胜火，
春来江水绿如蓝。

能不忆江南。

双调词牌，其结构一般上下阕一致，大多采用 2-3//2-3 或 3-2//3-2 体式，而与其押韵方式没有多大关系，少数为 4-1//4-1。像《忆秦娥》三仄韵，《醉花阴》三仄韵，《浪淘沙》四平韵，《恨春迟》二平韵，《破阵子》三平韵，《定风波》一二五押平韵、余押仄韵，《少年游》上阕三平韵、下阕二平韵，等等，其结构均为 2-3//2-3。结构为 3-2//3-2 的，有《鹊桥仙》、《踏莎行》、《临江仙》、《蝶恋花》等多种。词的情况大体如此，简言之，不论单阕还是联章，主要体式均为 2-3 或 3-2，其中单阕的多采用 3-2，双阕的多采用 2-3//2-3。

再看散曲。从章节方面来说，诗可以有排律，词多为双阕，散曲则单片居多，这是因为散曲还可以组合成带过曲、套数，套数，用现在的话说，不就是组诗嘛，故而不用设置得体例恢宏。

散曲中的《醉花阴》《雁儿》《懒画眉》《金菊香》《清江引》《庆宣和》《夜行船》等等，均为2-3；而《端正好》《一半儿》《喜春来》《落梅风》《天净沙》等，均为3-2。不分节的也有不少，这是因为和词牌的抒情性相比，散曲引入了更多的叙事成分，像《出对子》《小梁州》《点绛唇》《赏花时》等等，都可以归入此类。

综合分析，在词曲中，2-3、3-2结构是最为普遍的，其次是不分节、4-1等体式。令人惊异的是，日本短歌只存在"五七调"与"七五调"两种范式。也就是说，就古典"五行诗"（讲究音韵格律）而言，中日诗人竟然不约而同地找到了其形式美学的最佳典范：3-2、2-3。

这绝不是偶然，而是有其审美根据，即更接近于黄金分割比例。如果进一步分析，则会发现和阴阳五行有关。现代易学家张其成认为："虽然'五行'与'阴阳'的来源不同，但作为一种思维方式，两者却是相通的。'三'是一种中间状态、中间关系。五行是两对阴阳加上中土，而中央土的最大功能就是协调两对阴阳的关系。……，这种关系实际上就是'三'……'五行'是'二'与'三'的巧妙结合。"[7] 显然，从"二"与"三"的关系来探究，加深了我们对五行诗结构的理解。

3-2、2-3两种体式的区别，不过是在不同阶段，两种形式采用的比例不同；但整体而言，3-2结构更占优势，尤其是在日本短歌中，越到后期，越占绝对优势。更重要的是风格上的不同。前文也谈到，五七调（2-3）的风格特征是朴素雄伟，是"万叶调"

的主要调式；七五调（3-2）的风格特征是优雅、优美纤细，是"古今调"、"新古今调"的主要调式，其中"七五调"与"五七调"所占比例与年代密切相关，但在词曲中，这种比例关系以及风格特征则不明显。

一般来说，每种词牌曲牌在各个年代均有采用，其风格特征有多种。当然，有的词曲更适合婉约，有的更匹配豪放。单阕如《捣练子》《南歌子》《潇湘神》者，婉约风格为多，像《捣练子》就"多为妻子怀念征夫之辞"。双调如《鹊桥仙》，就"专咏牛郎织女七夕相会之事"，秦观"两情若是长久时，／又岂在朝朝暮暮。"即为此词牌最负盛名的作品。至于一种词牌含有多种风格，更为常见，如《忆秦娥》，李白的"箫声咽／秦娥梦断秦楼月"与毛泽东的"西风烈／长空雁叫霜晨月"在风格上即迥然有别。

散曲又另当别论。元代散曲在风格上因时代之不同而发生变革，以成宗大德末年（1307 年）为界，前期以豪放派为主流，代表作家有马致远、关汉卿、张养浩等人；后期以清丽派为主流，代表作家有张可久、乔吉、贯云石等人。也就是说，具体采取哪种风格，和曲牌本身并没有多大关系，时代的烙印更为明显。就作品而论，则散曲引入了更多的叙事成分，在思想上又受到道教尤其是全真道的影响，在语言上受到市井语言即杂剧的口语化影响。

在下文中，我也对现代"五行诗"的体式作了分析，发现除了不分节之外，最常采用的体式是 3-2、2-3、4-1、2-2-1 等等，显然，后面几种，只有在打破了押韵体制的现代诗歌中才会大量采用。

第三节　现代诗中的"五行诗"

通过系统的搜集整理，我们发现，"五行诗"并非什么新鲜事物，但将零散诗章、特定诗型归结到一个更为宽泛、更具普遍意义的诗体，也不是没有意义，相反，这种梳理正是对诗歌形式的有效探索，好比某种植物零星分布在世界各地，植物学家发现了并将之归类，探究其起源、亲缘关系及进化中的各种变体一样。

令人震惊的是，有些五行诗，几乎可以视为作者短诗乃至全部诗歌的代表作之一。以帕斯为例，知道帕斯的人，一定知道他的长诗《太阳石》，但更多不知道帕斯的人，却完全可能熟悉下面的诗句，尽管还可能不知道它竟然是"墓志铭"：

> 他要歌唱，
> 为了忘却
> 真正生活的虚伪，
> 为了记住
> 虚伪生活的真实。

小野洋子是一名跨界艺术家，她的《葡萄柚》内容涉及音乐、绘画、诗歌、电影等多种门类，其中有 20 首五行诗，大部分都是不分节，只有 2 首是"2-3"结构、1 首"4-1"结构。比如《面具篇I》：

> 造一张比你的脸大的面具。
>
> 每天打磨这张面具。
>
> 早晨，洗面具而不洗脸。
>
> 当有人想吻你的时候，
>
> 让他／她吻你的面具。

这些诗早已经超出诗歌范畴，进入日常话语和阅读视野，比纯粹的诗歌影响更大。他们当初定稿为五行，而不是常见的四行或其他，又怎么会是偶然的呢？

又如雪莱《给云雀》、爱伦·坡《给海伦》、狄金森《要造就一片草原》、弗罗斯特《未走之路》、徐志摩《沙扬娜拉》、穆旦《冬》……

但为什么要写成五行？如前所述，奇数行的诗歌在自由诗之前是个异数，五行诗又更甚，即便出现，也大多以联章、不分节的面目出现。可以想见，抑扬格、轻重音、头韵、尾韵平平仄仄等各种规则可能会让不少诗人乐此不彼，但也有人为此捉襟见肘！与之相比，在现代诗中，五行诗分节就比较普遍。

当然这也很正常，以我国古代诗体发展而论，先古体后近体，不等近体瓜熟蒂落，词也就"犹抱琵琶半遮面"，只在民间星星点点；不等词鼎盛，曲也就难以兴起！诗体变革的趋势也表明，即使不是"新诗"走上前台，也仍会有一种比曲更为灵活的泛诗歌体裁出现。

我们注意到，在现有单篇五行诗作品中，不分节的占七成多，其次是"3-2""2-3"型，各占一成，剩下的是"4-1""2-2-1""2-1-2"三种类型。如果撇开古典诗歌中的五行诗，而仅在现代五行诗的范畴，则不分节的比例大为降低。

如前所述，五行诗受易经之影响，一行诗中既可以行内无逗点，也可以断句，即如阳爻"—"及阴爻"– –"。如果将阳爻"—"标记为 A，阴爻"– –"标记为 B，那么，一共有 32 种"奇构型"卦形，分别是：

乾系列 A A A A A、A A A A B、A A A B A、A A A B B
兑系列 A A B A A、A A B A B、A A B B A、A A B B B
离系列 A B A A A、A B A A B、A B A B A、A B A B B
震系列 A B B A A、A B B A B、A B B B A、A B B B B
巽系列 B A A A A、B A A A B、B A A B A、B A A B B
坎系列 B A B A A、B A B A B、B A B B A、B A B B B
艮系列 B B A A A、B B A A B、B B A B A、B B A B B
坤系列 B B B A A、B B B A B、B B B B A、B B B B B

也就是说，五行诗中五行全部"行中不断句"有 1 种，即乾系列中的 A A A A A。五行中出现一行"行中断句"的有 5 种，取决于断句行 B 分布在哪一行，即乾系列中的 A A A A B、A A A B A，兑系列中的 A A B A A，离系列中的 A B A A A，巽系

列中的ＢＡＡＡＡ。五行中出现两行及三行"行中断句"的各有
10种，两行的有乾系列ＡＡＡＢＢ，兑系列ＡＡＢＡＢ、ＡＡＢ
ＢＡ，离系列ＡＢＡＡＢ、ＡＢＡＢＡ，震系列ＡＢＢＡＡ，巽
系列ＢＡＡＡＢ、ＢＡＡＢＡ，坎系列四种ＢＡＢＡＡ，艮系列
四种ＢＢＡＡＡ；三行的有兑系列ＡＡＢＢＢ，离系列ＡＢＡＢ
Ｂ，震系列ＡＢＢＡＢ、ＡＢＢＢＡ，巽系列ＢＡＡＢＢ，坎系
列ＢＡＢＡＢ、ＢＡＢＢＡ，艮系列四种ＢＢＡＡＢ、ＢＢＡＢＡ，
坤系列四种ＢＢＢＡＡ。五行中出现四行"行中断句"的有5种，
取决于非断句行Ａ分布在哪一行，即震系列ＡＢＢＢＢ，坎系列
ＢＡＢＢＢ，艮系列ＢＢＡＢＢ，坤系列ＢＢＢＡＢ、ＢＢＢＢＡ。
五行中每行都断句有1种，即坤系列中的ＢＢＢＢＢ。

　　不妨简述一下既有诗歌的断句情况。通常，词曲中的断句较
少，而且以"三三""三四"形式居多。以前述五句体词牌为例，
31种词牌中仅《唐多令》《夜行船》《烛影摇红》中存在断句，《唐
多令》上下阕第三句均为三四豆，尾句为六字拦腰豆，如"二十年、
重过南楼"；《夜行船》上下阕第二句均为三四豆，如"怕看山、
忆他眉黛"。相比之下，现代诗由于不受字数限制，行中断句的
情况明显比古体诗词的多。比如穆旦《冬》为联章体，共四节，
其中第一节有两行断句，第二节有三行断句，第三、四节无断句。
博尔赫斯的《月亮》，五行中有三行断句。又如 R.贾雷尔的《旋
转炮塔射手之死》，五行中有四行存在断句，其中有一行断句两
次，"我醒来，看见这黑屋，这梦魇似的战斗机"。但总体而言，
五行诗行中断句的频率是与作品数量成反比的。

　　如果将五行结构与周易六十四卦结合，又可造就一类特殊的偶构型的"六十四卦五行诗"。一首五行诗连同标题共六行，正是"道生一，一生二，二生三，三生万物"的绝妙体现。每首五行诗，其标题及诗行的结构都仿照六十四卦的阴阳爻安排。既然断句是诗歌文本中客观存在不可避免的，那么这么做也并无不可。当然，由于每一卦的阴阳爻布局不一样，可能在实际创作的过程中，有的卦型运用得多，有的运用得少。不难想象，阴阳爻交叉结构会较多，而像乾卦、坤卦这样六爻纯阳或纯阴的结构，出现几率肯定较少，坤式结构又较乾式为少。不过，六十四卦本身是从初爻算起的，也即从最底下的那行开始，但对诗歌来说，最上面的才是第一行。这几乎是一个死结。

　　简言之，从分节及断句形式来看，这里隐含着一个规律，是数的性质在起作用。当一首诗的行数固定之后，在漫长时间中，诗人总会进行各种探索，不管是韵律还是诗行的组合、内容的分配，到最后，一定有几种形式脱颖而出，占据非常大的比重，成为主要形式，而其他形式就沦为次要形式。这个标准不是别的，除了均匀分行，就是黄金分割比例，也就是结构上尽量不要出现各部分行数相差过于悬殊的情况。均匀分行的优势很明显，缺憾是比较呆板，篇幅越长越单调；而黄金分割比例则更为灵活。

　　以十四行为例，彼特拉克体的 4433 结构就比莎士比亚体 4442 更符合黄金分割，写莎体的一般只是英国人。四行通常作为诗歌基本结构单元来处理，也造就了诸如柔巴依之类的伟大诗体，成就了诸多杰作，但柔巴依是不分节的，如果分节，也只有"3-

1""1-3""2-2"三种体式，显然，前面两种明显偏离黄金分割点，而2-2式则成了另一种常用的两联诗体，客观上决定了柔巴依不分节的特点。又如六行，通常作为十四行的下阙，如果作为单篇，既有的诗歌作品表明它习惯采用3-3、4-2或不分节三种体式，1-5、5-1、2-4就很少。何以如此？就是和结构比例是否合符黄金分割比例有关。

那么，是否行数越多则分节形式变化越大呢？也不尽然。仍以十四行为例，那么多伟大的诗人探索过了，为什么通常只有那么几种变化？它为什么不分成9-5或者11-3？还是黄金分割使然。

从大的趋势而言，五行更容易成篇，五行诗也许会成为一种远比现在更为广泛采用的诗歌形式。五行诗的结构尤其是3-2或2-3两种，更接近黄金分割。由于可以采用联章，五行诗在表现繁复内容方面也将和十四行诗并驾齐驱，不分轩轾。反之，在精粹方面，则五行诗比十四行诗更有优势，如果在五行之内可以表现，为什么要用十四行？由于现代生活节奏的加快，小说、散文都已有短小的趋势，诗歌也不例外。在同样杰出的五行诗与十四行诗之间，人们更容易记住五行诗。这样看来，诗歌写成四行、五行、十四行，的确是不一样的，即便一行之差，引发的诗学观念、导致的诗歌结构及审美倾向，也有相当大的区别。还可以看出，五行诗和绝句、柔巴依、俳句一样，尽管短，但并非所谓小诗、微型诗。

五行诗在现代诗中的分布，可以从三个方面来谈。

首先，五行诗的形成有一个逐渐演变的过程。作为诗歌结构的基本单元，五行是经常与其他诗节交叉使用，主要是四行、六行、八行；或者前面几节为五行，后面几节是其他行数或最后一节以其他行收尾。其次，五行诗节的成熟最终使得单篇五行诗的出现几率加大。最后，五行诗的联章形式也屡见不鲜，统计显示，诗节在 2–4 节的多达三分之二，诗节在 5–6 节约两成，7 节以上的不到二成。

以斯蒂文斯的诗作为例，《夏天的证明》分十个部分，除个别诗节外，均采用五行诗节；《以十三种看法看黑鸟》分十三部分，其中 5、7、8、13 为五行诗；《干面包》等诗则是全部为五行诗节。

这种情况在现代诗中非常普遍。比如意大利诗人塞尔乔·科拉齐尼 (1886–1907) 诗作《一个可怜的多愁善感的诗人的失望》，全诗共八节，第一、二节为五行诗，均可单独成篇，比如第一节：

你为什么叫我诗人？

我不是诗人。

我不过是个哭泣的孩子。

你看，我只有洒向沉默的眼泪。

你为什么叫我诗人？

如果说这种"单独成篇"的分法还与我们的主管意愿有关，那么，在希腊诗人乔治·塞菲里斯的《神话与历史》中，则完全体现了作者本人的意志。这首诗包括 24 首无题短诗，其中第 11、19、21 都是五行诗。第 11 首是五行单篇：

有时候你的血液像月光
冻结在无边无际的夜里，
你的血液张开白色的翅膀，覆盖着
黑的岩石，树木和房屋的形状，
用一点点来自我们孩提时代的光。

第 21 首是五行联章：

我们，远道来朝圣的人，
看着这些残破的雕像便忘记了自己，
说生命并不会那么容易丧失，
说死亡有未经探索的道路
以及它自己的独特公理；

说我们虽然至今还站得笔直
却正在死亡，变成石雕的兄弟，
硬的软的联结在一块，
而那些古代的亡人已逃脱了轮回并重新站起，
流露出神秘安详的笑意。

可以断言，随着五行诗的确立，尤其是对单篇的不同结体的
探索，五行单篇处理题材的能力得到提高，相应地，就可以较少
地采用联章。另外，联章节数越多，对韵律的依赖性就会加大。

还可以说，除了长诗之外，一首现代诗，写到 30 行，或者说，能写好 30 行，就已经很不错了。也许，最完美的联章五行诗，会是 25 行。越少采用联章，就越会促进对五行的思考。不独五行如此，试想，绝句律诗较之排律、单调双调较之于三叠四叠，莫不都是如此。

由于五行诗联章形式中会出现 2 节共 10 行（5-5）这种情况，这和纯粹的十行诗还是有区别的。韩国诗歌史上占有重要地位的乡歌，是新罗时代（660-936）流行的国语诗，十句体是最基本的体式，但它的结构形式是"4-4-2"，而且最后两行必须以感叹词"阿耶"开头，这和五行诗是不一样的。还有一些诗人的作品，比如济慈的《夜莺颂》《希腊古瓮颂》，威廉·布莱克的《羔羊》，都是每节十行，其韵律也是双行诗的形式。又有一些诗不分节，碰巧是 10 行、15 行，我国古代的一些诗词的上下阙也各有 10 行，等等，类似情况，都不能算作五行诗，也不能说是五行诗的变体。

另一方面，创作五行诗的诗人在年代、国家、创作风格等许多方面有明显的不同，是否也有一些共同点？这在前文已经有所涉及，就不多谈了。概言之，有些诗之所以是五行，只是兴之所至，写到五行恰好完成，并不一定有明确的分行意识。又有一些五行诗不仅有其必然性，而且直接对五行诗的结构形式进行了探索。如果采用五行诗结构，写到四行就可以了或者五行尚不够，怎么办？当然不一定要写成五行，不要被篇幅限制死了。不过，既然采用五行诗结构，原则上就必须符合它的基本要求。

那么，再从五行诗史的角度谈几点体会作为结束：

第一，通常情况下诗人决不用五行形式，他们更喜欢四行、八行、十四行等结构；如果采用五行结构，比如浪漫主义诗歌，那么绝大部分是联章，借韵脚体系保持平衡。

第二，在传统诗歌过渡到现代诗歌的历史进程中，以五行为诗歌基本结构单元的情况逐渐增多，最常见的形式是与四行、六行交错使用。

第三，一开始就采用或者逐渐采用五行诗形式、并且更倾向于单篇五行的诗人，或者是年代久远者，基本上没有其他诗歌可借鉴；或者没受过什么教条影响者，其诗作更为率性；或者独立特行、开一代新风之诗人。当然，更多的是现代诗人，这是与传统诗人相比较而言，事实上，前面三类有不少就可以归入其中。

第四，五行诗这种形式的"自由"与"局限"，是相对而言、互相依存的，唯有在"局限"之中获得的"自由"，方可称道：

她轻盈的舞姿不为任何人旋转
——她宛在水中央
在梦中旋转得疯狂

对我来说，发掘隐秘的五行诗传统并创作五行诗，也意味着尊重并继承中国自古以来的短诗传统，这个古老的传统最为简洁地洞察了诗歌的本质，体现了"道生一"、五行相生相克的伟大智慧，自然也包含了推动诗行发展的力量。

注释：

[1] 周作人．《周作人散文全集》（2）[M]．桂林：广西师范大学出版社，2009：553-554.

[2] 施子愉．《唐代科举制度与五言诗的关系》.《＜东方杂志＞影印本》（第187册）[M]．上海：上海古籍出版社，2012：523.

[3][美] 宇文所安，贾晋华（译）.《盛唐诗》[M]．北京：三联书店，2014:163.

[4] 叶嘉莹《论杜甫七律之演进及其承先启后之成就(代序)》《迦陵文集》（1）[M]．石家庄：河北教育出版社，1997:7.

[5] 朱光潜．《诗论》[M]．上海：上海古籍出版社，2001:172.

[6]〔法〕瓦莱里，段映红（译）.《文艺杂谈》[M]．天津：百花文艺出版社，2002:170.

[7] 张其成．《中医五行新探》[M]．北京：中国中医药出版社，2017： .

第八章

五行诗札记

1. 古印度、古希腊、古罗马的五行诗

就现有资料看，有文字记载的最早的五行诗，应该是古印度《梨俱吠陀》中献给酒神苏摩的《苏摩酒》。五行诗史以此开篇，实乃天意。

《梨俱吠陀》编订于公元前1500年前后，是印度现存最重要、最古老的诗集，是《吠陀》中文学价值最重要的一部作品。"吠陀"的本义是"知识"、"启示"，"梨俱"是这种诗体的名字，一个诗节就是一个"梨俱"。《梨俱吠陀》共收录诗歌1028首，其中歌颂神王因陀罗的诗约250首，歌颂火神阿耆尼的诗约200首，歌颂酒神苏摩的诗约120首。

《苏摩酒》是《梨俱吠陀》第9卷中的第112首，是榨苏摩做酒时唱的歌，语言流畅，节奏明快，感情奔放，生动地展现了印度人吠陀时代的生活画面，历经数千年而仍具有现代风味。全

诗如下：

人的愿望各式各样：

木匠等待车子坏，

医生盼人跌断腿，

婆罗门希望施主来。

苏摩酒啊！快为因陀罗（神）流出来。

铁匠有木柴在火边

有鸟羽煽火焰，

有石砧和熊熊的炉火，

专等着有金子的主顾走向前。

苏摩酒啊！快为因陀罗（神）流出来。

我是诗人，父亲是医生，

母亲忙推磨，

大家都象牛一样

为幸福而辛勤。

苏摩酒啊！快为因陀罗（神）流出来。

马愿拉轻松的车辆，

快活的人欢笑闹嚷嚷，

男人想女人到身旁，

青蛙把大水来盼望。

苏摩酒啊！快为因陀罗（神）流出来。

再来看古希腊的五行诗。

我们注意到，在公元前11世纪至公元前6世纪的数百年之间，国外产生的都是诸如《奥德赛》《吉尔伽美什》《摩诃婆罗多》之类的史诗，只有萨福、阿尔克曼等古希腊诗人创作了少数的抒情短诗，弥足珍贵。早期五行诗，单篇、联章的都可以见到，似乎单篇更多，而且一般都不分节。这个特点在古希腊的五行诗中表现得最为明显。

阿尔克曼生活在公元前7世纪中叶，他的诗作《翡翠》是现存最早的五行诗之一，不分节，但从意义上讲，其结构为1-4，采用跨行句式。至于"翡翠"，原是一种海鸟，据说它年老以后不能远飞，只能由年轻的翡翠抬着它飞，"我的脚已支不住我"，由此或可推测本诗是阿尔克曼晚年之作。

你们这队歌声甜蜜的少女！

我的脚已支不住我，可我

真想化作翡翠，随着你们

在浪花间群飞，无忧无虑

象春天的鸟儿，海样的蓝。

（水建馥 译）

这首诗让我想起尼采在《曙光》中写的"精神的飞行者"：

勇敢的鸟儿成群结队，飞向远方，飞向遥远和最遥远的地方，但是，我们知道，他们最终会在某个地方停下来，不再能够继续飞翔，而栖身于某根桅杆或者某个陡峭的崖壁上——他们现在甚至感谢如此凄凉的落脚的地方！然而，谁能够因此得出结论，认为他们已经飞到了天的尽头，已经飞过了鸟儿的极限？我们的所有伟大的导师和祖先最终都在某个地方停了下来，精疲力竭，姿势可能既无尊严也不优雅：这也将是你我之辈的下场！但是你或者我又算得了什么！其他的鸟儿将展翅飞向更远的地方！[1]

相比之下，萨福的残诗《死去的时候》就复杂一点。

死去的时候，你将躺在那里，无人
记得，也无人渴望——因为你不曾分享
匹瑞亚的蔷薇，即使在冥府
你也寂寞无闻，在黯淡的影子当中
摸索行路——轻飘飘地，被一口气吹熄。

（田晓菲 译）

它算不算五行诗？我的看法是，当然算。其一，萨福的诗大约在公元前五世纪末已经被收集整理下来，公元前三世纪这些作品被学者按照格律分成九卷，但到了中世纪这 9 卷作品突然消失了，只剩下我们现在看到的残篇。这也就意味着，最近十二个世纪以来，人们看到的这首诗都是五行版本，这个事实没法改变；其二，尽管是残诗，但这五行是相对独立的，它完全舍弃了平铺直叙，直接进入情感最激越的时刻。

古希腊五行诗也反映诗人对命运、宗教等方面的看法。按当时的观点，人不能主宰自己的命运，因而祈求宙斯等诸神"好心赐给我们一个甜美的人生终局"，但即便是宙斯，也无法更改命运女神的决定。巴克基利得斯（Bacchyhdes，前600？—前500？）是西摩尼得斯的侄子，生于希俄斯岛，成年后出入于叙拉古的僭主希埃龙的宫廷。据普卢塔克记载，他曾被驱逐出希俄斯，在伯罗奔尼撒生活了很长时间。《天命》这首诗正融入了他的无限感慨：

　　人类不能自行选择

　　　繁荣昌盛，顽固战争

　　或破坏一切的内乱，

　　云飘临这儿又飘临那儿

　　全凭赐予我们一切的天命。

（水建馥 译）

写这首诗的时候，他可能在想，自己的遭遇也是天命所赐予的，除了接受，别无他法。

古希腊的五行诗还有很多，我们后续在谈到五行诗与宗教、爱情等主题时再谈。

　　下面谈古罗马的五行诗。古罗马的五行诗非常少见，目力所及，卡图卢斯（约公元前 87 年—公元前 54 年）是一个例外，他也深受庞德、曼德尔施塔姆等现代诗人推崇。卡图卢斯的传世之作《歌集》在奥古斯都时代即获盛名，却在公元三世纪到十四世纪仿佛潜泳在大海深处不为人知，直到这些作品意外地在他的家乡维罗纳再现。

　　论者认为，卡图卢斯"在诗歌领域的革新为奥古斯都时期的诗人提供了关键的资源"，包括"奠定古罗马爱情哀歌体、铭体诗和微型史诗这三种体裁的基础"，"将诗歌作为一种私人化、专门化的事业来经营，突出诗歌的抒情性和审美快感"[2]。也就是说，摒弃了之前大部分诗人沿袭的史诗传统，而侧重个人情感的抒发。正是在这种情况下，才有短小抒情诗的存在。这和他崇拜的诗人萨福一样。相应地，这种短小的抒情诗在用语方面更加口语化，题材方面更加生活化，格律更加多样化。

　　《歌集》共收录卡图卢斯作品 113 首，包括五行诗 6 首，其中第 26、53、58 首为单篇，采用十一音节体；第 59、60 首为单篇，采用 limping iambics 格律；第 61 首为长达 235 行的联章，采用 glyconic and pherecratean 诗节。从结构来看，第 26、58、60 首采用 3-2 结构，第 53、59 首不分节。比如第 53 首：

　　　　刚才旁听席上有个人让我捧腹，

　　　　当我的卡尔伍斯口若悬河地

列举完指控瓦提尼乌斯的证据，

他举起双手，惊异万分地说：

"天，这小人儿口才真不错！"

　　这首诗表面上是称赞他的朋友卡尔伍斯演讲的高妙，实质上是对以西塞罗为代表的亚细亚派夸张雕饰风格的驳斥，认为语言简洁的阿提卡派也会受到大众喜爱。这和卡图卢斯诗歌的风格也是一致的。

　　第58首更能体现卡图卢斯诗作的特点：

凯利啊，我们的莱斯比娅，那位莱斯比娅，

卡图卢斯唯一爱恋的莱斯比娅——他爱她

胜过爱自己，胜过爱自己所有的亲眷——

此刻在十字路口，在僻静的小巷里，她

正剥掉高贵雷姆斯的后裔们所有的衣衫。

　　作为第一个用系列作品塑造爱恋中的女人形象的诗人，卡图卢斯的诗作中有二十多首与莱斯比娅有关，呈现了初识 – 情人热恋 – 恋人背叛 – 重归于好 – 绝望放弃的整个过程。第58首写的正是分手后的失望和不满。纳博科夫在小说《洛丽塔》中多处影射了这首诗。研究认为，"诗作的力量在很大程度上来源于最后一行与前面四行的巨大反差，此外，glubit 的粗俗意象与magnanimi Remi nepotes（"高贵雷姆斯的后裔"）的史诗措辞也形成了冲撞。"[3]

　　第61首是一首婚歌，也是《歌集》中几首长篇诗作之一。这首诗"全面地呈现了古罗马婚礼的风貌，具有很高的和民俗学价值。"[4]诗歌从呼唤婚神开始：

> 住在赫利孔山的神啊，
> 吾拉尼娅的儿子，你将
> 娇嫩的处女劫到新郎怀里，
> 许墨奈伊啊，许门，
> 许门啊，许墨奈伊，

　　接着呼唤婚神赶紧来临，赞美婚神超过维纳斯等任何一位天上的神，然后呼唤新娘尽快启程并且保证"你的新郎不轻浮"，这实际上有点嘲笑的意思。之后新娘新郎进入洞房，长诗以新人享受丰盛的青春年华结束：

> 关上大门，少女们：
> 我们已经尽兴。可是你们，
> 善良的新人，幸福地生活吧，
> 履行你们的义务，享受
> 丰盛的青春年华。

　　诗中对婚神反复呼唤，前后多达15组，特别是在新娘出门，

"已经看见新娘的面纱"之后的 140–190 行的 10 个诗节中，每个诗节的结尾均以呼唤婚神结束：

许墨奈伊啊，许门，

许门啊，许墨奈伊。

毕竟，婚神出现的目的，就是为了祝福新人相爱、忠贞、白头偕老。

此外，像"有哪位神 / 敢与你婚神相比""快出来吧，新娘""可是时间飞逝"等诗句，也反复出现，对一首长诗来说，正好起到了调整节奏的作用。和这首诗相比，第 62 首尽管也是一首婚歌，但写作手法和风格明显不同，主要写的是男孩女孩对婚姻的看法。第 63、63 首都是以婚姻为主题，但写的"都是激情的牺牲品"，像第 61 首这样自始至终的甜蜜感不复存在。

2. 浪漫主义传统的五行诗

在浪漫主义诗歌中，五行诗基本上以联章形式出现。

威廉·布莱克（1757–1827）的诗集《天真与经验之歌》，其中"经验之歌"的《序诗》以及后续篇目《大地的回答》都是五行联章形式。对于布莱克这样伟大的诗人而言，将两首与传统迥然不同的五行诗安排在卷首的关键位置，必定有其深邃考虑。这两首诗，也是《天真与经验之歌》中仅有的两首五行诗。萧伯纳曾经说，"布

莱克是绝顶的先锋，而不只是怪诞或游戏，这可以由这样一个事
实来证明，即：如果老天没有把布莱克生出来过的话，我本可以
多写一些东西。"

　　雪莱（1792–1822）的不朽名作《给云雀》也是五行联章：

　　那淡紫色的黄昏

　　　　与你的翱翔溶合，

　　好似在白日的天空中，

　　　　一颗明星沉没，

　　　　你虽不见，我却能听到你的欢乐：

　　　　　　　　　　　　　　　　（查良铮　译）

　　原来竟有这么多伟大的心灵，曾经感受到五行的形式魅力，
尽管比四行才多出一行，但它的表现力、把握韵律的能力、因新
的形式而产生的活力，都更为丰富了。

　　至于为什么是联章，大概是因为内容本身的容量，以及韵律
对形式产生的副作用吧，它无意间扼杀了诗歌的非对称之美。但
诗人的特点在于，一旦情之所至，则完全可以舍弃韵律、章法等
外在的东西。试看维克多·雨果的悲秋之作：

　　晨曦灰了些，空气稍凉了，天空多云了；

　　长昼过去，迷人的季节结束了。

　　唉！叶子变黄了！……

秋风秋雾多愁人，

而疾逝的夏日是分手的朋友。

（莫渝　译）

这"分手的朋友"是谁？是朱丽叶·德鲁埃吗？她让多情的雨果相信"精神上的爱情才是永恒的"。他们书信往来之多，举世罕匹，她曾经给他写过 18000 封信……1883 年，朱丽叶·德鲁埃离世，墓碑上刻着雨果的五行诗：

当我变成一堆冰冷的灰烬

当我终于闭上疲惫的眼睛

如果你心里还惦记着我

那就说，人间还有他的思想

我呀，我有他的爱情

（莫渝　译）

3. 现代派先驱对五行诗的探索

现代派两位先驱，爱伦·坡和波德莱尔，都对五行诗做过深入探索，尤其是波德莱尔，几乎从诗学意义上肯定了五行诗与十四行诗的共通乃至并驾齐驱之处。《给海伦》是爱伦·坡的名诗，采用五行联章形式，也是他作为形式主义者的代表作品之一：

海伦，你的美貌对于我，

象古代奈西亚的那些帆船，

在芬芳的海上悠然浮过，

把劳困而倦游的浪子载还，

回到他故国的港湾。

（余光中 译）

说起来，我心中刻下的海伦形象，不是从荷马史诗得来的，而是本诗的另外一个版本，十多年前一次偶然机会读到的，译者是谁早已不记得，译文也已经找不到。重读此诗，我惊讶地发现，对海伦之美的神往，还和拜伦的《她走在美的光影里》有关，甚至还来自现实世界的惊鸿一瞥。也许正是这种历史片断和现实经历的光影叠加成就了我心中无以伦比的海伦。

谈起爱伦·坡对后世的巨大影响，人们乐意推举波德莱尔为例，想必波德莱尔也会同意。在五行诗方面，波德莱尔有更加浓厚的兴趣。众所周知，他的《恶之花》中，五行诗的篇目仅次于十四行诗。显然，对这样一位形式大师而言，在传统的十四行诗之外，采用一种新的形式绝非偶然。

波德莱尔说："一首十四行诗就需要一个布局，结构，也可以说是框架，是精神作品所具有的神秘生命的最重要的保障。"对他来说，五行诗同样也需要精心布局。瓦莱里曾评价《恶之花》体现了"对一种更坚实的内容以及对一种更巧妙和更纯粹的形式的渴望"，这个评价，自然也包括《恶之花》中的五行诗。[5]

波德莱尔的五行诗均采用五行联章形式，如《头发》《苦闷和流浪》《毒》等诗，少数几首的第一、第五行重复，形成一个闭合结构，比如《阳台》的第三节：

温暖的黄昏里阳光多么美丽！
宇宙多么深邃，心灵多么坚强！
我崇拜的女王，当我俯身向你，
我好像闻到你的血液的芳香，
温暖的黄昏里阳光多么美丽！

（郭宏安　译）

4. 意象派五行诗

意象派的成员不是翻译过就是仿写过我国的古诗，他们也几乎都写过五行诗，比如休姆、威廉斯、杜立特尔，庞德更不用说。受此影响，意象派作品反对抽象说教无病呻吟，要求直接打动人心、意象集中，篇幅自然就短了。

越过象征、暗示，让意象直截了当呈现诗性，正是意象派拿手好戏。庞德说读中国诗即可明白什么是意象派，但他的"意象"是手术般的"直接处理事物"，缺少温度，和我们主张情、景、理交融的传统并不一样，所以才有《地铁车站》。《少女》（飞白译）算个例外：

树进入了我的双手，

树液升上我的手臂。

树生长在我的胸中——

往下长，

树枝从我身上长出，宛如臂膀。

你是树，

你是青苔，

你是风中紫罗兰。

你是个孩子——这么高——

而在世界看来这全是蠢话。

　　本诗中的"树"是指少女吗？也许是。不过，你要是把它当成达芙妮逃避阿波罗而变成的"月桂树"，就更有意思了。

　　艾略特曾经评价庞德的自由体诗："一位诗人，只有在孜孜不倦地研习过秩序谨严的诗体以及多种格律系统之后，才可能写出庞德笔下那般的自由体诗篇。"[8] 庞德自己乐此不彼，却对艾略特的五行诗不以为然。1968 年，《荒原》手稿被艾略特的资助人约翰·奎因的侄女在后者遗物中发现，除了 1922 年发表的五章外，还有十多首单独的、原先可能考虑插入的杂诗，其中最短的一首《无题》就是五行诗。庞德为什么要删去这一首五行诗？大概和它的句式比较单调、过于传统有关吧？换句话说，意象太分散，不符合庞德的美学主张。来看看是不是这样：

我是复活和生命，

我是停留的事物，消失的事物。

我是丈夫和妻子，

牺牲品和献祭的刀子，

我是火，但也是黄油。

（裘小龙 译）

5. 中国现当代五行诗：从"小诗"到"大作"

我国现当代诗人在五行诗方面的探索，可以分两个阶段来谈，一是新诗初期的五行诗，二是当代五行诗。

新诗初期，诗人创作的五行诗不少，当时很多短诗都被当作"小诗"来处理，五行诗自然也不例外。处身新旧交替时期，联章一般还是按韵律体系组织，单篇大体并无明确的分行意识，也显稚嫩，和弗罗斯特五行单篇的情状差不多。这其实不难理解，但不大写诗的周作人却颇有微辞，看来旁观者未必清。

《繁星》是冰心受泰戈尔影响而创作的短诗集，在当时引起轰动和仿效热潮。《繁星》中有不少五行诗，像第3首（万顷的颤动）、第118首（故乡）。

类似这种一组短诗中包含相互独立的若干五行诗的情况，在新诗初期，比较有代表性的，还有梁宗岱诗集《晚祷》中题为"散后"的33首小诗，其中五行诗7首。宗白华在1923年12月出版的《流云》，第一首诗"人生"即为五行诗，加上其他7首，共8首。

闻一多在人格上以拍案而起为世人钦佩，在新诗探索上以"三美"形式闻名，他的诗集《红豆》，42 首诗中有 7 首五行诗，可知他对五行诗颇有思虑。

　　在我看来，当时最成功的单篇五行诗，当属徐志摩的《沙扬娜拉》。1924 年 6 月，徐志摩随泰戈尔访日期间，作《沙扬娜拉十八首》，载于《志摩的诗》，再版时徐志摩删去了前面十七首五行诗，仅存最后一首：

　　　最是那一低头的温柔，
　　　像一朵水莲花不胜凉风的娇羞，
　　　道一声珍重，道一声珍重，
　　　那一声珍重里有蜜甜的忧愁——
　　　沙扬娜拉！

　　比起广为人知的《再别康桥》，《沙扬娜拉》更具魅力。水莲花让人想起"江南可采莲，莲叶何田田，鱼戏莲叶间"的汉乐府，而"不胜凉风的娇羞"的日本女郎，更像是古典中国的江南女子。试比较崔颢《长干行》："君家住何处，妾住在横塘。停舟暂相问，或恐是同乡。"

　　徐志摩的《偶然》《雪花的快乐》《我来扬子江边买一把莲蓬》均为五行联章形式，句式灵活，舍弃传统的复沓并列结构，也就是说，它采取五行诗形式，有其必然性。

　　当代五行诗的创作，分行意识非常明显，注重结构经营，单篇居多。可以说，几乎每位诗人都有一个五行诗的形象。

孔孚是我国现代山水诗大家，他从古典山水诗画中，领悟出一个"隐"字，情隐、理隐，连意象也隐藏起来（和意象派相比，如何？），又求纯、求异。基于此，他的五行诗炼字炼句，布局谋篇，一如贾岛所言，"两句三年得，一吟双泪流。"《孔孚集》收录作者选定的诗歌300首，其中五行诗10首，"3–2"型7首，"2–2–1"型3首。如《古德林漫步》：

六万九千七百零七字
都长成参天香楠

一部《法华经》在这里活了
诵莲花的和尚是风

字间染有鸟语……

昌耀对五行诗形式颇为看重，在他亲自选定的《昌耀诗文总集》中，收录五行诗16首，其中2首联章，4首不分节，7首"3–2"型，3首"2–3"型。熟悉《慈航》的读者可能会对《淡淡的河》感到惊讶，单纯、平淡、忧伤，像一幅朦胧的风景画：

淡淡的河以淡淡的影踪流荡田野，
使人觉着岁月悠久的一缕思绪。

　像堤岸的树无声。

　淡淡的河
　使凝望着的人们眼里浸满泪水。

　　这首诗创作于 1987 年春节前夕，节日的来临并未唤起诗人的喜悦，反倒是一年将尽引发了沉重之感，"像堤岸的树无声"，是关键之句，它加深了这种忧伤，树一动不动，无声地看着"悠久"的岁月以来"人们眼里浸满泪水"，因此它就不仅是一己一时之感触，而具有普遍意义。试比较陈子昂《登幽州台歌》："前不见古人，后不见来者。念天地之悠悠，独怆然而涕下。"
　　昌耀没有站在高台上，他面对的，是广阔的山川大地和那些充满期待的苦难中的人们。
　　很难想象，在二十世纪六七十年代，洪麦思创作了《远方的庄园》等唯美之作，也勾勒了个人在时代中的孤单背影：

　道路是没有的
　只有风雪、风雪
　天地间一片混沌……

　迷途者从迷途中走来
　向迷途中走去

在食指《相信未来》与北岛《回答》之间，曾经有多少这样的孤单奋战的迷途者，他们又如迷途中的探索者，当历史的迷雾散去，终将显现清晰的价值。

韩东的五行诗，单篇、联章形式都采用，有一首在标题上就明确是五行诗，即《冬：五行》：

在冬天，感谢阳光灿烂的日子
在中年，感谢热血依然的身体
在喧嚣的城市附近，感谢墓地的寂静
在漆黑一团的灵魂里，感谢并不存在的光明
就感谢这不可能的存在

西川的《往世书》《虚构的家谱》等诗作，均采用五行联章形式；单篇五行诗中，流传最广的也许是《献给玛丽莲·梦露的五行诗》：

这样一个女人被我们爱戴，
这样一个女人我们允许她学坏，
这样一个美丽的女人，
酗酒，唱歌，叼着烟卷，
这样一个女人死得不明不白。

本诗干脆利落，一行一层意思。第三行在"这样一个女人"中间用了一个修饰词"美丽的"，制造了停顿的舒缓效果。第四行一步三顿的断句方式更进一步将节奏舒缓下来，而且出现了三个细节，用"叼着烟卷"四字，更加强调"叼着"的细节，不用"抽烟"，意在打破"酗酒，唱歌"的顺延结构，使句式不至流于轻滑。没有这三个"客观"的细节，那么其他四行的"主观"就要落空了。

　　我收集到的诗人作品中，余怒创作的五行诗至少有二十首，绝大部分采取不分节的形式，如《减去一》。岩鹰的五行诗在他诗歌中占有很重要的分量，像《一个雨夜》《有一个陌生人跟着我》等。岩鹰显然视之为短诗，并说一首短诗可以跌宕而多折、急湍而平淡。另一个致力于五行诗创作的诗人是马骅（1972—004）。2003 年初，马骅放弃了都市生活，前往云南德钦县明永村支教，在那里创作了《雪山短歌》。《雪山短歌》37 首诗，除了第 29 首《念青卡瓦格博》还没有来得及完成是三行外，其他36 首都是五行，不分节。2004 年 6 月 20 日，马骅搭乘的吉普车翻落澜沧江中，生命嘎然结束，令人扼腕：

　　风从栎树叶与栎树叶之间的缝隙中穿过。
　　风从村庄与村庄之间的开阔地上穿过。
　　风从星与星之间的波浪下穿过。
　　我从风与风之间穿过，打着手电
　　找着黑暗里的黑。

　　曹月芬则通过《一张旧照片》挖掘到一个寻常细节蕴含的不寻常力量，"他的右手放在我左肩上"，犹如维系两个世界联系的中转站：

> 我如一个已经车祸丧身的男孩
> 背景是学校的冬日足球场
> 他的右手放在我左肩上
> 我依然感到那时的温暖
> 来自另一个世界的关怀

海峡对岸的诗人也致力于五行诗创作，但数量不多。马悦然等人主编的《二十世纪台湾诗选》是有一定代表性的选集，其中收录了林亨泰、罗门、夏雨等人创作的十来首五行诗，主要是单篇，联章的大部分为两节。

羊令野曾取杜甫《秋兴》之意，写了 8 首五行诗，诗后并有附记："三年前，我曾步杜甫'秋兴'八首的原韵，写了七律八首，总觉得难惬人意。此刻秋意已浓，秋兴未减，遂以五行信笔为之，短得不能再短了。清秋该当有一番佳兴，我非宋玉，亦非少陵，无关忧伤或悲愤，藉此抒我兴味而已。"试看第七首：

> 庄子的秋水深浅
> 怎样测得出一尾鱼的体温
> 想想莫非自得其乐
> 泥涂之龟
> 毕竟要比供奉楚庙活得自由

"遂以五行信笔为之"，明确地提出是"五行"，显然是有一番斟酌在里面。至于是不是"短得不能再短了"，得让他人来说。

白灵创作的五行诗应该不少，但《五行诗》仅收录19首，颇有点雄心，不过尚未发现他关于五行诗的理论。从《五行诗》来看，他是主张不分节的，也不采用联章形式。

1959年，洛夫创作长诗《石室之死亡》，意在采用一种非理性的内在语式来写那不讲理的战争、死亡和情欲。这首诗共64章，每章2节，每节5行，下面是第一章：

只偶然昂首向邻居的甬道，我便怔住
在清晨，那人以裸体去背叛死
任一条黑色交流咆哮横过他的脉管
我便怔住，我以目光扫过那座石壁
上面即凿成两道血槽

我的面容展开如一株树，树在火中成长
一切静止，唯眸子在眼睑后面移动
移向许多人都怕谈及的方向
而我确是那株被锯断的苦梨
在年轮上，你仍可听清楚风声、蝉声

从上述诗作可以看出，五行诗实是有容乃大、特立独行之诗歌体式。不过，前人对篇幅较小的诗作还是存在一定的偏见。周作人在《论小诗》中如是表示：

　　情之热烈深切者，如恋爱的苦甜，离合生死的悲喜，自然可以造成种种的长篇巨制，但是我们日常的生活里，充满着没有这样迫切而也一样的真实的感情；他们忽然而起，忽然而灭，不能长久持续，结成一块文艺的精华，然而足以代表我们这刹那的内生活的变迁，在或一意义上这倒是我们的真的生活。如果我们"怀着爱惜这在忙碌的生活之中浮到心头又复随即消失的刹那的感觉之心"，想将他表现出来，那么数行的小诗便是最好的工具了。[1]

　　按他的观点，"小诗"似乎算不上"文艺的精华"，参考当年小诗创作的实际成就，这个评价有他的道理，但时过境迁，现在还信守此论则不免糊涂，而如果考虑到古典诗词中的"小诗"，则更难自圆其说。恍惚之间，一种时过境迁的历史感涌上心头。

6. 五行诗与宗教

　　在宗教主题方面，五行诗也有非常深刻的反映。

　　古希腊诗人塞诺法涅斯（Xenophnes，约公元前565—前473年）的《造神》，在涉及哲学、宗教、艺术和古希腊的著作中经常被引用：

　　假如马或牛或狮子都有手，

和人类般能画能创作作品，

他们就会把神的形体绘制成

和他们各自的形体一式一样，

马的和马一样，牛的和牛一样。

（水建馥　译）

塞诺法涅斯还说，"看来是人类产生了神，让神穿上自己的衣服，说自己的话，有自己的形体"。

无名氏的《我如此干渴》同样值得一提。这首诗实际上是一座古墓的铭文，发现于克里特岛伊达山北麓厄琉塞纳，约创作于公元前三世纪—公元前二世纪，墓主系俄耳甫斯教教徒。

——我如此干渴，我已死。

——来吧，喝那不枯的泉水，

它流在右边，天鹅之旁。

——你是谁？你从哪里来？

——我是大地和布满星辰的广天的孩子。

（吴雅凌　译）

整篇铭文采用对话形式，反映出俄耳甫斯教的秘仪。在俄耳甫斯教的传统中，"大地"对应"属地的"，"布满星辰的广天"自然是"属天的"；近旁的天空、诸神永远的住所为"属地的"，繁星密布、人类的祈祷无法到达的地方称为"属天的"，故此，"属

地的"立足大地,"属天的"则朝向无限。献给赫卡忒的祷歌唱道:
"她属天,属地,属海,轻衣藏红。""我是大地和布满星辰的
广天的孩子",也就意味着证明并强调自己的神性部分,通过各
类形式的狄俄尼索斯秘仪或者俄耳甫斯苦修,可将自己从身上具
有的提坦因素中解放出来,达到永生。

　　关于五行诗与宗教的主题,我们在前面还介绍了十一世纪的
法国诗集《Vie de Saint Alexis》,它由 125 首 5 行诗组成。其后,
最负盛名的宗教题材的五行诗当属十六世纪西班牙诗人克鲁斯的
作品。克鲁斯是西班牙神秘主义诗歌的代表人物,史称圣十字若
望,被博尔赫斯誉为"西班牙最伟大的诗人——所有用西班牙文
创作的诗人当中最伟大的一位"。他的几首著名诗篇都是五行联
章,其中《精神的颂歌》实际上是他的巨著《攀登加尔默罗山》
的诗体解释。这首诗共 47 节,有如一幕诗剧,先后出场的有妻子、
丈夫、叙述者,其间还穿插了妻子"向万物询问"。以下是其中 4 节:

　　1 一个漆黑的夜晚
　　燃烧着爱的渴望的火焰
　　侥幸的命运啊!
　　我出门无人看见
　　家里已安然。

　　2 满怀信心冒着黑暗
　　从秘密的梯子,乔装改扮,

侥幸的命运啊！

在黑暗与隐蔽中

家里已安然。

3　在那幸福的夜晚

隐蔽得无人看见

什么也不用看

也不用向导和光线

全凭着心中的火焰。

……

8　就这样我将自己遗忘

将脸庞斜倚在情人身上；

一切都已停滞，我任凭自己

将忘却了的情意

留在洁白的百合花旁。

（赵振江　译）

7. 哲学家五行诗与五行诗哲思

　　五行诗与哲学有不解之缘，诗人在诗作中反映其哲思是很自然的事，而哲学家创作诗篇则并不多见。尼采则属于那种乐意将哲学与诗歌全部纳入囊中的天才。在尼采《愉快的知识》卷首，收录了一组名为《玩笑、阴谋和报复》的诗，里面有 7 首五行诗。
尼采给我们留下的印象，不就是强硬吗？《我的强硬》正可佐证。

我必须要跨越成百级阶梯，

我必须向上爬，我听到你们的叫声：

"你真强硬！我们岂是石头人？"——

我必须要跨越成百级阶梯，

却没有任何人愿意当阶梯。

（钱春绮 译）

尼采宣称"上帝死了"，但《笃信者说》却发难了：

上帝爱我们，因为他将我们创造！——

"人创造了上帝！"——这是你们聪明人说的话。

人所创造的，难道人不该爱他？

因为是人创造他，难道就该完全否定他？

这种话站不住脚，它长着魔鬼的偶蹄脚。

（钱春绮 译）

尽管并非人人都是哲学家，但在诗歌中玩一把哲思，也许是
每个诗人都不会推却的好事，关键看你玩得怎么样。来看看修·麦
克迪尔米德（1892—1978）的《摇摆的石头》：

在收获季节寒冷的午夜，
世界像一块石头
摇摆在天空下。
凄凉的回忆起了又落，
像被风追逐的雪花。

像被追逐的雪花，我已认不出
石头上刻着的文字。
何况浮名如青苔，
历史如地衣，
早把一切掩埋。

（王佐良　译）

历史就这样，再大名声也不过浮名，再伟岸的功绩也厚不过一层薄薄地衣。不过，他要是读过苏轼的作品，大概会觉得自己过于肤浅，因为一千年前，苏轼既写出"泥上偶然留指爪，鸿飞那复计东西"的诗句，也感慨："盖将自其变者而观之，则天地曾不能以一瞬；自其不变者而观之，则物与我皆无尽也。"

8. 小说家的五行诗

从文学史上看，有不少作家同时握着小说和诗歌两支笔，是诗歌成就了小说还是小说成就了诗歌？不过，据现有资料看，他们更乐意世人称呼他们为"大诗人"。

乔伊斯（James Joyce，1882—1941）写过好几首五行诗，和他的小说相比，就仿佛是一张留言条。事实上，这些诗正是写给他的朋友的，比如他的资助人（《有一位慷慨捐赠的阔佬》）、帮助出版《尤利西斯》的西尔维娅·毕迟（《西尔维娅是谁……》）。

以小说惊世骇俗的劳伦斯（D. H. Lawrence,1885—1930）也希望人们把他当作诗人看待，从《落叶》一诗也可看出他在诗歌方面的雄心：

有一种肌体的连结，像树叶属于树枝，
还有一种机械的连结，像落叶般抛在大地。

天国之风扇动树叶像扇动火焰和调谐曲调，
但天国之风是上帝对付落叶的磨坊，
在大地下界的石磨上，把它们碾成碎片，化为沃土。

（吴迪 译）

能够将落叶写得这样大气、悲壮，而对比又是如此新颖，的确不多见。再看看他的《浪花》，"失败"之美学：

奇怪，海沫如此美丽！
海浪愤怒地冲击岩石，
裂成咝咝发响的白色野花，

接着撤退，狂暴地吸气，
这样失败多么美丽！

　　德国作家君特·格拉斯（Gümter Grass, 1927—2015）早年写诗，
创作戏剧，后来才创作长篇小说，他喜欢把诗放在小说的各章节
间，认为可以让那些以为诗难懂的读者发现，"诗有时会比小说
更好读更容易和更简单"。无论如何，"好读"强调的是故事性、
戏剧性，以这个看上去更像是衡量小说的标准来衡量诗歌，虽然
偏颇，但也有那么一点道理，最少他在一首名为《在蛋里》的五
行联章中做到了：

　　我们住在蛋里。
　　我们用猥亵的图画
　　和我们敌人的名字涂抹
　　蛋壳的内侧。
　　我们在被孵化。

（绿原　译）

　　在诗行戏剧化的展开中，迎来了男高音的咏叹：

　　即使我们只就孵化而言，
　　也仍然害怕会有人
　　在我们壳外，觉得饥饿，

把我们磕进锅里，撒一撮盐。——

那么我们咋办，我蛋里的兄弟们？

可以说，小说家写不写诗，固然无关紧要，但能写诗，显然更好，一手好诗会让他小说水平更高。

9. 外国女诗人的五行诗

最早的女诗人的五行诗，当然要上溯到第十位缪斯女神萨福。我们在前面谈及了萨福的五行诗，谈萨福当然得谈谈她的爱情诗。且看《但假使你爱我》：

但假使你爱我，请你
　　去找别一个：
我不能忍受
　　和比我年轻的男子
　　　　共享一张床。

（田晓菲　译）

这意思已经很直白了。

女性可谓天生适合写爱情诗，也许她们的诗比她们自身更容易让人一见钟情。北欧诗人索德格朗（Edith Irene Sö dergran）在《启示》中写道：

你的爱黯淡着我的星星——

月亮在我的生命中升起。

我的手在你的手中感到不自在。

你的手是情欲——

我的手是渴望。

（董继平 译）

"我的手在你的手中感到不自在"，多么敏感微妙啊。又如阿潘（Tee Ah Poon）的诗：

我的心丢了，亲爱的，

对了，我一定是把我的心丢在那了——

在井旁你的小茅屋里……

我的心还会因为什么其他的原因而下沉上升

当你从井里打水的时候？

至于日本的与谢野晶子（1878—1942），则"以清新的声调、奔放的青春热情，赤裸裸地赞美爱情"，在诗集《乱发》中达到了顶点：

和服袖子

三尺长

又无紫色带子绑着

假如你敢

就拉开它

（罗兴典 译）

又如黑木瞳，在电影中她是饰演第三者的高手，在诗歌中则擅长刻画恋爱中女人的心理。《幽思》里充满了对岁月匆匆的焦灼感。

阿根廷女诗人阿莱杭德娜·皮扎尼克创作的五行诗也不少，数学家兼诗人蔡天新翻译了其中 6 首，不分节的 3 首，"2-3"型的 2 首，"2-1-2"型的 1 首。看一首她的《遗忘》：

在黑夜的另一头

爱情是可能的

——带我去吧——

带我到甜甜的蜜汁中

在那里你的记忆会逐渐消褪

再来看女诗人的其他题材的五行诗。艾米莉·狄金森（Emily Dickinson, 1830—1886）的诗作多以宗教、自然、死亡、爱情为主题，这些主题也时常是交融在一起处理的。比如《上帝果真是个爱嫉妒的神》：

上帝果真是个爱嫉妒的神

他受不了眼看着

我们俩一道嬉戏，而不是更

愿意

和他同在一起。

（江枫　译）

但下面这首《要造就一片草原》，却迥然不同：

要造就一片草原，只需一株苜蓿一只蜂，

一株苜蓿一只蜂，

再加上白日梦。

有白日梦也就够了，

如果找不到蜂。

（江枫　译）

对我们来说，读到这首诗时感觉似曾相识，她一点一点地减掉，到最后，也许连"白日梦"也不需要了吧？的确，庄子就这么想，彻底舍弃。《无上秘要》中有云："无待两际中，有待无所营。"

英国诗人克里斯蒂娜·罗塞蒂（Christina Georgina Rossetti，1830—1894）和艾米莉·狄金森同年出生，且看她在《终点》一诗中是如何感慨生命的逝去：

顶着日生夜长的草儿，

　　顶着生意盎然的花朵，

　　在听不见急雨的深处，

　　我们将不为时间计数——

凭那——逝去的暮色。

青春和健忘将已作罢，

　　美貌不再有什么价值——

　　在那里，区区一方地，

　　把地球似乎一度难以

容纳的，一股脑装下。

（黄杲炘　译）

　　女诗人也擅长处理宏大题材。面对时代的暴风雨，茨维塔耶娃(1892—1941)写道：

风暴吹刮着帷幕。

依然是断裂和分离！——

在快乐的彩色围巾上——

是极其苦涩的泪水，

是粗磨的珍珠。

（汪剑钊　译）

又如瑞典诗人奈丽·萨克斯的诗作《我们在这儿编织花环》：

我们在这儿编织花环
有人编入雷的紫罗兰
我只用一支草茎
充满沉默的语言
它使空中迸射出闪电。

　　　　　　　　　　　　（孟蔚彦　译）

也许除了作者之外，我们很难知道"花环"在这里意味着什么，但是，雷与沉默、紫罗兰和草茎是两组相对的事物，一个动，一个静，一个鲜艳而热烈，一个单调而质朴，但正是后者，"迸射出了闪电"。

女诗人的五行诗，单篇占绝对优势，联章的极少。自白派诗人普拉斯算是个特例，她写了不少五行诗，且都是五行联章形式，比如《爹爹》《冬天的树》《词语》《十一月的信》《巨神像》《生命》；有些算是五行联章的变体，即前面数节是每节五行，最后一节却只有一行，比如《蜂盒的到临》《神秘论者》。篇幅长的原因，可能是因为她需要用较长的篇幅来分析观察并记下自己那些微妙情感和蜿蜒不尽的思绪，它与自己展开了对话，尽管看上去是任何一个被称为第二人称的"你"：

你再不能这么做，再不能，

你是黑色的鞋子

我象只脚，关在里面

苍白，可怜，受三十年苦

不敢打嚏，气不敢出。

（赵毅衡 译）

10. 月色中的五行诗深藏孤独

月亮是诗人的尤物，一个诗人心里没有被月亮照耀，笔下没有写到月亮，大概也算不得好诗人吧？不同情境、不同流派、不同民族……从李白"床前明月光"到晏几道"当时明月在，曾照彩云归"，再到苏轼"人有悲欢离合，月有阴晴圆缺"，从歌德"你又悄悄地泻下幽辉"到魏尔伦"白色的月亮照耀树林"，关于月亮的诗篇一直闪耀在我们心灵的夜空。这类诗歌还有很多，试欣赏米沃什《当月亮升起来》：

当月亮升起来，穿花衣的妇女漫步时

我被她们的眼睛，睫毛，和世界的

　　整个安排打动了。

依我看来，从这样一种强烈的相互吸引里

终归会流出最后的真理。

（绿原 译）

　　尽管写的都是月亮，但不同诗人对同样题材会有截然不同的处理，原则上每种题材都可以取之不尽，至于怎么用，怎么写，会不会起茧，是另一回事。杰出诗人往往能有神来之笔，看看芬兰诗人伊娃－利萨·曼纳（Eeva_Lisa Manner，1921—1995）的《我以为看见一封信投在门廊》：

我以为看见一封信投在门廊，
可那只是一片月光。
我从地板上拾了起来。
多轻呵，这月光的便笺，
而一切下垂，像铁一样弯曲，在那边。

（北岛　译）

　　在博尔赫斯的笔下，《月亮》中有如许的孤独：

那片黄金中有如许的孤独。
众多的夜晚，那月亮不是先人亚当
望见的月亮。在漫长的岁月里
守夜的人们已用古老的悲哀
将她填满。看她，她是你的明镜。

（西川　译）

　　月色中也饱含深沉之爱。在爱尔兰诗人谢默斯·希尼 (Seamus

Heaney,1939-) 的笔下，有一个男孩生在鸡舍里不会说话，"你的痴呆无言证明 / 月光可以达到 / 爱所达不到的地方"(《私生子》)。

也许,对此感受最深的诗人会是荷兰现代诗歌怪才阿伦茨(Jan Arends,1925-1974)，他正是一个私生子，死后无任何亲友可提供其生前状况。阿伦茨有一首《甚至……》是这样写的：

甚至

一只

抚摩的手

也会

伤害我。

（柯雷　马高明　译）

一个极致的文本再现一种极致的感情，也许只有月光不会伤害他。

11. 残酷的硝烟：战争与五行诗

二十世纪的上空比过往任何时代都笼罩着更多的战争的烟云,战争题材的诗歌因此也非常之多,既有埃利蒂斯300余行的《英雄挽歌》，也有仅五行的短制。

比如耶胡达·阿米亥的《战地之雨》：

雨水洒落在我朋友的脸上，

洒落在我活着的朋友的脸上，

他们用毛毯遮盖着他们的头。

雨水也洒落在我死了的朋友的脸上，

他们身上什么也没有盖。

（傅浩 译）

　　它不像是战争的挽歌，或者说作者不想把它变成挽歌，因为还有"我活着的朋友"，所以标题只能是"战地之雨"；这些"我死了的朋友"当然有名有姓，但已经不重要了，因为他们曾经是"我活着的朋友"，而"我活着的朋友"没有出现名字，则因为在残酷的战争中他们也许马上就要成为"我死了的朋友"，"毛毯遮盖着"的头，预示了这种可能性。一场更为激烈的拼杀，已经迫近！

　　再看另一首五行诗，R.贾雷尔的《旋转炮塔射手之死》：

我从母亲的沉睡中落到这个状态，

在肚子里佝偻着，直到湿茸毛冻结，

离地六英里，从生命之梦中解脱，

我醒来，看见这黑屋，这梦魇似的战斗机。

我死后，他们用水龙把我从炮塔洗出去。

（赵毅衡 译）

　　贾雷尔最初以写战争诗著称，他没有颂歌，只有战争中死亡血淋淋的恐怖，杀人者和被杀的盲目、渺小与可怜。与本诗的简练相比，《第八航空队》则将场面铺展开来，极尽反讽之能事，试看前两节：

> 在临时兵营的一个冷僻角落
> 空罐头里插着花，而小狗在舔
> 罐里的水，喝醉的军曹刮脸
> 吹着"哦天堂！"——难道我能否认
> 人对人是豺狼这句常言？
>
> 别的杀人者鱼贯而入，哈欠连天，
> 三个人掷钱游戏，一个睡觉，
> 一个计算飞行次数，躺着流汗，
> 直到他的心也跳着数：一、一、一。
> 杀人者！……但事情就是这么做的：
>
> （赵毅衡　译）

类似的篇目还有很多，比如卡尔·夏皮罗（Karl Shapiro，1913—2000）的《乡愁》，这是一首二十五行的五行联章诗作，试看其中两节：

> 我的灵魂站在家中窗前。
> 　　而我在万里之外；

大海的死亡之声填满一天天，
　　痛苦的浪花、云、盐味。
让风吹吧，因为许多人将死去。

我自私的青春，我的烫金的书，
　　我的学问傲睨全街，
窗台上摆着盆花，也俯视一切，
　　花的生活自私而甜美。
让风吹吧，因为许多人将死去。

（赵毅衡　译）

夏皮罗反对艾略特新批评诗风，认为过度理性化必然窒息诗歌，《乡愁》中密集的意象显然是感性的。夏皮罗写此诗时正在南太平洋作战，因此这里所谓的"乡愁"就笼罩着死亡的色彩，"因为很多人都将死去"。它让我想起鲍勃·迪伦的《在风中飘》：

炮弹要发射多少次
才会被永远报废？
我的朋友，答案就在风中飘，
答案就在风中飘。

（张祈　译）

德国戏剧家、诗人布莱希特（Bertolt Brecht，1898—1956）经

历过两次世界大战，他有几首写战争的五行诗。《恶面具》通过"一张日本木刻的恶魔的面具"，将两个国家"变邪恶"的嘴脸勾画出来：

> 我墙上挂着一张日本木刻的
> 恶魔的面具，涂上了金漆。
> 我不胜同感地看见
> 额头肿胀的血管，它意味着
> 变邪恶也得花力气。

（绿原　译）

小说家、戏剧家的诗，也许比一般诗作更注重细节，比如"额头肿胀的血管"。细节如同纽扣，如同大理石的纹理。写于1942年的《军人的老婆得到些什么》也同样表明了他的反战立场，但更加戏剧化：

> 军人的老婆得到些什么
> 从那古老的首都布拉格？
> 从布拉格她得到了高跟鞋。
> 一封问候信，一双高跟鞋，
> 她得到它们从首都布拉格。
> ………
> 军人的老婆得到些什么

从那辽阔广大的苏联？

从苏联她得到寡妇的黑纱。

出殡时她蒙上寡妇的黑纱，

她得到它从那广阔的苏联。

（绿原　译）

12. 五行诗之得失：自由与格律

艾略特在《三思"自由体诗"》中曾经说过，"即便在最为'自由'的诗中，某种基本的格律也该像个幽灵似的潜伏幕后"；[6] 又说，"一旦从润饰劣等诗的苛刻任务中解脱出来，韵就可以用于真正有需要的地方，产生更出色的效果。一首基本无韵的诗中，往往有些段落需要通过押韵来达到特殊的效果。"[7]

但辩证来看，刻意地服从于韵律，尤其是使用不当而拘泥于外在形式的押韵时，也会对诗歌产生巨大的毒副作用。从诗歌史来看，这种毒副作用是慢性的、隐性的，不容易发现，但通过五行诗这种另类的诗歌形式来旁观，反而一目了然。

早期五行诗一般都采取联章形式，这主要是出于押韵的需要。无论是西班牙黄金时代的诗歌还是浪漫主义、现代派先驱的诗歌都是这样，而且诗人们除了联章形式之外，绝少创作单篇五行诗。但到了十九世纪，从惠特曼开始，自由诗中的单篇五行开始出现并大幅度增加。

惠特曼（1819—1892）是开一代诗风的人，在他笔下出现几首五行诗当属情理之中，比如《滑过一切》：

滑过一切，穿过一切，
穿过大自然和时空，
像一艘船在海上驶进，
灵魂的航行——不单是生命，
还有死，许多种的死，我要歌唱它们。

（李野光 译）

这首诗其实很简单，无非有生就有死，又一次老生常谈，所以他做了充分的铺垫，将精彩处放在结尾，如果写到"灵魂的航行——不单是生命，/ 还有死，"也可以了，但惠特曼接着写，"许多种的死，我要歌唱它们。"这就有想象空间了。

不过，惠特曼的《船的美》《像亚当，一清早走出林荫》等篇目，写成五行似乎并没有特别的必然性，也可能是六行。

弗罗斯特（1874—1963）也创作了不少五行诗，单篇的几乎都是"弗打油"，联章却无一不是上乘之作，比如《未走之路》：

金色的树林中有两条岔路，
可惜我不能沿着两条路行走；
我久久地站在那分岔的地方，
极目眺望其中一条路的尽头，
直到它转弯，消失在树林深处。

然后我毅然踏上了另一条路，
这条路也许更值得我向往，
因为它荒草丛生，人迹罕至；
不过说到其冷清与荒凉，
两条路几乎是一模一样。

那天早晨两条路都铺满落叶，
落叶上都没有被踩踏的痕迹。
唉，我把第一条路留给将来！
但我知道人世间阡陌纵横，
我不知将来能否再回到那里。

我将会一边叹息一边叙说，
在某个地方，在很久很久以后：
曾有两条小路在树林中分手，
我选了一条人迹稀少的行走，
结果后来的一切都截然不同。

（曹明伦　译）

弗罗斯特还有《深秋来客》《雪问》《仲夏时节的鸟》等五行佳作。弗罗斯特常被称为"交替性的诗人"，置身于传统和现代之间，他以传统诗歌方式处理联章五行，以现代诗歌方式处理单篇五行，但显然更倾向于前者。诗人有时会被时代环境及写作惯性所约束，被传统的语言和韵律驱使。诗歌写成五行，并不是那么随意。

这也并非个案。乔伊斯写过好几首五行诗，和他的小说相比，就仿佛是一张留言，随手就能写；也仿佛社交网络热热闹闹但缺少一颗真心。马拉美也有几首五行赠言诗，赠给张夫人李小姐的，也许是太随意，也许是翻译所致，总感觉和他的大诗人身份不符。乔伊斯和马拉美五行诗作的共同特点，都是赠人之作，与其说诗，毋宁说留言的便条。

13. 五行联章的高下之分

1977 年 2 月，穆旦接受腿部手术之前突发心脏病辞世，写于 1976 年 12 月的《冬》可谓绝唱。《冬》一共有四首，后三首均以传统的四行为结构单元，只有第一首采用五行联章形式，也是四首中写得最精彩的：

> 我爱在淡淡的太阳短命的日子，
> 临窗把喜爱的工作静静做完；
> 才到下午四点，便又冷又昏黄，
> 我将用一杯酒灌溉我的心田：
> 多么快，人生已到严酷的冬天。
>
> 我爱在枯草的山坡，死寂的原野，

独自凭吊已埋葬的火热一年，
看着冰冻的小河还在冰下面流，
不知低语着什么，只是听不见：
呵，生命也跳动在严酷的冬天。

我爱在冬晚围着温暖的炉火，
和两三昔日的好友会心闲谈，
听着北风吹得门窗沙沙地响，
而我们回忆着快乐无忧的往年：
人生的乐趣也在严酷的冬天。

我爱在雪花飘飞的不眠之夜，
把已死去或尚存的亲人珍念，
当茫茫白雪铺下遗忘的世界，
我愿意感情的热流溢于心间，
来温暖人生的这严酷的冬天。

很多五行联章，每节中的某一行（大多是第五行）只是起到加强语气的作用，即使删去也无大碍，甚至更显精练。但穆旦的这一首，"严酷的冬天"出现四次，每次都让我们震撼。遭受邪恶打击的人们，看到"人生的乐趣也在严酷的冬天"这样深沉、坚强的诗句，一定会感到莫大安慰。

《冬》并非个案，叶芝 (1865–1939) 的《又怎样》也是如此：

在校时，要好的朋友们相信
他准能成为一个名流，
他也那么想，生活很严谨，
日夜辛勤，到三十临头，
"又怎样？"柏拉图的幽灵唱道，"又怎样？"

他写的诗文别人都读了，
他获得若干年以后
足够的钱，如他需要，
朋友们也真够朋友；
"又怎样？"柏拉图的幽灵唱道，"又怎样？"

所有美梦都已实现，
有了小旧屋，妻子儿女，
有种李子种白菜的田，
有诗人才子在身边相聚；
"又怎样？"柏拉图的幽灵唱道，"又怎样？"

"作品完成了，"他老来这么想，
"按照我少年时的打算；
任蠢蛋去咒骂，我未曾转向，
有些事做得美妙圆满"；

但那幽灵却唱得更响，"又怎样？"

（袁可嘉　译）

　　叶芝写过好几首五行诗，比如《披风、船只和鞋子》《上帝之母》，都不如本诗影响深远。它作为五行诗的成功之处何在？试着抽去每节的第五行，就会发现完全散了架，什么也不是。这正是秘密所在。有很多联章形式的五行诗，第五行基本上是单一的重复，相当于整句押韵，庞然而滑稽，去掉也不会损害诗歌质地，那就证明它的五行并非必然。以印象主义诗人利利恩克龙（1844—1909）的《太幸福了》为例：

　　每当你在我的怀中温柔地睡着，
　　我能听到你的呼吸，
　　你在梦中唤着我的名字，
　　你的口角上流露着笑意——
　　太幸福了。

　　每当炎热的紧张的白天去后，
　　你驱散了我沉重的忧心，
　　我只要一躺到你的心头，
　　就不再想着明天的事情——
　　太幸福了。

（钱春绮　译）

显然，两节中的最后一行都可删掉，一是标题已点明；二是显得过于直露，去掉之后每节才四行，但给读者预留了想象空间，才有韵味。

14. 五行诗句式结构之特质

诗歌写成四行、五行、十四行，的确是不一样的，而且差异甚大。即便是一行之差，引发的观念、导致的结构，审美倾向，等等，却是非常大的。试看墨西哥诗人维·班加拉里（1958—）的《海水》：

乌云下面
海水黑黑沉沉
人们感觉不到黑暗
只有鱼儿
在一滴水中去寻求光明。

（陈光孚　译）

再看顾城的《一代人》，两者的区别很明显：

黑夜给了我黑色的眼睛
我却用它寻找光明

另一方面，我们强调五行诗的异数特质，既可以在句式结构方面得到印证，也可以见出时代因素的影响。不同时代的诗人在用五行诗处理同样题材时手法会截然不同，比如冰岛诗人埃纳尔·布拉吉（Einar Bragi，1921—）的《青春》：

一阵阵风吹醒
黎明前的水，

因此爱唤醒
你每夜的新鲜血液中的

波浪。

（董继平　译）

　　知人论诗有时并不准确，作者简介可能无用还显累赘。埃纳尔·布拉吉是二十世世纪冰岛著名诗人，后现代诗歌流派"原子诗人"的代表人物之一。但这与《青春》何干？任何一个人在青春年少时都是个诗人。不过出生年代有用，因为如果不是1921年而是1291年出生的诗人，决不会用这么节制的篇幅来写"青春"这个题材，何况最后一行才一个词？传统诗人即便写五行诗，也大多采用联章结构，而现代诗人不但五行单独成篇，而且敢于将原本一句诗折成两行、两节。
　　冰岛诗人托尔斯坦·弗拉·哈姆里的《船只遇难》也是如此，

它几乎是一篇小说。最后两行极简，却产生已经过了千年万年才终于踏上陆地的奇特效果，它部分地得益于第二节"透过一片浪顶看见你"的外在形式，几乎是一道分界线，在水流与岸之间，又像一根救命稻草，让遇难者有得救的可能；而实际上，此时遇难者正被一个巨大的波浪扑中，"透过一片浪顶"，何其险峻！

又有一些五行诗可以视为一句话的字词排列，保罗·策兰的《那是一个》即是如此。

15. 五行诗言说的无限可能性

新诗有个奇怪的分类，通常将五行诗纳入"小诗"的行列，连"短诗"都算不上。沈奇在编选《现代小诗三百首》时就说过：

> 本书"小诗"的体制，则颇费思量。……以白灵的"百字"和洛夫的"十二行"为纵横坐标，且以"百字"为硬指标，"十二行"为参考指标，双向考量，结果证明是可行的……当然，若从长远与理想出发，还应是九行百字为限最为适切。[9]

这种分类方式尚有值得推敲的地方，但毫无疑问其中的探索值得借鉴，尤其是将"小诗"与中国传统诗词联系起来对比考量，也不失为方便法门，即如洛夫所言，"中国古典诗从诗经发展到近体诗的五七言绝律，都是小诗的规格……如说中国诗的传统乃是小诗传统也未尝不可。"

　　笔者将查找到的五行诗加以分析，单篇五行诗中最少的才 10 余字，最长的 100 多字，56 字以内的篇目占六成；联章五行诗按节平摊字数，则跨度在 27—100 字不等，56 字以内的篇目依然在六成左右，同时，40—60 字内的篇目占到了近七成。

　　显然，这些诗并不能以简单的"小诗"来概括。诗歌句式的长短，乃是由说话的自然节奏来决定的。至于是不是小诗，要看诗歌本身的内容、形式及格局，也就是前文所说的"筐"。一首 200 字的诗仍有可能是"小诗"，而一首 56 字的诗未必就不是"大诗"。何况，诗人写诗，兴之所至，行数都极少考虑，哪里会去计算字数？即便是古典诗词，为了满足、适应诗人情感表达的需要，其基本格式也经常作出让步。

　　那么，五行诗的筐有多大？答案不言而喻，从我们在前面引用的五行诗就可以看出，对其容量是不可设限的，也可以说是无限的。北岛有一首五行诗《语言》写道：

许多种语言

在这世界上飞行

语言的产生

并不能增加或减轻

人类沉默的痛苦

　　最后三行多合我意啊，五行诗不能增加或减轻人类沉默或者言说的痛苦，但可以为人类正视、转化、升华痛苦增加一种诗歌的、诗意的表达方式。一首五行诗的筐或许是小的、有限的，但对诗歌而言，其容量不仅在于篇幅，更在于质地，加之可采取联章形式，更具有无限表达的可能，它又仿佛一艘渡船，可通向无限远的地方。

注释：

[1]〔德〕尼采，田立年（译）.《尼采散文》[M]. 北京：人民文学出版社，2008：156.

[2]〔古罗马〕卡图卢斯，李永毅（译）.《卡图卢斯＜歌集＞拉中对照译注本》[M]. 北京：中国青年出版社，2008:2.

[3]〔古罗马〕卡图卢斯，李永毅（译）.《卡图卢斯＜歌集＞拉中对照译注本》[M]. 北京：中国青年出版社，2008:162.

[4]〔古罗马〕卡图卢斯，李永毅（译）.《卡图卢斯＜歌集＞拉中对照译注本》[M]. 北京：中国青年出版社，2008:170.

[5]〔法〕瓦莱里，段映红（译）.《文艺杂谈》[M]. 天津：百花文艺出版社，2002:170.

[6]〔英〕艾略特，李赋宁、杨自伍等（译）.《批评批评家》[M]. 上海：上海译文出版社，2020：249.

[7]〔英〕艾略特，李赋宁、杨自伍等（译）.《批评批评家》[M]. 上海：上海译文出版社，2020：253.

[8]〔英〕艾略特，李赋宁、杨自伍等（译）.《批评批评家》[M]. 上海：上海译文出版社，2020：210.

[9]沈奇.《现代小诗三百首》[M]. 济南：山东文艺出版社，2006:7.

五弦：深呼吸

心无挂碍事，花开东流水。
消泯爱恨嗔，何需伤别离？
陈留抚鸣琴，杜陵不胜悲。
一弹再三叹，五弦岂有限？

——题记

1. 雨声

半夜时分雨声漏了进来
梧桐叶子不安静
我吹灭灯，又点上烟

虚空中打听往日良辰伙伴
一幕幕熟悉景象顿成幻影

2. 混沌

混沌中爆发，一滴水
无名，无以名，使虚空弯曲
仿佛面孔

有了鼻、唇、古井
循环无尽的呼吸之海

3. 暗示

人和植物一样从泥土长出
那里树叶安慰了足迹
根开花的声音悦耳
暗示生命只是发现和回忆
笔墨跌宕，见首不见尾

4. 出发

没有人走过的路也许是歧途
没有人说过的话也许是废话
羁旅他乡，星月之下夜行露宿
走的正是那样一条路
说的正是那样一番话

5. 夜航

早起者迎来晨光
错过夜航船。风中飞跑
忘记了檀香缭绕

我生活困顿，对自己满腹牢骚

无所要求，一盏台灯就足够好

6. 时光

年轻时光短暂岁月有多少梦想
几乎要厌倦，所幸彻夜难眠者
遭到灯光清醒指责

忧伤黑夜浮起栀子花香
破晓伤口流出蜜汁……

7. 少年

少年时候读老李白
自创书法，潦草归去来

后来引用东坡词，不知深浅
十年茫茫，在长安

秋风撕裂石鲸鳞甲

8. 独奏

曾经有几缕琴声让我沉醉
谈不上优雅也没有乐队
奔走在未知未来岁月

第一次感到恐惧，悲伤蔓延……

回想起来，应该是场独奏

9. 飞驰
那些闯荡的人们双眼发亮
说话时心飞到远方

山坡上骏马飞驰
阳光在蓝色天幕下闪耀

愿他饥肠辘辘找到野果

10. 弹唱
韩娥在长安弹唱饥饿
她年纪轻轻，歌声涟涟
引得暮春浓，乌云滚
教行人不住叹息

瓦釜早被当作雷鸣

11. 救赎
江是用来游的，荆棘用来烧

但你投身江水，视荆棘为王冠
为自己和我们而死

你活过。但我们还有生与死
终将面对，无法转让出租

12. 庄子

庄子若是人
就会死在人中

庄子若是蝴蝶
就会死在花丛

庄子：蝴蝶活在人中

13. 高空

高空中分辨不清村庄墓冢
雾气飘忽，模糊了岭内峰外

过去年岁我真情酬报了假意
因为渴慕和年青
现在沉默，俯瞰漫天风雨

14. 穿行

火车穿行黑夜
明早抵达喧嚣之城

轰隆隆钻进耳朵

多年以后，掉下一片耳垢
声响如黑色留声机

15. 棋盘

据说长安城道路有如棋盘
多少枝节让人不胜悲喜
那些嘴脸无须卸妆，顷刻昼夜变换

可叹你在街头不知西东
命运辗转百年，仿佛才一个漩涡

16. 凶年

又说年是远古饕餮兽，要大量牺牲才能满足
那么理应大胆表达：一头年，一群年，一只猛年
它孳生多少欲望夺走多少性命就该好好计算
你惯于明天明天仿佛借贷有利息

哀叹涟涟而胃口有个无底洞，但年总会老死

17. 夜巡

骑自行车从乡村土路出发

抵达郊区，从东向西

穿越整座城市

仿佛当年独宿山林

夜巡果园

18. 登高

楼与塔之间盘旋登高

北运河裹挟淤泥滔滔向前

八个景点沉落泛起

短暂郊区，永远舍利塔

谁在觊觎着野草丰茂

19. 郊外

我在郊外时你在展览中心

阳光也体恤排遣暗黑的人

忙碌工作只耗损几份心神

落拓——却要和自然亲近

可惜路途险峻，山石崔嵬

20. 人狗

大街上有人对着狗申诉：

"我建造房屋

别人居住，开辟道路

沿途遭到欺侮——"

一群人。一群狗……

21. 羞愧

那些幽灵满嘴道德

飞溅的木屑足够开一座加工厂

我和他们对生活的态度

不管经受怎样的风雨

总不在一个维度……

22. 长跑

先后飞出死亡贪婪忧郁愤怒

最后是希望重重跌倒

他们恍如悲剧中的长跑队伍

死亡追不上罪恶

希望敌不过失望

23. 拘谨

把深夜调到烟头那么小
把所有星辰岁月深藏花蕊
小心硬茧碰到花瓣

人生过于短暂，越拘谨
越容易引发慢性炎症

24. 潜泳

少年潜泳着，直到老年
平静水面才翻涌如喷泉

一生太快，只够做一两件事
他抹着脸上汗珠
要把它揉进不存在的皱纹

25. 盐汗

这么多泪水黄豆三寸
这么多汗水粗盐一勺
这么艰辛的岁月让人荒芜

再也不肯流半滴
沧海还有无数桑田

26. 数数

从一数到五，从五数到百千万
风雨为秋，白头冬天也几度返青

再数回五，命运多变
不忍心岁月无情——但是要数下去！

从一数到一，天若有情天已老

27. 南方

总在严酷时刻，轻盈乐声
将我载回南方和石头树木和猛兽
乃至种种传奇亲近，逃离苦疾

发出响亮欢呼冲淡低廉忧伤
抛开往日激荡沉醉清醇南方

28. 露天

鸟儿在高空飞翔也在地上啄食
蚂蚁在脚下忙碌也爬上杨树
太阳初升，晨风微凉
若以故乡的眼光看
我和它们没有什么两样

29. 露天

露天童年，看不够星辰明亮

它们大眼睛注视着

自然导师！那黑白光阴

夜半醒来，天宇静谧

月边云彩仿佛在梦游

30. 火光

苏格拉底，今晨我醒了又醉

再次梦见你教诲

你和其他两个故人

共三章，这卷梦中之书如此开篇

"先是花，然后火带来光……"

31. 普陀（组诗）

（1）生死

前往普陀途中，看见两支队伍

婚庆和丧葬，敲着同样锣鼓

吹着相似曲调，只是节奏有快慢

前往普陀途中，死去的已经皈依
婚庆的找到新娘

（2）轮回
火才值得留恋。农历八月
正当秋风摇落南方夕阳
深暗海面卷起熊熊大火
映照着山寺钟磬海天佛国

——波浪次第把我荡开

（3）接引
你目光低垂，无喜也无悲
盘腿忘息，朝我做无限接引
佛号连绵如峰峦起伏

尘土也许不会弄脏黄金
但卑鄙如何也能照明

（4）睡姿
只有众多名号无需名号者
被公认能够睡卧大海

习惯吉祥卧，也可以世俗平躺

有时倚身峭壁，有时骑乘孤云
我扪紧胸口，倏忽回到前生

（5）吼叫
除非狮子吼，谁能让大海倾听？
除非一往情深，谁能死而复生？
无数次喊叫沉落，不像在山谷有回音
在大海，波涛平息了一切
只有月色和爱值得谈论

（6）试力
拳头粗的缆绳放任渔船飘荡
波浪眉头舒展，享受细雨温情
我将手搭在缆绳上——船动了，船拉我

不是船，是波浪试力
波浪有如海洋标尺

（7）心动
大海不动——海滩有多长波浪就有多宽
锋利地切下来

钟声空明，与狂风激荡
海波扬起，要淹没沙滩
——逼迫我后退

但大海不动，没有看清整座大海就不要
妄言大海在动
这只是海湾一角，寒冬片刻
大海动了，沙滩会跟着起伏
而不是仅仅波浪翻滚

你站在海岸，走向海滩，目睹大海燃烧
熊熊野火耸立
可草木依旧。心啊，那并非无可称道
礁石领会而坚定作为礁石的信念
它诞生了一个漩涡、数眼喷泉

（8）笨拙
大海不喜欢别人写他名字
不管谁，无论沙滩还是宣纸

聪明最数浪花，它学习发音
把全部生命凝成一张笨拙的嘴

但大海，又在泡沫中消失

（9）无涯
横无边际，万里岸线有如花边
无底深渊教长天低头
豢养江河难以容纳的种族
猛禽止步，飞鸟倦游

在她怀抱，时间越不过一朵浪花

（10）听雨
心事轰鸣，怎听得清雨声？
什么样的坑洼，昼夜还不能填平？
雨冷侵骨，山泉蒸腾着热汽

少年听雨罗帐，中年听雨禅院
普陀雪意恣肆，乱了水仙

（11）清辉
难道平日所见皆是虚妄
欢谈之时月亮浴血而出
不复往昔温柔形象

她含泪打量着大海
还有海滩上孤单的旅人

32. 利器

利器往往被疏忽
心怀悲悯的人时常无言

太阳喜悦这明晰纯粹的精神
月色惊心于陌生寒光
这不知疲倦的容颜啊

33. 桃花潭

桃花潭瀑布：一口吸尽西江水
岩高千丈，瞬间飞作水雾

桃花潭瀑布：不见桃花
唯见潭水碧绿如玉石深情
能捧起的只有水，冰寒沁骨

34. 太行

悬崖顶上汽车飞驶急转
山道盘旋于十万群峰
夕阳在云中跳跃

高山顶上起丘陵，深海底下落平原

应笑我在狗窝欢喜一场

35. 滋味

枝头垂挂着细小雨珠

和晶亮的葡萄同时成熟

哪一个更沁人心脾

天空是飞鸟道场

白云从来不念经

36. 磨砖

磨砖作镜，从清晨到夜暮

眼角流淌着石头粉末

明月跃上天宇

照得心头一片静寂

半辈子忙碌，终不及片刻空虚

37. 飞鸟

有些飞鸟会高出猎枪两毫米

旷野中奋力攀升

双翅抖擞，为一切生物创造高度

群山低矮，云层太薄
蓝天底下，不顾泥泞的你

38. 星辰
他们也有相似经历，长明空中
还要照亮泥泞。"自负的萤火虫！"
麻雀得出结论。（名誉像假币
加重了惩罚）。世事变迁
凶手晋升为演员，随时接受鼓掌

39. 神力
人世间千万罪孽黏稠污浊
一滴甘露就足以清净
可惜作恶就像践踏珍宝还要发怒

世间消长循环，神力不容亵渎
无形中赋予弱者机运

40. 荒漠
葱茏草木让人无限感慨
而荒漠，往昔丝绸之路

小草比雄鹰更值得颂扬

这里，有河流才有人烟
人烟升起处，河流奔腾

41. 心志

树之美渐渐显现
根、叶、枝干都不够饱满
风暴比阳光来得更早

行者心志单纯，连生死都不计较
愚人烦恼如流，彻夜难眠

42. 问答

没有比人更高的山，死后埋在山脚；
没有比脚更长的路，命终委身床铺。

行者教诲富于哲理，启发我大胆询问：
有哪种生活超越年龄职业和名利？
人生有如实验，何时才算结束？

43. 方舟

泰坦尼克被打捞起来继续航行

引得无数鱼类追逐绮丽倒影
却又遭受意外风暴，再三沉覆

他们忘记那里除了老套爱情
还有《命运书稿》穿透羊皮纸——

44. 酒壶

海亚姆，你断定那条路无人返回
昨天我打碎酒壶划伤手
来不及包扎却听到它言之确凿

我原本美人倾国倾城
后来丢了命，因为稀罕黄金

45. 尺度

海洋和森林在宽大的树叶上起伏
栖身之地如手掌上的细纹
在飞鸟翱翔和无法穿越之处
空间刚刚展开，时间有无数出口
自然申辩人远非美的尺度

46. 难题

就算拉了西施的手

亲了海伦的嘴，又怎样？

就算打翻李白萨迪苏格拉底的酒

酒意仍旧属于他们

你的难题还要自己作答

47. 一旦

最简单的问题一旦发问

就引发诸多灾难

所有日常的胜利都如此短暂

所有理想加在一起

都不堪生活琐事的敲击

48. 花园

也许我把今年夏天想象得

过于漫长或短暂

我回到家，时钟前退息了烦躁

微风轻拂，花朵吐蕊

把简陋居室变成花园

49. 秋意

秋意在夏日过后九天才降临

天人有时交接不顺利

很久没有读古诗研墨汁
倍感炎热饥渴
古老年代和人物再三问讯

50. 怀古

想象中古人有美好故乡
但古人有更古老或未来的想象
从前不但慢，而且残酷
让人一身冷汗从梦中惊醒
乌有之乡终究是乌有

哪条路无人行走或洒满泪珠
我们的时代究竟如何
感觉良好只因未见别处风景
它可能不是后人心目中的传统
也偏离古人对未来的想象

51. 黄昏

天意费思量，就像那个瞬间
你读着沉重诗句，泪眼汪汪

此后狂风劲吹，帷幕翻卷

你我散失在人群中

再回首，只剩下那个黄昏……

52. 佳酿

这葡萄佳酿才盈满脆薄瓷杯

就委身地上的蝼蚁

颤抖的嘴唇徒然叹息

谁能改变黏土性质——水与火

谁能重新斟上快乐——诗和歌

53. 陶罐

受花仙子委托

陶罐梦中相告

屈从于命运和陶匠手艺

我美貌干枯

没有酒浆肯浇灌

54. 迟疑

你和他认识多么迟疑

想象与穿行原有不同风力

我知道有些裁缝缺少主顾
徒然为俊杰度量衣袍

你和他认识多么迟疑

55. 苦恼

那个民歌手，要用家乡方言
把爱情唱出另外命运

那个落魄客哭丧着脸
不相信别人赞美的幸福时代
他痛苦够多，也不是例外

56. 烘烤

泥浆中打滚又被波浪掀翻
水珠顿在脸颊上
大海的泪腺滴答不停；深夜醒来
惊讶梦想烤弯了温度计

压弯又弹起，半空中扬起沙屑

57. 眺望

谁不是远方归来

发现天空湛蓝大地新绿

却不见旧时身影

命运迫使人把他乡熟悉

把故土眺望

58. 冬树

悄然倒立，银色树枝

向天空无限舒展

一如树根深埋泥土

从来没有看清完整的树

如果不是寒冬大雪

59. 水晶

浑浊气雾给半弦月

装上毛边玻璃

我们年青时代的水晶哪里去了

当太阳拜访童真心灵

大地曾经孕育满园光影

60. 回归（组诗）

（1）公路

公路铁路航空线路

消失在草木中

最后几里，露水洁净了双足

这里那里都有买卖

没有公路，或许能纯洁

（2）理想

老房子让人睡得踏实

深夜听到耗子磨牙

他们有什么理想？又有何事忧伤？

有公路的地方

人们奔忙穿梭

（3）果园

我们的童年有果园

我们就是果园里的桃李树

不知何时它早已荒废

因你穿梭公路上

把塑料当花、灰尘当泥土

（4）忘怀
我睡觉安寝的地方
当年也是果园

但愿我能记起床头栽种过什么树
书桌掉下过什么果子
窗户迎接过怎样的晨光

（5）如果
如果公园是果园
果园没有围墙
围墙是几棵树
树下有落叶，风忘记吹

——你，偶然经过

（6）鹊山
是否赢得时间
把往昔三年旅程缩短为三天

岁月绵长，呼吸急促

旅游呀旅游，地图啊地图

鹊山仍在西海尽头

（7）繁体

书架上有几卷古人诗词

有些词句划了线，墨渍漫漶

那为他人哀愁哭泣的岁月已经逝去

只有当成书笺的树叶还在

竖排繁体字让它入定

（8）回归

倘若青草在你身上发芽

飞鸟在你头上筑巢

花儿在你手上结果

万物乐意将你织进永恒的生命之网

你像流云飘过

61. 尊严

切忌以时间或神之名起誓

但请苏格拉底作证

生存下去是要生活得更加有尊严

没有物能逼迫风改变方向
没有人能阻止心灵运用力量

62. 瘢痕

最微小的水，滴落
无论海洋，还是种子
都欢呼接纳
传递推动万物的力量

惟独对铁：红色瘢痕

63. 胃口

在一阵小雨一阵清风之后
长久的苦难和欢乐都消失了
连玻璃渣也杳无踪迹
善恶消隐，草木生长
时间和空间无情地旋转

64. 事件

展览馆和体育场的玻璃幕墙明亮
阴云和骄阳都乐意由它投射辉光

但今天发生重大事件：苍蝇以为啥也没有

吹着喇叭冲过去，撞得满眼金星
从此它坚信空气坚硬，虚无像块铁板

65. 玫瑰

花蜜惹人喜爱，刺却引来伤感
趁春光明媚，快去唤美人
来把你的馨香依藏
玫瑰呀，镜子可懂得悲伤
它总归空空荡荡

66. 天风

天风海涛如今你辗转在何方
何处高蹈那年秋夜露湿月光

——我曾在清溪看见她幻影
　　幻影在白石上歌声悠长

最怕是沉默，清风山间吹过

67. 日记

写这封信给你，投进邮筒
才想起过于潦草
两页纸，日记本上撕下的

我爱你，我举止笨拙

无法宽恕自己

68. 辽远

多么辽远，往日书信……

街道上积雨清亮，浸泡着树叶

迎面秋风将它从异乡吹落

勇气可以拆开每一封信

却抚不平时间的折痕

69. 忧心

杰出诗人留下金盘

忧心的我呀放进土豆

天蓝爱情驭风飞行

她的名字永远是个秘密

爱上无名女子

70. 歌喉

太阳底下都是古老事物

因我而新者还没有一种

这尘世有人身姿矫健

能够空中翻转风神
新鲜嘴唇诵出万物生命

71. 胜利

一张平静面孔怎么就划伤你
她明艳单纯，发辫闪着玻璃光

隔着窗户看背影远去
宣告想象和意志胜利
但雾会散去，雨季又如此短暂

72. 唤醒

音乐从曲谱删掉，可旋律还在
明月在曙色中隐退
万物仍沉醉于对清辉的记忆
你离我并不遥远
仿佛在另一个世界沉睡

73. 佛珠

檀香如此隐秘
苦苦挣扎中不曾想到
前世邂逅净土大师

普陀云多深啊

刹那度化三界

74. 定风波

一身蓑衣，一双草鞋就够了

即便一生在雨中也要吟啸

风波未定，何妨用《定风波》填词

念奴虽娇，怎比得及江山如画

秋夜的凉风让我两肋生翅

75. 决斗

不管盛宴多么热闹，一个人死了

仿佛酒醒后独自走过深夜隧道

他和世界相处得有几分感情

但并非想象的那么融洽

如今扔下手套，没有商量余地

76. 灵性

活着，会不会忘记曾经死过

死者可还有勇气回忆

活过伤痛、仇恨、凶恶

有多少人膨胀为幽灵
教你我畏惧

77. 过客

庭院里的树高了光影短了
接连几天暴雨，让杂草疯长
就算我腾出时间把它拔掉
我是过客，这样做
也不能让麻雀斑鸠受益

78. 古董

书架上挤满古人著述好不热闹
死亡像消泡剂平息了争吵
把他们拉到古老的环形跑道

你有什么像样的珍宝
值得让好心的货郎掂量

79. 深呼吸

吸进氧气呼出二氧化碳
吸进咸涩呼出蜜汁
深呼吸。吸进有呼出无
鲸鱼喷起擎天水柱

肺腑吐纳潮音

80. 信号

山脉归于一道道交错的峰线，皈依轻烟澹泊

自然在这里以物种更替计时，以色彩渐变进制

越过砍柴人和旅游者的边界之后我们迷途了

风雪肆无忌惮地涌过来要抽走呼吸

报信人说，最后山村的烟火把我们拯救

81. 照亮

天

空

你，灰色

柔光

照亮

82. 看云

为何悠扬曲调反倒唤起哀伤

为何你音信断绝

却流连于日常生活

忘情于这等生死大事
把白云看了又看

83. 见证

生活的流浪者啊　且到旷野来听听
当年死神迎接他　把我们请去见证
那里荒芜寂静　如今已成岁月胜地
他重建了家园　被掏空又复归充实
世世代代的过客　生与死有何区别

84. 对弈

我听说是这样：好比火宅对弈
手艺再高，却敌不过舌头能辩
舌头能辩，也挡不过火焰

棋子纵然木石，意念却由心生
远在天边，他拿起酒壶斟茶

85. 包装（组诗）

（1）包装史
从猿猴到寡头
一部文明史，两卷包装纸

从身到心遮蔽

树叶、兽皮、丝绸

信仰、艺术、主义

（2）词性

包：名词、动词

装：动词、名词

包装：多重词性转换

设计大师

通晓包装全部属性

（3）包装工厂

同一工厂看见三种包装

人—人，人—物，物—物

没有什么不可以包装

所有的包装都是虚妄

包装得越多，消失得越快

（4）技术部经理

包装工厂技术部经理

接到一个电话之后消失了

"他还活着，就是找不到人"

他精通技术，包装无数
一旦混迹包装仓库……

（5）三个客人
一个男人来到包装工厂
发现回到自家住所

一个女人来到包装工厂
马上晋升为业务主管

一个孩子……

（6）月亮
中秋之夜找不到月亮
惊讶它也被包装
撕开防伪贴硬纸盒塑料膜
里面八个饼

独不见苍茫云海间

（7）包装之王

每个时代都有新招牌

飘挂旧旗杆，有人抽出丝线

有人拉住衣袖，有人剪裁照相

哲学与时尚：包装中的包与装

从古到今，热销街头府邸

（8）包装之道

藏身瓦甓，庄子道

道失去就用德包装

德失去还有仁、义

礼倘若不是最后包装

无非还藏着利刃

小心啊，那光洁纸面

几乎觉察不出切口

什么是最佳包装，义、仁、德？

道可道非常道，庄子道

道是瓦甓，你也用来包装？

（9）不以包装而悲喜

历史也许写满"吃人"二字

何如"包装"繁星密布？

在纵横交错的阡陌上
不因有包装而欢喜
也不因无装可包而失落

（10）吁请
设若神是包装
无神也不能视为褪去神之衣袍
大跳脱衣舞。过往世代
人们祭天拜地，树木一样站立
战栗着忏悔、吁请——

我清净无染，仅有一粒微尘
太阳系中最早失去纯洁的星体
欲望恰如无量尘埃
翻涌成迷雾、疾风和骤雨
神啊，请甘露我！

86. 安静

飞得安静，银色光点
沉入浩瀚天宇的无边深蓝
它来自这个世界
但消失在另一个世界
像无法治疗的疼痛

87. 返程

返程时不停问自己

路线有些不同，终点却没有改变

当初为何离开？现在何为返回？

时运啊，我已然无法措辞

这一来一去，像后梦否定前梦

88. 恳求

第三次呼唤你名字，恳求

能触摸你脸庞和目光

证明梦境本真：请你从那条路返回

畅谈新的故事和经历

他们记忆模糊，转述有错漏

89. 露珠

一滴露珠翻跌，色彩不断变化

避开树枝，避开飞鸟

又碰到叶子、花瓣和纤细的绒毛

椭圆形状无限拓扑

如陨石撞击地壳，波纹四溅

90. 种子

最好在海洋播洒种子

沉到海底又跃出海面

听过海水谣尝过海水咸

它结出果实比盐晶亮

又绽放浪花无数

91. 观照

那（一刻，时，天，年……）

泪水（火红、晶莹、冰冷）

遍照（从高空、从深渊、从黑暗）

三千（丈、吨、三生、三界）

烦愁（烦所有愁，亦是虚妄）

92. 抱憾

临川而立，眼前是抚河赣江

长江与鄱阳湖交汇，庐山耸峙

江山湖海交接，儒释道俗浑融

水无处不在，但我甚至不能

取出一滴完整的水

93. 孤独

这时云南的数千条河流各异其态

贵州高原阳光热烈，青年男女小曲长调
……一切继续，万事万物只流转于
自我时空。我像他们不曾
显身的邻居、观光客、植物

94. 片羽

世界万般美，而我只能采撷片羽
弱水三千，写进诗的可有一瓢

世间万般沧桑，有多少被视为
偶然、无关、不谐调……那把他们全然
组织而浑然不分者，无疑是……

95. 静默

青翠的浮萍缓缓流淌
庄严静默如送行的队伍
此刻静默的还有火车雷霆万钧
闯过的影像，无法静默的
是黄雀在流云中疾飞

96. 惊奇

你的语言简洁深奥，每一次发音
都让我惊奇。我努力摹仿着回应你

从单音节到两个连贯的字母……
你高贵地体谅了，最终
屈尊使用我能理解的语言

97. 幼子

你横着睡去，我的孩子
我把你抱起来，亲了亲脸蛋放下
你像指针在表盘上转动
有时还翻滚着
直到某个微笑的时点

无数次睡梦中你都这样
你有自己的秩序
我叹了一口气，默默感受小脚丫
踢抚在怀中的力量
江山如画，任你尽情舒展

98. 命运

混沌中万物自有运行轨迹
那光阴流转黑白交替
万象在旁，让人无限感慨

静默吧，命运起伏

跌宕全在五行内

2004.7.12—2011.7.20 初稿，2021.10.15 修订